古典詩歌研究彙刊

第十輯

龔鵬程 主編

第 11 冊

宋詞中的杭州書寫

方妙鳳 著

國家圖書館出版品預行編目資料

宋詞中的杭州書寫／方妙鳳 著 — 初版 — 新北市：花木蘭文
化出版社，2011〔民 100〕
目 4+220 面：17×24 公分
（古典詩歌研究彙刊 第十輯；第 11 冊）
ISBN 978-986-254-583-6（精裝）
1. 宋詞 2. 詞論 3. 浙江省杭州市
820.91 100015353

ISBN-978-986-254-583-6

9 789862 545836

古典詩歌研究彙刊
第十輯 第十一冊 ISBN：978-986-254-583-6

宋詞中的杭州書寫究

作　　者	方妙鳳
主　　編	龔鵬程
總 編 輯	杜潔祥
出　　版	花木蘭文化出版社
發 行 所	花木蘭文化出版社
發 行 人	高小娟
聯絡地址	新北市永和區中正路五九五號七樓
	電話：02-2923-1455／傳真：02-2923-1452
網　　址	http://www.huamulan.tw 信箱 sut81518@gmail.com
印　　刷	普羅文化出版廣告事業
初　　版	2011 年 9 月
定　　價	第十輯 20 冊（精裝）新台幣 28,000 元

宋詞中的杭州書寫

方妙鳳 著

作者簡介

方妙鳳，一九八四年出生於雲林。現就讀國立彰化師範大學國文研究所博士班，並擔任該系兼任講師。主要研究方向為「宋詞」與「宋代城市文學」。曾發表〈刺世疾邪的無冕王——論晚清李寶嘉《莊諧詩話》〉、〈盡與不盡之間——論金聖嘆評點《西廂記》的貢獻與侷限〉、〈《海音》、《觀海集》先鋒——論劉家謀《外丁卯橋居士初稿》〉等論文。

提　　要

　　宋詞與杭州，一為宋代新興文學載體，一為宋代新興城市，二者緊密結合，豐富了城市掘之愈深的文化內蘊，也提供了文學生發茁壯的絕佳園地，彼此相互輝映、相得益彰，遂成文學史上一段美麗的遇合。有鑑於此，探究宋代文人筆下的杭州，不僅可為城中絕美的山光水色附麗增色，也可彰顯城市勃興的市場經濟為文學帶來的影響，更可說明宋代文人於「杭州」，這個具有特殊政治地理意義的城市中，如何以自身文采，透過文學創作，回應時代鋒芒。

　　本文擬回溯杭州城市人文、政治、地理環境沿革，再將主要研究視角確立在文人雅士所創作的宋詞上。說明宋時文人如何以詞作反映杭州城市的佳節盛會、節慶風尚、生活方式、水色山光……等庶民文化，表現宋代文人掌握的絕對詮釋權，透過詞人大量謳歌城市生活的創作，亦可見紛繁多彩的宋時城市社會風貌。研究這類文人雅詞對庶民生活的揭露，同時說明了昔日所謂「菁英文學」的分界降至宋代城市已不復存在。當文人關注的不再只是宮廷樂事，當市民因市場經濟勃興而有躋身上流的機會，世界已然是個階級流動快速的世代，而杭州城正是提供這些頻繁交流的絕佳場所。因此，宋詞中的杭州書寫，遂成了一種城市文化、地域書寫、文學交流與宣傳的多元命題，透過對宋人詞作的爬梳，宋詞研究遂能在歷史脈絡上，開出一條更適切於「宋型文化」研究的道路。

致 謝 辭

　　以爲看不見盡頭的碩士求學生涯，終於走到這裡，心中滿是欣喜。回顧創作過程中，那些愁腸百結的苦澀與豁然開朗的甜美，時至此刻，已經不再左右我的心緒。在我凝視著那些寫於夜不成眠的夜裡的一字一句，深知在這篇論文之外，還有更重要的事，就是傳遞我心中，對這些日子以來給予無限幫助的人的感激。

　　首先感謝我最敬愛的指導教授──黃文吉博士，承蒙老師在學術上不厭其煩的指導和教誨，並以他傑出的學術成果，讓我有了學習仿效的對象，且得以一窺學術研究之堂奧。另外還要感謝老師對本文的悉心指教，從小範圍的錯字、別字大到思想脈絡，都有老師即時的指正與提醒，才使得拙著更爲完整。更重要的是，還要格外感謝老師在撰作論文這條孤單的道路上，時時給予關心和鼓勵，一如及時雨般，撫慰了我焦灼的心緒。能夠得良師循循善誘，實是我個人極大的幸運。

　　感謝校外口試委員─台灣師範大學林佳蓉教授，以其溫婉親切的態度給予鼓勵，還有其鞭辟入裡、直指核心的評論意見，讓我受益良多。學會從不同的角度看出自己主觀立論的偏頗與不足之處，學會更謙卑地對待學問這件事情。

　　感謝校內口試委員─武漢大學王兆鵬教授，總覺得何其有幸，能夠在王教授擔任本校客座教授的時間，有了這個千載難逢的良機，躬

逢其盛的欣喜自是不在話下。格外感謝王教授以其親切的態度和幽默的談吐，為我點出了論文中較為不足的史料部分，讓我明白學術研究有其嚴謹性，不再恣意馳騁個人的想當然耳。

另外感謝彰化師大吳彩娥教授，帶我領略古典文學另一個不同面向之美；黃忠愼教授，為我打開經學研究的大門；許麗芳教授，以其獨特而迷人的學術觀點影響著我；還有蘇建洲教授，在古文字授課之餘，對我們這些學生一路以來的照顧與關心。更要感謝所上的同學提供的協助與毫不間斷的眞誠關心打氣。

最後，我特別要感謝我的母親，感謝她給我不虞匱乏的關愛和細心的叮嚀，尊重我的每一個決定，包容我的任性，讓我在充盈的愛之下，毫無後顧之憂地實現自己的理想。感謝我的父親，從不給我任何壓力，讓我一直做個長不大的小女孩。感謝我親愛的兄姐，一直毫無怨言地照顧我這個妹妹，不管是精神上、經濟上都給了我不求回報的協助。感謝我敬愛的大舅，支持我、照顧我、關心我、鼓勵我，讓我更有勇氣追尋夢想。感謝我的姑姑，以及那麼多關心我的親朋好友，讓我明白我既幸福又幸運。

另外，感謝花木蘭出版社給予拙著寶貴的出版機會。千言萬語、道不盡心中的感激。

謝謝大家給我不虞匱乏的關心與疼愛，謹以本文致上最高的謝意。

方妙鳳　2011 年 6 月

目次

第一章 緒 論

第一節 研究動機

　　宋代與詞，古典文學研究中的大宗，許多別有見地的眞知灼見已於學者不斷的研究論述中獲得深化與有效的重構。是以「宋詞」，這個宋代文學的代表，在歷史長流中始終閃耀著熠熠光芒，從宋迄今，其文學語言幾乎已成爲世俗生活中的一部份，以「衣帶漸寬終不悔」訴說無怨的情衷，〔註1〕以「大江東去浪淘盡，千古風流人物」〔註2〕表達內心對古往今來、叱吒風雲的人物的欣羨與對歷史產生的悵惘。使得宋詞無論在學術研究領域或個人閱讀興趣中皆佔有相當重要的一席之地。

　　誠然，卷秩浩繁的宋代歷史與數量驚人的宋代詞作，經過前人先

〔註1〕語出〔宋〕柳永〈鳳棲梧〉，其原文爲：「佇倚危樓風細細，望極春　　　　愁，黯黯生天際。草色煙光殘照裡，無言誰會憑闌意。擬把疏狂圖　　　　一醉，對酒當歌，強樂還無味。衣帶漸寬終不悔，爲伊消得人憔悴。」　　　　清人王國維將此擬爲古今成大事業、大學問者之第二境界。其文見　　　　〔清〕王國維著：徐調孚校注：《人間詞話》（北京：中華書局，2009　　　　年5月），頁16。
〔註2〕語出〔宋〕蘇軾〈念奴嬌・赤壁懷古〉詞，全詞見唐圭璋編纂；王　　　　仲聞參訂；孔凡禮補輯：《全宋詞》（北京：中華書局，2005年1月），　　　　頁363。

賢的爬梳、耕耘，已逐漸展現其清晰的面貌，足以指引有志從事宋詞研究者一條簡易直截的道路，直抵核心。在學術研究上，可以取徑前人，並且規避迂迴不清、混沌不明的研究方向，對當前研究者來說不啻爲一種幸運。不過也正是因爲這種幸運，使得後來研究者往往產生「眼前有景道不得，前人題詩在上頭」〔註3〕的困境。如何在前人豐碩的研究成果上，另闢蹊徑，得以重新發現，重新定位，並且重新勾勒屬於自己的宋詞圖像，是每個研究者當前的課題。

昔日蔚爲主流，由評論者直觀感悟所提出一己之見的新批評研究方法，隨著時代的變遷、研究理論的進步，已漸漸退居次位，成爲研究者於研究中大量使用，卻未必大張旗鼓地聲明的研究方法。縱使「作者之用心未必然，而讀者之用心何必不然」〔註4〕但對研究者而言，如何闡述證據、鋪陳論述、取得認同才是更重要的論題。於是在論者有意識跳脫過去研究窠臼的同時，研究各類文體背後所涉及的地域性及民俗性書寫，成爲漸趨熱門的顯學。有論者將其名爲文學研究中的「文化學」。〔註5〕雖未脫離法國學者泰勒（H.Taine）對文學三要素的闡釋：「種族、風土、時空」。〔註6〕但嶄新的議題切入點，的確提

〔註3〕 本處引詩原文爲「眼前有景道不得，崔顥題詩在上頭。」說明李白登臨黃鶴樓欲有所抒發，卻因見崔顥已有絕妙好詩題寫於上，遂擱筆不寫，無作而去。歷來對此事眞假雖有所爭辯，但這樣的詩壇佳話，卻不失爲對前人已達高峰，後人難以超越的絕佳註解。其事見〔元〕辛文房撰；傅璇琮主編：《唐才子傳校箋》（北京：中華書局，2002年8月），〈崔顥〉條。

〔註4〕 語出〔清〕譚獻：《復堂詞話》，收錄於唐圭璋編：《詞話叢編》（台北：廣文書局，1970年1月），第11冊，頁4014。

〔註5〕 其定義依劉尊明所言爲：「所謂文學研究中的『文化學』，就是將文學納入文化的視野中來進行觀照，或者說從文化學的視角來審視文學史和文學現象。」見劉尊明、甘松著：《唐宋詞與唐宋文化》（南京：鳳凰出版社，2009年4月），頁2〈前言〉。

〔註6〕 此定義爲十九世紀的法國批評家泰勒（H.Taine，或譯爲丹納、戴納）在其作品《英國文學史》（History of English Literature）一書中，以種族（race）、風土（milieu）、時空（et moment）三者說明文學受傳承與環境的影響，此一論點廣泛爲許多治文學論者所引用。

供當代詞學研究論者一個可供遵循的方向。隨著研究理論的逐步發展，研究者開始渴望透過正史記載，重塑某一時期的某地特色，輔以各類方志記載，加上生活於當地的文人作品，重新建構立體而鮮明的時代面貌，而不因時代久遠而受限。並由此啓發筆者在文化層面上研究宋詞的動機——將宋代詞作繫於宋代文化背景之上，將「詞」這種文體，置於宏觀的社會背景中。去觀察「一時代有一時代之文學」的奧義，並且研究這個「時代」賦予文學的特殊的內涵，才是本文關切的重點。

於是在宋朝這個社會生活產生劇烈變換的時代，我們發現過去相對集中於宮廷、產生於菁英、連繫於政治的各項文學作品，降至此時，開始出現了一個更值得關注的目標——庶民文化與城市風貌。於此，文人的視角不再圍繞著皇帝宮廷、不再著眼於個人仕宦遭遇。隨著前朝舊制「坊市分離」的破除革新，文人有更多機會親自感受宋代的城市生活實況。加上宋代「坊市合一」的城市制度逐漸普及，許多具有現代意義的城市漸次發展，「城市」遂成爲不容忽視的研究課題，對新興城市的梳理分析更是大勢所趨。

然而，別具現代意義的宋代城市數量甚多，如汴京、洛陽、長安等大都會於宋代都是商業發達的都市，筆者於此何以特別突出杭州，主要考量還是在於其南宋首都的特殊身分，足以產生宮廷、文人、市民三者的密切聯繫。事實是，當具有現代意義的城市逐漸興起，城市中大量的娛樂節目、庶民情趣，開始得到久居深宮苑圃的皇室的羨慕眼光；杭州城內壯麗的湖山勝景，也吸引了皇室成員的興趣，使得原本至高無上的權力代表，開始走入戶外，與民同樂。原本凝滯不動的社會階層，開始出現流動的契機。城市生活的興起，暗示了原本無權無勢的平民百姓，在日常生活中開始能以錢財換取他人卑躬屈膝的敬重，享受到無微不至的服務。而原本位高權重，財力雄厚的皇室，卻買不到自然美景、得不到城市生活的樂趣，原本高下立判的兩種社會階級，開始產生微妙的變化。夾在皇室與庶民之間，作爲社會菁英的

文人，在城市中則享有相對的自由，一方面可以得到帝王的優寵，一方面卻又可以同時享受城市生活帶來的種種好處。較之封閉的宮廷，他們的視野開闊；較之世俗的百姓，他們可以敏銳地感受社會變動帶來的種種便利，這一切，都促使文人將內心情愫「春江水暖鴨先知」地表現於文學作品中。

南宋存在著皇室、文人、平民三種階層組織而成的社會生活，放到文化的大背景上進行研究，格外有其意義。而北宋社會，則在潛移默化之中，成為南宋城市發展的經驗先驅，二者合論，不但可彰顯其整體意義，也可避免為符應歷史現實而產生的割裂。

總而言之，本文所欲論述者，正是宋代文人如何以涉入宮廷、庶民的詞體創作，建立自身的世界觀。並透過記錄他們心中、眼中的杭州，彰顯個人的內心情志與外在生活。當過去所謂「菁英份子產生的菁英文學」內涵已由宮廷走入社會，當文人關注的不再只是仕宦及隨之而來的功名利祿，當市民因市場經濟勃興而有躋身上流的機會，世界已然是個階級流動快速的地方，而杭州城正是提供這些頻繁交流的絕佳場所。是以本文嘗試對宋詞中的杭州城書寫進行分析，透過詞人對杭州的書寫記錄，觀察這個風格互異卻又同時並存的特殊時代。發現文人與庶民間的雅俗衝撞，體會資本主義萌芽初期的時代現況。讓宋詞研究，可以有超出作者個人情志、生活遭遇的宏觀視野。讓抒情寫志的宋詞，也可以譜寫他們自身的「宋代杭州城市史」，是本文亟欲達成的目標。

第二節　研究範圍與方法

一、研究範圍

有宋一代近三百年，在唐圭璋編《全宋詞》、孔凡禮《全宋詞補輯》中所收兩宋詞人有一千三百三十餘家，詞作一萬九千九百餘首。

〔註7〕其數量之豐，實是筆者一時難以徹底融通理解。礙於能力之所限，本文擬以地域觀點出發，選擇書寫北宋名郡、南宋首都——杭州者爲本文研究範圍。

　　歷來以地域觀點從事文學研究者，約略有三種情況。第一類大抵以文人里籍作爲判然劃分的依據：如對南唐、西蜀等群體詞人之研究，旨在以詞人占籍所在爲研究基準，探討當時詞人、詞調、詞量在全國的分布情形，並歸納出某地文人所具備的特殊性以及影響力。第二類則以文學主張相同與否爲歸類依據：其發起者或追隨者可以來自不同地域，但其文學主張則因受地域環境影響，得以展現出其共通性，如大量的「江西詩派」研究。第三類則純以地方爲主：就某一時期、某一特定地區的文學環境、作家活動、作品進行研究。無論詞人世居或僑居此地，皆在研究範圍之中，主要在綜合論述文學環境、文學成就相對優越的地域書寫研究。

　　對宋代杭州地域書寫的論述，因爲宋室南渡臨安的特殊地理背景，使得以第一類嚴格限定占籍的研究方式顯得窒礙難行。而有宋三百年來，除北宋以張先、蘇軾、陳襄、楊繪等文人有少數唱和於西湖之詞，以及南宋詞人所組成的「西湖詩社」有大量的作品存在於應社唱和活動之中，二者合而觀之，範圍還是過於狹小，使得取徑第二類研究方法亦有其侷限性。因此，本文擬以第三類地域劃分進行研究，討論先後來到杭州，感受杭州山水風光的詞人，如何以詞作回應杭州山水帶給自身的感受，並以此歸納出宋代涉及杭州書寫的詞作所展現出來的地域特色。

　　相對於浙江省份的地域範圍，杭州只是隸屬於其下的郡縣。但是文學成就的展現、地域特色的發展，從不因地理範圍的相對狹小而出現必然的弱勢。如同杭州城的文學發展，置於全宋遼闊的幅員中，仍然有著能與他地分庭抗禮，甚至有過之而無不及的能力。這樣的情

〔註7〕唐圭璋編纂；王仲聞參訂；孔凡禮補輯：《全宋詞》（北京：中華書局，2005 年 1 月）書前〈凡例〉，頁 1。

形，明白地揭露了人文薈萃的城市，才是文學批評者鑽之彌深的研究動力，也代表著文學研究中重質不重量的價值擇取。

是以在完備的背景資料及有限的撰作篇幅考量下，本文擬以唐圭璋所編《全宋詞》及孔凡禮《全宋詞補輯》五冊中所收錄近二萬首的宋代詞作，作爲研究主體──「宋詞」的主要來源。若有個別詞人詞作未納入《全宋詞》五冊中，則依其重要性及論述必要性另行補充。全文大抵仍以《全宋詞》五冊作爲檢索之底本，輔以網路展書讀（http://cls.hs.yzu.edu.tw/）下所繫之唐宋詞全文資料庫進行檢索，以彌補個人檢索時可能產生的疏漏與不足。

《宋詞中的杭州書寫》一題，牽涉的研究範圍極爲廣大，其中涉及時代、政治、經濟、地域、文學與城市文化。故適當地引用參考文獻以作爲論述之佐證，有助於立體還原宋時文人情狀與城市文化，故本文尚有其他參考文獻羅列如下：

一、正史記載：忠實呈現宋代時局現況的相關正史是宋代研究中不可或缺的背景知識，故元人脫脫所撰《宋史》、不著撰人《靖康要錄》、宋人李心傳《三朝以來繫年要錄》、宋人徐夢莘《三朝北盟會編》等正史記載都將作爲主要時代背景論述，以期忠實還原時代現況，勾勒宋時人文風貌。

二、宋人筆記：記載南宋臨安一地之生活情貌、風俗盛況、禮俗制度的宋人筆記數量甚豐，亦極具參考價值。如宋人周密撰《武林舊事》、宋人吳自牧撰《夢粱錄》，皆以長篇紀錄對南宋杭州城市生活作出詳實的勾畫。其他篇幅較短者亦有宋人灌圃耐得翁《都城紀勝》、西湖老人《西湖老人繁勝錄》、董嗣杲撰《西湖百詠》。散見杭州城市零星紀錄者亦有周密《齊東野語》、《癸辛雜識》等書，都爲深刻體會宋代城市生活大開方便之門。

三、地方方志：欲以地域爲研究重點，則方志實爲不容忽視之研究素材，如宋人周淙《乾道臨安志》、施諤《淳祐臨安志》、潛說友《咸淳臨安志》等當世紀錄。降至明代亦有錢塘人田汝成所撰《西湖遊覽

志》、《西湖遊覽志餘》二書，詳記杭州地理歷史、人文掌故，因其內容多錄自宋人筆記，故與上述第二項多有重複之處。

四、叢編巨冊：自清代錢塘人丁丙、丁申集結歷代杭州史料爲《武林掌故叢編》一書後，各類便於檢索閱讀之叢編類書便日益增多，如近日杭州出版社所出版之《西湖文獻集成》三十大巨冊，在《武林掌故叢編》的基礎下，重新依主題編排古籍，並加入新式標點。研究者上窮碧落下黃泉地搜羅由古迄今各類與杭州相關之文獻，對有志進行杭州城市的研究者來說，實是一大便利。

五、今人專著：隨著地域研究的蓬勃發展，以及宋詞研究的方興未艾，各類論及宋代詞學的文學專著皆未可避免地提及杭州詞人，或杭州詩詞。故任何與西湖詞壇之風氣、詞人、作品等相關之專著，本文皆泛覽博採，希冀站在前人奠定的堅實基礎上得到進一步的開展。

在文獻搜羅既多且廣、詞學專著既多且精的現代，輔以科技之助，進行地域文學的研究正是時候，期盼本文能得堅實基礎之助，確實勾勒出宋時杭州書寫的共相與異相，並提供讀者及有志從事宋詞研究者，找出另一條通往宋詞研究的道路。

二、研究回顧與研究方法

將地域文化提高至整個時代的文學、政治氛圍之下，結合當時、當地的文士創作，並對其創作成果進行質與量的分析闡述，以展現其地域文化特色的研究之法已行之有年。在唐詩領域有戴偉華《地域文化與唐代詩歌》，〔註8〕宋詞領域則有楊萬里《宋詞與宋代的城市生活》，〔註9〕因應唐宋不同的時代背景，對不同時代的代表性文學，進行特殊意義與書寫特色的闡述，爲我們指引了一條從事文學研究的新路。正因爲：

〔註8〕戴偉華：《地域文化與唐代詩歌》（北京：中華書局，2006年2月）。
〔註9〕楊萬里：《宋詞與宋代的城市生活》（上海：華東師範大學出版社，
　　　2006年6月）。

地域文化與文學之間有著多方面的聯繫，從作家創作上看，任何一個作家，其生活的積累、創作的過程，都離不開一定的地域文化土壤。無論是其出生、生長的環境，還是其參與社會活動的環境，實際上都是在特定的地域接受和完成的，也因此，他們的作品中必然帶有地域文化的因素。從接受影響看，文學家和他們的作品，往往對一定地域的文化建構起著重要的作用，乃至於成為某一地域的文化象徵。〔註10〕

於是，當文人身處江湖之遠，不再心懷魏闕，轉而對所在之地的風土民情有了參與及觀照；當研究者的視野不再侷限於宮廷苑囿，體會到文學所服務的對象不盡然是皇親貴冑，古典文學研究的新門遂因此而開。

在歷來的研究中，關注到「宋詞」與「杭州」二者關係的研究已有不少斬獲。早在五十年前，即有夏承燾〈西湖與宋詞〉一文，以時間為軸，依次論述語涉杭州的主要作家及其詩詞創作，初步提示了宋詞與杭州西湖之間密不可分的關係，也說明了文學作品確實可作為研究當時社會現況的一條線索。〔註11〕此後，相關的論述日益增多，如張薰《宋代西湖詞壇研究》學位論文，旨在強調杭州西湖對南宋詞壇創作的影響，突出生活於西湖之上的詞人之間的互動交流，並進一步論述語涉西湖的詞人及其詞作，宏觀地置於詞學發展的研究脈絡上，突出西湖詞壇此一特殊地域在宋詞發展中的重要地位。〔註12〕此外，亦有論者將研究重點置於二度仕杭的北宋大文豪——蘇軾之上，寫成《蘇軾杭州詩研究》〔註13〕及《東坡杭州詞研究》〔註14〕二篇學位論

〔註10〕朱萬曙、徐道彬編：《明代文學與地域文化研究》（合肥：黃山書社，2005年6月），頁1〈前言〉。

〔註11〕夏承燾：〈宋詞與西湖〉，載於《杭州大學學報》（杭州：杭州大學），1959年第3期。

〔註12〕張薰：《宋代西湖詞壇研究》（台北：國立台灣大學中國文學研究所碩士論文，1987年6月）。

〔註13〕楊珮琪：《蘇軾杭州詩研究》（台北：國立台灣師範大學國文研究所

文，探討蘇軾在杭州從事詩詞創作的實際情形。亦有論者由歷史學的角度出發，寫成〈宋代的杭州與西湖〉學位論文，由民生用水問題、自然風景附麗的視角，探討西湖與杭州之間的緊密關係。〔註15〕亦有學者由詞人視域出發，寫成「張鎡杭州詞探微」〔註16〕、「閒卻半湖春色——論《草窗詞》中的杭州書寫」〔註17〕二篇具體說明詞人與地域互動的佳構。

　　以上論文取得的成果皆可謂相當豐碩，讓後人得以站在前人的肩膀上，進一步開展自身的研究路向。因此，本文在地域文化與文學創作存在著密切關係的觸發之下，期望將研究視角提升至宋代城市「杭州」之上，突出城市生活對士人、市民的交互影響。加上南宋朝廷以杭州作爲駐蹕之所，在《宋詞中的杭州書寫》研究議題上，更能摻入宮廷文化的成分考量，考察皇室、文人、庶民三者在杭州這個新興城市激盪出來的火花。職是之故，本文擬以歷史時間爲敘述脈絡，由「社會文化學」的視角出發，進一步對宋詞與杭州歷史、杭州勝景、杭州佳節、杭州市民的關係進行闡述，勾勒宋詞中杭州書寫的特色及意義。期盼透過對杭州城市文本別有用心的擇取，可以彰顯宋時杭州城市共相，亦可突出說明時代共相下的詞人異相，讓文學回歸生活，生活成爲宋代文人筆下的實錄，取消長期以來存在於文學論述中的雅俗之辨、文人、市井之分的偏頗分野。也讓宋詞在杭州這個河納百川的城市社會背景下，取得以史說詞，以詞證史，二者相互補充說明的立

碩士論文，1998 年 6 月）。

〔註14〕林慧雅：《東坡杭州詞研究》（台北：國立台灣師範大學國文研究所教學碩士班論文，2002 年 6 月）。

〔註15〕宋仁正：《宋代的西湖與杭州》（台北：國立政治大學歷史學系碩士論文，2004 年 3 月）。

〔註16〕林佳蓉：〈張鎡杭州詞探微〉，收錄於《城市文化與人文視野》（香港：香港中文大學香港亞太研究所出版），2009 年 11 月，頁 127～142。

〔註17〕林佳蓉：〈閒卻半湖春色——論《草窗詞》中的杭州書寫〉，刊載於《中國學術年刊》（台北：國立台灣師範大學國文學系，2010 年 3 月），第 32 期春季號，頁 167～208。

體成果。

　　當宋詞不再只是架空立論的一種文學創作，反而是在城市生活下活躍、立體的產物，並具備抒情、社交與娛樂等實用功能，適足以作爲一種「文學──文化」現象的代表。〔註18〕宋詞這種以歌妓爲傳播中介的「城市生活產物」，遂走出菁英文學與世俗文化長期存在的對立，在城市生活的感染下，形成別樹一幟的宋型文化。至於宋代詞人藉由詞作書寫所營造出來的杭州風貌，正是紛繁多彩的宋型文化之中別具代表性的一種。盼本文能透過文人語涉杭州的地域書寫，取徑宋詞，突出宋代杭州的城市文化、社會風俗、庶民生活，豐富宋代杭州城市文化生活的內涵，並爲宋代詞作在文學發展史上取得客觀的價值定位。

───────────────

〔註18〕關於宋詞的社會實用功能，學者吳熊和已論之甚詳：「許多事實表明，詞在唐宋兩代並非僅僅爲文學現象而存在。詞的產生不但需要燕樂風行這種具有時代特徵的音樂環境，它同時還涉及當時的社會風習、人們的社交方式、以歌舞佐酒的歌妓制度，以及文人同樂工歌妓交往中的特殊心態等一系列問題。詞的社交功能與娛樂功能，在相當長的時間內，是同它的抒情功能相伴而行的。不妨說，詞是在綜合上述複雜因素在內的歷史背景下產生的一種文學─文化現象。」見吳熊和：《唐宋詞通論》，〈重印後記〉（杭州：浙江古籍出版社，1998 年 8 月），頁 466。

第二章　宋詞與杭州

　　實際進入《宋詞中的杭州城書寫》研究之前，對於杭州地理歷史的發展沿革要先建立通盤的了解與具體的認識，才得以順著歷史脈絡，探尋杭州城何以由相對弱勢的偏遠郡縣，一躍而成南宋都城？何以由文化封閉的山中小縣，一躍成為全國的文教重心？正因為任何一個城市的發展並非一蹴可幾，於是沿著歷史發展的軌跡，可以揭開因時空乖隔而形成的神祕面紗，得到更加具體的印象。對前人事蹟與歷史故實的認識，也有助於讀者進一步辨識出與該地相關的典故，避免對詞體創作產生張冠李戴、穿鑿附會的誤讀。因此，本章第一節，重心將置於杭州城發展的歷史沿革上，探討杭州城市如何在源遠流長的歷史發展過程中逐步深化自身的歷史內涵和地理重要性，由史前降至二宋，取得高度發展的脈絡，作為本文研究開展的基礎。

　　有了對杭州城市發展的具體概念之後，第二節則著重於杭州城書寫在宋之前的發展。因為任何文學的演進，都不能自外於層層疊加的歷史上，後人也正是因為有前人辛勤耕耘的痕跡才得以取得進一步的突破，是以討論宋代之前的杭州創作，有助於了解與杭州這個地域相關的書寫發展情形，為宋詞中的杭州城書寫填補宋朝之前發展的空白。

　　前二節充足完備的相關歷史說明，及對前期文學發展概況的介紹，可以幫助讀者對此議題建立外圍的認識。降至第三節則直搗核心，

介紹宋代詞人及其杭州詞作的創作概況。筆者認爲源自於詞人的詞體創作，要達臻完備美善的境界，必須仰仗源源不絕的傑出人才投入創作，因此「人」如何在這片土地以文學創作詳實紀錄生活點滴，是文學研究必須面向現實大衆的具體實踐。而風景秀麗，地靈人傑的杭州，確實不負衆望地產出了相當多優秀的人才，不管是世居於杭，或僑居於杭的文人及其詞作，都爲我們重構了多面向的宋時杭城風情。

第一節　杭州城發展的歷史沿革

　　杭州城，隨著「上有天堂，下有蘇杭」的俗諺輾轉流傳至今，仍是江南沿海一顆燦亮的明珠。杭州城以其得天獨厚的良辰美景，和高度發展的城市經濟，在各朝發展的歷史上，有著與日俱增、與時俱進的重要性。隨著開發程度的提高，這個少受兵燹摧殘的歷史古城，遂也在中國漫長而悠久的歷史上佔有一席之地，與西安、洛陽、南京、北京、開封並列爲中國六大古都。較之前列五個都城，僅二次被歷朝政權選定作爲政治中心的杭州，即錢氏吳越國及南宋趙氏政權，在歷史上的影響似乎較爲短暫且較爲後期。然而察考歷史積澱的文化陳跡一向是重質不重量，南宋首都和宋朝文學代表——「宋詞」，共同爲杭州譜寫了美麗的樂曲，讓千百年後展卷閱讀的讀者，仍能在優美綺麗的文字背後，遙追宋時風情，共譜知遇之情。是以欲研究隱藏在宋詞背後所承載的時代生命力，就讓我們從南宋首都杭州說起。

一、史前時代——良渚文化的發源地

　　從考古學家在西元 1974 年發現的一顆牙齒說起，早在五萬年前，杭州就已出現了古代人類的蹤跡。〔註1〕此地也是四千七百多年

〔註1〕1974 年，中國科學院張生水教授和浙江省博物館的考古學家在建德
　　　　市西南里李家鎮新橋村烏龜洞，發現了古人類的牙齒化石和浙江第
　　　　四紀哺乳動物化石，距今五萬多年，中科院名之爲「建德人」。是浙
　　　　江省迄今爲止發現的唯一原始人遺跡。相關資料可參見建德市政府
　　　　網頁。

前，新石器時代良渚文化的發源地，以其高度發達的玉器文化及絲織文化聞名於世。〔註2〕但是，當時的「杭州」還只是一個模糊的文化生活圈概念，甚至只是一個廣義的聚落概念，生活於此的人們即使擁有共同的生活模式、習慣，所謂的「城市」概念尚未發端，杭州城市確切的地理位置亦混沌未明，尚待後人開發營造。

二、春秋時代──吳越爭雄，兵家必爭之地

進入距今兩千多年前的春秋時代，吳、越二國以杭州吳山爲界，彼此爭強爭霸，〔註3〕當時的杭州，還只是個浸潤在水中，僅見幾座山頭露出水面的峽灣孤島。其中一座孤零成島的小山，正是直至今日仍美妙絕倫的杭州著名景點──孤山。而南北相對成海岬地形的，北面爲寶石山，南面爲吳山。疆場的概念未定，尚隨著吳、越政權的更迭而不斷易主。

三、秦朝──始見於史籍，已有縣治之置

直至結束戰國動盪紛亂的秦始皇嬴政御駕親臨之際，杭州仍是個和皓渺煙波，洶湧浪潮相鄰的險惡之地。其事見司馬遷《史記・秦始皇本紀》，載秦王於三十七年（西元前 210 年）：「過丹陽，至錢唐。臨浙江，水波惡，乃西百二十里，從狹中渡。」《史記》中對錢唐地名的記載，代表著「錢唐」之名首出於史冊的重大意義。不過地名的見載，理當後於郡縣設立之後的定名。是以考察杭州前身──錢唐縣的建立，應可回溯到秦王足跡踏至錢唐的前十二年，即秦始皇二十五年（西元前 222 年）。此時秦王初擊敗六國，統一天下，「分天下以爲三十六郡，郡置守、尉、監。」而錢唐縣有可能就是在秦朝大將王翦

〔註2〕 1936 年，施昕更在餘杭良渚發現距今四、五千年的良渚文化，其最大特色爲高度發達的玉器文化和絲織文化，其餘喪葬習俗、巫術活動、飲食文化、圖騰文化等完整介紹可參考吳汝祚、徐吉軍著：《良渚文化興衰史》（北京：社會科學文獻出版社，2009 年 1 月）。

〔註3〕 〔明〕田汝成撰：《西湖遊覽志》（台北：世界書局，1963 年 5 月），頁 150，載「吳山，春秋時爲吳南界，以別於越，故曰吳山。」

「定荊江南地，降越君，置會稽郡」〔註4〕的同時設立的。但因缺乏史料佐證，錢唐設縣也可能早在戰國時期，因楚國已爲之，後繼秦朝遂因之。無論如何，最遲至秦代已置縣名的杭州，自此登上分合聚散，治亂無常的歷史舞臺。

四、兩漢及魏晉南北朝──乏人問津的山中小縣

自秦設隸屬於會稽郡的錢唐縣後，直至西漢，杭州一直是會稽郡下的屬縣。至東漢、六朝則爲吳郡的屬縣。地理位置的重要性遠不及會稽郡治的會稽（今紹興）、吳郡郡治的吳地（今蘇州），充其量只是一般依附於郡治下的無名小縣。在東南諸邑中的地位更遠不及六朝首都建康（今南京），其地位僅僅只和鄰近的富陽、海寧、餘杭等縣約略相等。考究其原因，大抵是因爲今日富庶豐饒的杭州，在當時還只是「江之故地」，〔註5〕陸地若隱若現，又常有被巨潮淹沒之危機，是以不利於城邑建置。本身的地理位置又不突出，浙水已如前述秦王所見般波惡湍急，西湖又三面皆山，唯一東南濱海面又爲沙灘所阻，毫無舟楫之利可言，對外交通僅能仰賴崎嶇險惡的山路。水陸交通俱困難重重的地域性，使得杭州在由秦自漢魏六朝八百年間都還只是個乏人問津的「山中小縣」。〔註6〕

〔註4〕 以上引文，俱見〔西漢〕司馬遷：《史記‧秦始皇本紀》（台北：藝文印書館，1973年出版《二十五史》本），第1冊，頁127、120、119。

〔註5〕 此語出於〔北宋〕蘇軾：〈錢塘六井記〉：「凡今州之平陸，皆江之故地也。」見〔宋〕蘇軾撰；〔明〕茅維編；孔凡禮點校：《蘇軾文集》（北京：中華書局，1999年7月）第2冊，頁379。

〔註6〕 「山中小縣」爲地理學家譚其驤對杭州城發展的經過所分六期的第一期，宣告杭州地域的重要性尚在萌芽階段。其餘五階段分別爲（二）隋唐三百年，「江干大郡」時代；（三）五代北宋二百四十年，「吳越國都及兩浙路路治」時代；（四）南宋一百四十年，「首都」時代；（五）元代八十年，「江浙行省省會」時代；（六）明至今五百九十年，「浙江省省會」時代。以下將根據六類分期一一介紹。全文見譚其驤：〈杭州都市發展之經過〉，1947年11月30日應浙江省教育會等之邀在浙江民眾教育館講演，收錄於周峰主

但在這默默無聞的八百年間，值得一提的是，當時鄰近杭城的富陽縣治，在漢末群雄割據的動盪時期，出現了與蜀魏分庭抗禮、三分天下的英勇將才——孫氏一家。在東吳大帝孫權的建設經營之下，江南適宜人居的優越條件逐步被開發。入晉後，又接納了「洛京傾覆，中州士女避亂江左者十六七」〔註7〕的大量北方世家大族。大規模躲避永嘉之禍的南遷人口，帶來了中原先進的農耕生產技術，間接促進了江南的經濟發展，對杭州城的發展無疑是一種根本性保障。於是杭州城由「山中小縣」躋身為「江畔大郡」的契機乍見曙光。發展至六朝末期，陳後主禎明元年（西元 587 年）始置「錢唐郡」，杭州的地位已由微不足道的錢唐小縣，提升至管轄錢唐、富陽、於潛、新城等地的郡邑。

五、隋朝——定名杭州，為南北航運樞紐

沒沒無聞的山中小縣——錢唐，至隋朝進入了城市發展的另一個階段。在陳後主設錢唐郡的短短兩年間，隋文帝楊堅於開皇九年（西元 589 年）平陳，改錢唐郡為杭州。前朝陳後主設立的錢唐郡名曇花一現，取而代之的是今日意義的「杭州」一名在歷史上的首次出現，杭州之名也自此沿用不絕。

隋朝國祚雖僅有短短三十七年，但對杭州的建設可謂居功厥偉。隋朝最早的杭州州治設於轄區內的餘杭縣，但因開國之初，國勢未穩，叛亂頻仍，不到一年州治便由最初的餘杭縣改置於錢唐縣。又過一年，州治再遷至柳浦西，即今日杭州江干一帶。郡治的設立雖是好事多磨，但率大軍來杭建設的隋將楊素，於開皇十一年（西元 591 年），開始沿著鳳凰山營建周圍三十六里九十步的杭州城，在杭州發展史上，是築牆建城的一大步，而杭州城也因為隋朝鋪下發展的這一塊基石，而成為其後各朝發展的基礎。因後朝所有的建設，無不由鳳

編：《杭州歷史叢編》之二《隋唐名郡杭州》（杭州：浙江人民出版社，1990 年 2 月），頁 7～18。

〔註7〕 語出於〔唐〕房玄齡等著：《晉書》（台北：藝文印書館，1973 年出版《二十五史》本），第 9 冊，列傳第 35〈王導傳〉，頁 1165。

凰山麓一帶拓展蔓延，如吳越首府的設置、南宋宮廷的興建，足見隋朝對杭州城的建設有著奠基之功。

但是隋朝對杭州城建設的積極意義還不只在於都城的興建，也在於南北運河的開通。史載隋煬帝於大業六年（西元 610 年）冬十二月，「敕穿江南河，自京口（今鎮江）至餘杭，八百餘里，廣十餘丈，使可通龍舟，並置驛宮、草頓，欲東巡會稽。」﹝註8﹞這是杭州城自開城以來，首次出現的大型交通建設。隋煬帝楊廣對水運設施投入的努力，也帶領著杭州走入水陸交通樞紐的嶄新里程碑。連結業已開鑿完成的永濟渠、廣通渠、通濟渠等運河，﹝註9﹞隋朝帝王有意識地大興水利工程，終於建立了一條緊密聯繫長安、洛陽等名都，且貫穿錢塘江、長江、淮河、黃河、海河五大水系的南北大運河。而南端終點──「杭州」，在加強國家的統一、促進南北經濟文化的交流，亦取得日益重要的地位。從此南北物資互通有無，成爲緊密連結的有機體，此中作爲南糧北調的經濟重鎮──杭州，其重要性也就愈發突出。不僅解決了隋朝初年，京師長安倉廩空虛的危機，也緩解了關中地區出現的「地少而人眾，衣食不給。」﹝註10﹞的困境，更造就了杭城「川澤沃衍，

﹝註8﹞ 語出〔宋〕司馬光：《資治通鑑》，卷 181〈隋紀〉。見〔宋〕司馬光撰；〔元〕胡三省音註：《資治通鑑》（上海：上海古籍出版社，1991年 3 月），頁 1204。

﹝註9﹞ 連接中國南北的主要大運河，最早開鑿者爲隋文帝於開皇三年命宇文愷所開之廣通渠，次爲開皇七年起開始開鑿溝通黃河和淮河的山瀆溝。其後隋煬帝繼承文帝遺志，繼續大運河的開鑿工作，於大業元年「發河南諸郡男女百餘萬，開通濟渠。」又「發淮南民十餘萬開邗溝。」後於大業四年「詔發河北諸郡男女百餘萬，開永濟渠，引沁水，南達於河，北通涿郡。」完成南北大運河走向東北的一段，使從餘杭至涿郡的南北大運河四段得以連通，互通有無。以上運河陸續開鑿的先後順序及過程可參考〔唐〕魏徵等著：《隋書‧煬帝紀》（台北：藝文印書館，1973 年出版《二十五史》本），第 18 冊，頁 39～47。以及〔宋〕司馬光撰；〔元〕胡三省音註：《資治通鑑‧隋紀》，頁 1200～1207。

﹝註10﹞〔唐〕魏徵等著：《隋書》卷 24，〈食貨志‧開皇三年〉（台北：藝文印書館，1973 年出版《二十五史》本），第 18 冊，頁 365。

有海陸之饒。珍異所聚，故商賈並湊」〔註11〕的商業城市面貌。

六、唐朝──積極建設，蓄勢待發的江干大郡

奠基於前朝隋對杭州城開發的基礎，隋、唐二代的杭州城，進入了地理學家譚其驤所劃分的第二期「江干大郡」時代，不再是名不見經傳的山中小縣。唐高祖立國之初，「錢唐」之名爲避國號諱，改名「錢塘」，爲多數文人所沿用，「錢唐」之名遂同昔日「山中小縣」的印象，一同成爲歷史陳跡。

定都於長安的大唐帝國，雖有便捷的河運系統足以大幅地建設杭州，但唐代帝王顯然意不在此，於是積極建設杭州的工作便落到駐守杭州的文官手上，其中又以唐德宗年間入杭的李泌及唐穆宗時期來杭的白居易二人建設爲最。

唐德宗建中二年（西元 781 年）九月，李泌調任杭州刺史，至德宗興元六年（西元 784 年）一月離任，在任雖僅二十八個月，卻有「引湖水入城，爲六井以利民」〔註12〕的傑出政績。誠如宋代杭州太守蘇軾所言：「凡今州之平陸，皆江之故地，其水苦惡，爲負山鑿井，乃得甘泉，而所及不廣。唐宰相李公長源，始作六井，引西湖水以足民用。」〔註13〕雖僅寥寥數句，卻也扼要地點出了李泌的具體事功。誠如吾人所知，民生用水一直是一個城市發展的先備條件，然而時序進入唐代的杭州城，還在滄海尚未完全轉化爲桑田的變遷階段，導致杭州居民雖得陸地可供居住，卻無地下淡水可供飲用，居民只得逐淡水而居，對城市的全面性發展有著相當不利的影響。因此將建設重心擺在改善民生用水問題上的杭州刺史李泌，便因開挖了六個提供西湖淡

〔註11〕同上，卷 31，〈地理志〉，頁 461。

〔註12〕據宋人周淙的記載，「李泌，字長源，代宗朝爲杭州刺史，引湖水入城，爲六井以利民，爲政有風績。」語見〔南宋〕周淙：《乾道臨安志等五種》（台北：世界書局，1953 年 5 月），頁 56。

〔註13〕〈錢塘六井記〉全文見〔宋〕蘇軾撰；〔明〕茅維編；孔凡禮點校：《蘇軾文集》，第 2 冊，頁 379。

水的輸水口,以及設置於城中提供淡水的六個大池子——「六井」,讓杭城民生用水的使用得以普及。此舉也使得杭州城的發展,終於不再受限於取之不易的淡水水源,而取得了較大的發展性。

在李泌開六井以澤被人民的四十年後,唐穆宗長慶二年(西元822年),中唐文人白居易南來就任杭州刺史,首先做的便是疏通李泌四十年前開鑿的六口大井,繼而整治西湖,築建湖堤。作爲地方父母官的白氏有鑑於當時的西湖經常淤塞,遂著力興修水利,獨排眾議地修了一條湖堤,興築堤壩和水閘,以增強西湖灌溉和防洪功能。對於此事,白氏寫下〈錢塘湖石記〉一文,對整治西湖一事記之甚詳。﹝註14﹞除了水利興修工程之外,熱愛杭州的刺史白居易,也對此地賦稅和役政進行改革,且致力於提倡文教活動。對於自己的政績,白居易於離任時所作的〈別州民〉一詩中這樣說道:「耆老遮歸路,壺漿滿別筵。甘棠無一樹,哪得淚潛然?稅重多貧戶,農饑足旱田。唯留一湖水,與汝救凶年。」縱然是百般謙讓,但留下仕杭官俸以供其後建設之用的白氏,這種「江山風與月,最憶是杭州」﹝註15﹞的深情,和致力建設、一介不取的良吏形象深深感動了杭人,是以無論堤岸如何易地重建,總是留下「白堤」一名,銘記著白氏對這片土地無私的貢獻。

﹝註14﹞ 〔唐〕白居易:〈錢塘湖石記〉:「凡放水溉田,每減一寸,可溉十五餘頃。每一復時,可溉五十餘頃。」、「其筧之南,舊有缺岸,若水暴漲,即於缺岸洩之。又不減,兼於石函南筧洩之,防潰堤也。」皆是白氏整治西湖有功之說明。於文末又不忘提醒後來者:「予在郡三年,仍歲逢旱。湖之利害,盡究其由。恐來者要知,故書於石。」亦可見白氏對杭州的深情。全文見〔唐〕白居易著:朱金城箋校:《白居易集箋校》(上海:上海古籍出版社,1988年12月),頁3668。

﹝註15﹞ 此語引自白居易詩〈寄題餘杭郡樓兼呈裴使君〉。杭州刺史白居易對杭州的一片深情還表現於其他詩詞創作之中,如〈憶江南〉詞:「江南憶,最憶是杭州。山寺月中尋桂子,郡亭枕上看潮頭,何日更重遊?」、〈杭州迴舫〉詩中:「自別錢塘山水後,不多飲酒懶吟詩。欲將此意憑迴櫂,報與西湖風月知。」都記載著白居易對杭州的一往情深及魂牽夢縈,令人動容。

　　經過李泌、白居易二人鑿井築堤，疏濬西湖的努力建設下，杭州人民生活逐漸獲得改善，並吸引了更多人口前來，逐漸脫離「江干大郡」的範圍，一躍成為「江南列郡，餘杭為大」〔註16〕、「駢檣二十里，開肆三萬室」〔註17〕的東南名郡，開始向「吳越國都及兩浙路路治時代」的第三階段前進發展。

七、五代——吳越國首府的基礎建設

　　杭州之所以可以與長安、洛陽、南京、北京、開封等歷史悠久的各朝首都並列中國六大古都，五代吳越國創立者錢鏐（西元852～932年）將此地定為國都一事功不可沒。北至蘇州，南抵福州，囊括兩浙膏腴沃土的吳越國，在決定國都所在時，之所以不選擇其實已高度發展、興盛繁榮的蘇州或是紹興，而選定江干大郡——杭州，是為了避免前二者可能產生的偏於一隅，顧此失彼問題。位居吳越國土中路的杭州取得左右逢源之利，於是順理成章地成為錢氏政權中心。進一步取得發展的契機，在中國都城發展歷史上，始佔一席之地。誠如宋人王明清所言：「杭州在唐，繁雄不及姑蘇、會稽二郡，因錢氏建國始盛。」〔註18〕即點出錢氏之於杭州的密切關係。錢鏐亦盛讚杭城「東眄巨浸，輠閩粵之舟櫓，北倚郭邑，通商旅之寶貨。」〔註19〕擁有相對優越的地理位置，加上在上位者的有心耕耘，杭州自然能從名郡晉身大都，由三流躍升一流。

〔註16〕語出〔唐〕白居易：〈盧元輔襲杭州刺史制〉，見〔唐〕白居易著；朱金城箋校：《白居易集箋校》，頁3194。

〔註17〕此語引自〔唐〕李華：〈杭州刺史廳壁記〉，其文亦有言：「杭州，東南名郡，後漢分會稽為吳郡錢塘屬。隋平陳置此州。咽喉吳越，勢雄江海，國家阜成，兆人戶口，日益增領，九縣所臨菹者多。」全文見〔宋〕李昉等編：《文苑英華》（北京：中華書局，1995年2月），第5冊，頁3194。

〔註18〕語出〔宋〕王明清：《玉照新志》，見四川大學圖書館編：《中國野史集成》（成都：巴蜀書社，1993年11月），第10冊，頁35。

〔註19〕〔五代〕錢鏐：〈杭州羅城記〉，見〔宋〕李昉等敕編：《文苑英華》，頁4287。

　　不同其他其他據地爲王的小國，致力於攻城掠地、鯨吞蠶食，吳
越國錢氏將全數精力投注於國家的經濟建設上，自吳越立國（西元 923
年）開始，至錢氏納土歸宋（西元 978 年）的五十五年間，錢氏不僅在
水利建設上有效地防止海水氾濫，並抑制錢塘潮患。〔註20〕在宮城的建
置上，也延續隋代楊素奠定的基礎，進一步發展更具今日意義的城市規
模，如對「南宮北城」、「前朝後市」、「城市主軸線」的城市擘畫，以及
促進唐代坊市制向坊巷制的格局過渡，這些具體的城市建設，使得杭州
城成爲全浙江及周邊地區的政治、經濟中心，也造就了其後南宋設都臨
安的種種便利，在杭州城市發展史上，寫下重要的一頁。

八、北宋——地有湖山美的東南第一州

　　自吳越國錢氏納土歸宋之後，首都設於東京開封的北宋無暇顧及
西岸杭州，這個時期的杭州城，從政治地位上來說，已經從吳越國都
降爲地方政權的治所，其後歸兩浙路統轄。是以地理學家譚其驤將其
五代北宋二百四十年間，劃歸至杭州城發展的第三期——「吳越國都
及兩浙路路治時代」。

　　不過此時的杭州城政治意義縱然不彰，但歷朝歷代的積極建設，
及天生地設的優越環境，已成爲宋時士人寄託美好想像的天堂。因一
向得以遠離兵燹戰禍的無情洗禮，杭州城發展持續突飛猛進。觀宋初
士人歐陽修受友人梅摯之邀所寫下的〈有美堂記〉之言：「錢塘自五
代時，知尊中國，效臣順。及其亡也，頓首請命，不煩干戈，今其民
幸富完安樂。」且其「習俗工巧，邑屋華麗，蓋十餘萬家……風帆浪
舶，出入於江濤浩渺煙雲杳靄之間，可謂盛矣。」〔註21〕較之受兵連

〔註20〕吳越國對杭州的積極建設，可見〔宋〕范炯：《吳越備史》載錢王鏐
　　　　於五代後梁開平四年（西元 910）「八月始築捍海塘，王因江濤衝激，
　　　　命強弩以射濤頭，遂定其基，復建候潮通江等城門。」並「命運巨
　　　　石盛以竹籠，植巨材捍之城基。使定其重濠累塹，通衢廣陌亦由是
　　　　而成焉。」王雲五主編：《四部叢刊續編》（台北：台灣商務印書館，
　　　　1966 年 10 月），冊 42，頁 47～48。
〔註21〕引自歐陽修〈有美堂記〉，全文見〔宋〕歐陽修：《歐陽修全集》（台

禍結慘烈破壞而呈「頹垣廢址，荒煙野草，過而覽之，莫不爲之躊躇
而悽愴」的南唐首都金陵，杭州取得了得天獨厚的發展契機，晉身爲
宋仁宗筆下的「東南第一州」。〔註22〕

　　北宋朝對杭州的建設，不外乎修築海塘、整治河道與疏浚河川等
水利相關建置，與歷代統治者的著眼點大致相同。在經濟文化上，也
比前朝有了更進一步的發展，無論是絲綢、瓷器、造船等工業技術的
興盛，都愈發穩固杭州城的經濟地位。在這樣先天地靈人傑，又後天
努力建設的絕佳環境下，造就杭城名家輩出的空前勝況，如在文學領
域代表人物有林逋（西元 967～1028 年）、周邦彥，科技工藝則有發
明活字版印刷術的畢昇，和寫作《夢溪筆談》的科學家沈括（西元
1033～1097 年）。然而，眞正讓杭州美景深入民心且爲杭州注入全新
生命力者，當推二度仕杭的北宋文壇巨星──蘇軾。其對杭州政治、
經濟、文化方面的貢獻，皆是無人能出其右，無怪乎杭城俗諺有言：
「杭之巨美，自白、蘇而益彰。」〔註23〕時至今日，蘇軾所歌詠的西
湖佳句「水光瀲豔晴方好，山色空濛雨亦奇。若把西湖比西子，淡妝
濃抹總相宜。」仍是讀者耳邊的驚嘆。

　　總的來說，杭州城在北宋的建設並不仰仗於中央政權，憑藉著來
來往往的地方官吏對此地投注的情感，以及山明水秀產出的傑出人
才，早在人們心中打響名號，完全無須附麗於統治集團，即取得傲視
群雄之姿。

九、南宋──高度發展的首都時代

　　宋欽宗靖康二年（西元 1127 年），金兵南下，攻陷北宋首都汴京，

　　北：世界書局，1963 年 4 月），頁 280。
〔註22〕據《乾道臨安志》載，嘉祐二年（西元 1057 年）「梅摯知杭州……
　　　仁宗賜詩寵行：『地有湖山美，東南第一州』。」全文見〔南宋〕周
　　　淙：《乾道臨安志等五種》卷 3，頁 72，梅摯條。
〔註23〕〔明〕田汝成輯撰：《西湖遊覽志餘》（台北：木鐸出版社，1982 年
　　　6 月），卷 10〈才情雅致〉，頁 170。

並擄走徽、欽二帝及其后妃、太子、文武百官等三千餘人，史稱「靖康之難」。國家頓時陷入群龍無首的混亂及草木皆兵的驚恐中。宋氏王朝唯一倖存的康王趙構於南京倉卒登基，但步步逼近的金兵，仍是宋人心中最大的夢魘。無力抵禦的宋室只得往南節節敗退。眼看收復汴都一事已成痴心妄想，高宗及宋室只得倉皇走避，以「巡幸東南，為避敵之計」，輾轉遷移至揚州、杭州、建康、越州、明州等地。朝中雖有大臣李綱對南避一事的極力反對，〔註24〕但事已至此，勢不可違，汴都遂成為回不去的故鄉。無奈輾轉遷徙於東南各州的宋室仍是好景不常，無法擺脫窮追不捨的金兵，對於「自古圖王霸之業，必定根本之地而固守之者」〔註25〕的定都一事遲遲無法做出最終定奪。直到建炎四年（西元 1130 年）四月，金兵北撤，宋室才得以稍作喘息，返回越州，初步詔令其地為行都。次年，高宗亦改年號為「紹興」，以示「紹繼中興」之意。

然而暫治越州為行都，顯非長久之計，因其「道里僻遠，非所以示恢復；形勢卑陋，不足以堅守禦；水道壅隔，非漕挽之便。」又「輕棄二浙失煮海之利」〔註26〕於是另立國都一事，勢在必行。當時納入考慮江南名城，有六朝古都——「建康」及商業中心——「杭州」二者。前者以其豐富的歷史背景見長，後者則可使宋室收政治、經濟中心統一之利。

〔註24〕 宋室大臣李綱認為：「自古中興之主，起於西北，則足以據中原而有東南；起於東南，則不足以復中原而有西北。蓋天下之精兵健馬，皆出於西北。委而棄之，豈惟金人乘閒以擾關輔，盜賊且將蜂起，跨州連邑。陛下雖欲還關，且不可得，況治兵勝敵，以歸迎二聖哉。」字字句句，透露對南渡避禍一事不可為的慎重警告。全文見〔南宋〕李心傳：《建炎以來繫年要錄》（陳建華、曹淳亮主編：《廣州大典》第一輯《廣雅叢書》廣州：廣州出版社，2008 年 9 月），第 26 冊，卷 7，〈建炎元年秋七月乙巳〉條，頁 97。
〔註25〕 〔南宋〕李心傳：《建炎以來繫年要錄》，卷 27，〈建炎三年閏八月庚寅〉條，頁 267。
〔註26〕 〔南宋〕李心傳：《建炎以來繫年要錄》，卷 40，〈建炎四年十二月辛未〉條，頁 365。

　　實則建康、杭州二者各有所長，一如北宋歐陽修於〈有美堂記〉
中所言：「若乃四方之所聚，百貨之所交，物聖人眾爲一都會。而又
能兼有山水之美，以資富貴之娛者，惟金陵、錢塘。」但朝中大臣對
於六朝古都建康顯然有更多的青睞，因考慮其「古所建國，山川盤絡，
漕運便利」〔註 27〕、「實古帝都，外連江淮，內控湖海，負山帶海，
爲東南會要之地」、「夫騎兵，金之長技，而不習水戰。金陵天險，前
據大江，可以固守。東南久安，財力富盛，足以待敵。」〔註 28〕總總
言論，不一而足，共同訴求卻只有一個，便是立有著地域、經濟、歷
史上優勢的建康爲國都。而杭州在朝中大臣的眼裡，不過是「僻在海
隅，其地狹小」〔註 29〕的新興都城，不足以與建康相提並論。然而最
終的決定權仍握在高宗手裡，考量「金人所恃者騎眾耳。浙西水鄉，
騎雖眾不得騁也。」〔註 30〕的浙西天險足以作爲宋室安全的天然屏
障。這一點至關重大的都城軍事安全性考量讓只欲退守，不欲進攻的
高宗格外動心，杭州一躍成爲南宋皇朝的首都一事就此拍板定案。

　　原本不被看好的杭州之所以可以出奇制勝，取得宋高宗的青睞，
依朱熹所見，大抵不出「建康形勢雄壯，然攻破著淮，則只隔一水；
欲進取則可都建康，欲自守則莫若都臨安。」〔註 31〕一語道破高宗亟
欲自守的退縮心態，使得定都杭州已是勢所必然。姑且不論後人對高

〔註 27〕〔南宋〕徐夢莘撰：《三朝北盟會編》（上海：上海古籍出版社，2008
　　　　年 6 月），卷 173，〈炎興下帙 73〉「起紹興七年正月十五日丁丑盡其
　　　　日」條，頁 1249。
〔註 28〕此二則宋朝大臣引文，前者爲尉少卿衛膚敏之言，後者爲中書舍人
　　　　劉珏之言。兩人的意見，取得多數是大夫的共鳴，「士大夫率附其議。」
　　　　其事見於〔南宋〕李心傳：《建炎以來繫年要錄》卷七，建炎元年七
　　　　月癸丑條，頁 99。
〔註 29〕〔南宋〕張邵言，〔南宋〕徐夢莘撰：《三朝北盟會編》，卷 222，〈炎
　　　　興下帙 122〉「起紹興二十六年七月盡其月」條，頁 1599。
〔註 30〕〔南宋〕李心傳：《建炎以來繫年要錄》卷 27，〈建炎三年閏八月丁
　　　　亥〉條，頁 267。
〔註 31〕此語見〔宋〕黎靖德輯：《朱子語類》（北京：商務印書館，2006 年
　　　　第一版《文津閣四庫全書》），冊 703，卷 127，頁 455。

宗定都杭州一事有所謂「浙臉」〔註32〕的穿鑿附會，杭州本身所具備的發達的都市經濟、便利的水陸交通及優美的山水風光已足以讓宋高宗提出：「吾捨此何適？」的感嘆。〔註33〕而答案，昭然若揭，便是捨杭其誰！

　　從紹興八年（西元 1138 年）正式定都杭州，至西元 1276 年蒙軍入境，宋室覆滅，南宋王朝歷時一百四十年，對杭州城的建設可沒因為「臨安」之名而敷衍交差。實則對外戰役屢戰屢敗的宋室，雖抗金復國無望，卻也沒怠慢杭州城的發展，不管在商業、手工業、城市建設、社會風俗、文學藝術、文化娛樂、宗教信仰至南宋後期都達到了登峰造極之境。江山有幸得皇室加持，杭州於是進入一個空前繁榮的時代。文人、商賈、皇室、平民為這片膏腴沃土織就現實的人生和綺麗的幻夢。於是錢氏以來的東南第一州，進一步成為全國第一州，更有甚者，在十二世紀的世界各國，都無人能出其右，堪稱世界第一大都會。從歐陽修〈有美堂記〉的「惡邑華麗，蓋十餘萬家。」到吳自牧《夢粱錄》「自高廟車駕由建康幸杭，駐蹕近二百餘年，戶口蕃息，近百餘萬家。」〔註34〕人口增長加快，更帶動了城市的迅速發展。誠如宋人周煇引故鄉耆老之言：「昔歲風物，與今不同，四隅皆空迥，人跡不到。寶蓮山、吳山、萬松嶺，林木茂密，何嘗有人居？城中僧

〔註32〕南宋遺民劉一清於《錢塘遺事》一書中載：「高宗誕之三日，徽宗幸慈寧后閣，妃嬪捧抱以見。上撫視甚喜，顧謂后妃曰：『浙臉』也。蓋慈寧后乃浙人，其後駐蹕於杭州，亦豈偶然？」見〔元〕劉一清撰：《錢塘遺事》（上海：上海古籍出版社，1985 年 10 月），頁 19。

〔註33〕南宋葉紹翁《四朝聞見錄》一書載：「高宗六飛，未知所駐，嘗幸楚、幸吳、幸越、俱不契聖慮。暨觀錢塘表裡江湖之勝，則嘆曰：『吾舍此何適！』」見〔南宋〕葉紹翁撰；符軍注：《四朝聞見錄》（西安：三秦出版社，2004 年 5 月），〈高宗駐蹕〉條，頁 66。

〔註34〕〔宋〕吳自牧《夢粱錄》，卷 19〈塌房〉條，見〔宋〕孟元老等著：《東京夢華錄外四種》（上海：上海古典文學出版社，1956 年 11 月），頁 299。以下五書：〔宋〕孟元老：《東京夢華錄》、〔宋〕灌圃耐得翁：《都城紀勝》、〔宋〕西湖老人：《西湖老人繁勝錄》、〔宋〕周密：《武林舊事》、〔宋〕吳自牧：《夢粱錄》均引自此，故不再詳述出處。

寺甚多，樓殿相望，出湧金門，望九里松，極目更無障礙。自六蜚駐
蹕，日益繁盛。湖上屋宇連接，不減城中。」〔註35〕杭州城的發展確
實因南宋定都而發展至無以復加的高度。

挾南宋經濟的高度發達、社會的相對安定，加上前朝士人紛紛南
渡，人才高度集中，也進一步促進了杭州文化事業的空前發展，開導
了南宋一代學術文化先河。是以不論由什麼角度來看，於南宋進入首
都時代的杭州確實是顆熠熠明星，閃耀於無遠弗屆的廣袤空間之中，
也燦爛於源遠流長的時光之流中。

第二節　杭州書寫在宋代以前的發展

杭州城內的風光景物，得以進入文人筆下而成爲膾炙人口的文
學作品，在文學發展歷程的時間上不算太早。縱使今日有學者以早
期的越國詩歌，如〈候人歌〉〔註36〕、〈南風歌〉〔註37〕、〈越人歌〉
〔註38〕等古代南方歌謠，作爲南方文學，甚至是浙江文學開展的最

〔註35〕〔宋〕周煇撰；劉永翔校注：《清波雜志校注》（北京：中華書局，
　　　　1997 年 12 月《唐宋史料筆記叢刊》），卷 3，頁 117。

〔註36〕〔戰國〕呂不韋：《呂氏春秋・音初篇》載：「禹行功，見塗山之女，
　　　　禹未之遇而巡省南土。塗山氏之女乃令其妾侍禹於塗山之陽。女乃作
　　　　歌，歌曰：『候人兮猗。』實始作爲南音。」僅有四句，用來表達塗山
　　　　之女思君之情的歌詞，爲南音之始。劉勰於《文心雕龍》中亦將它作
　　　　爲南方詩歌的開端：「涂山歌於候人，始爲南音。」根據現在學者研究，
　　　　涂山大概在會稽（今浙江紹興）一代，屬廣義的浙江範圍。

〔註37〕據王肅注《孔子家語》記載，比禹時代更早的舜有〈南風歌〉一曲：
　　　　「昔者舜彈五弦之琴，造南風之詩。其詩曰：『南風之薰兮，可以解
　　　　吾民之慍兮；南風之時兮，可以阜吾民之財兮。』」全文見〔魏〕王
　　　　肅注；劉樂賢編著：《孔子家語》（北京：北京燕山出版社，1995 年
　　　　4 月），卷 35〈辨樂解〉，頁 211。

〔註38〕〔西漢〕劉向：《說苑・善說篇》，記載一則由越語翻譯爲楚語的優
　　　　美樂歌：「今夕何夕兮？搴舟中流。今日何日兮？得與王子同舟。蒙
　　　　羞被好兮，不訾詬恥。心幾頑而不絕兮，得知王子。山有木兮木有
　　　　枝，心說君兮君不知。」見〔漢〕劉向撰；向宗魯校證：《說苑校證》
　　　　（北京：中華書局，1987 年 7 月），頁 278～279。

初樣貌。但筆者認爲，在杭州此地「姿身未明」之前，大範圍的浙江詩歌與杭州城恐怕沒有必然的關聯。畢竟杭州這個地方，一直到隋代才脫離了封閉的山中小縣範疇，進入郡治時代。也因隋代運河的興建，才讓杭州這個濱海小城漸漸湧入了人潮。是以欲前溯杭州城書寫在杭以前的發展，爲求得歷史公正，大抵要由史料漸出的隋朝開始。但又因隋王朝國祚短促，今日亦未見相關詩作傳世，此處姑且將隋代按下不論。而眞正使杭州城書寫進入蓬勃發展的時代，首推積極建設「錢塘郡」的唐代，先後駐守於杭州的刺史們，如白居易、姚合；以及南來北往遊歷全國的文人們，如宋之問、李白，都是促成杭州意象進入唐詩領域的推手。以下遂以唐詩發展分期，介紹宋代之前杭州城書寫的發展。

一、初 唐

初唐時期與沈佺期齊名，對訂定近體詩格律有極大貢獻的詩人宋之問（656～712），一名少連，字延清。相傳大約在唐中宗景龍三年（709年）冬，自考功員外郎被貶黜放還爲越州長史後，於南返途中行經江南，夜遊靈隱寺，因見皎潔月色極明極美，遂發詠詩之興，故步於長廊吟道：「鷲嶺鬱岧嶢，龍宮鎖寂寥。」極言山寺空靈隱密，詞人抑鬱寂寥，卻苦思不出下聯之句。恰巧遇一老僧在燭邊打坐，問宋氏道：「少年夜久不寐，而吟諷甚苦，何耶？」宋之問據實以告，遂得老僧所作下聯：「樓觀滄海日，門對浙江潮。」〔註39〕詩中滄海江潮皆是甚爲壯

〔註39〕〔唐〕孟棨：《本事詩》，卷5，〈徵異〉載：「宋考功以事累貶黜，後放還，至江南。遊靈隱寺，夜月極明。長廊吟行，且爲詩曰：『鷲嶺鬱岧嶢，龍宮隱寂寥。』第二聯搜奇思，終不如意。有老僧點長明燈，坐大禪床，問曰：『少年夜夕久不寐，而吟諷甚苦，何邪？』之問答曰：『弟子業詩，適偶欲題此寺，而興思不屬。』僧曰：『試吟上聯。』即吟與聽之，再三吟諷，因曰：『何不云「樓觀滄海日，門聽浙江潮？」』之問愕然，訝其道麗。……僧所贈句，乃爲一篇之警策。遲明更訪之，則不復見矣。寺僧有知者，曰：『此駱賓王也。』」收於〔唐〕孟棨；王公偉點校：《本事詩》（北京：北京出

麗的杭州景觀，頗得遒勁之姿。終篇成〈靈隱寺〉一詩：

> 鷲嶺鬱岧嶢，龍宮鎖寂寥。樓觀滄海日，門對浙江潮。
> 桂子月中落，天香雲外飄。捫蘿登塔遠，刳木取泉遙。
> 霜薄花更發，冰輕葉未凋。夙齡尚遐異，搜對滌煩囂。
> 待入天台路，看余度石橋。〔註40〕

詩的後半段以「桂子月中落，天香雲外飄」的幽美意象，突顯杭州靈隱寺的脫俗空靈。更以詩人「捫蘿登塔」、寺院「刳木取泉」的動態實景；「霜薄花更發」、「冰輕葉未凋」的靜態生命力，暗示江南氣候溫暖，入冬似春的特點，使人遊興不減。詩末以作者喜愛尋幽訪勝以滌除煩囂的自白，暗示自己欲更進一步，南遊天台，安度奇險天橋，突出表現作者對杭州靈隱寺的熱愛。這雖然是杭州景點——靈隱寺在唐詩中粉墨登場的開場之作，卻因詩人美妙的遇合，和或虛或實的奇想，顯得格外引人入勝，妙趣橫生。

　　而關於寺中老僧，有一說為初唐四傑之一的駱賓王，因曾幫助徐敬業討伐武則天的駱賓王，事敗之後自此不知去向，極有可能便是遁入空門，出家當和尚。據傳詩人宋之問於山寺所遇的睿智老僧很可能就是駱賓王。〔註41〕可惜歷史永遠有著穿鑿附會、憑空杜撰的成分，若實際考察宋氏、駱氏生平，此謠傳便不攻自破，誠如王世貞所言：「延清（宋之問）與賓王（駱賓王）年事不甚相遠。賓王又有〈江南贈宋五之問〉及〈兗州餞別詩〉，何得言非舊識？若賓王果為老僧，而之問後謫過杭，亦且老矣，不得呼少年。殆因二詩並見集中，故令延清受此長誣耳。」

版社，2000 年 3 月《中國文言小說百部經典》），冊 11，頁 3537。

〔註40〕〔清〕清聖祖御製：《全唐詩》（台北：明倫出版社，1971 年 5 月），第 2 冊，頁 411。

〔註41〕〔宋〕葉夢得：《石林詩話》：「舊說徐敬業敗，與駱賓王俱不死，皆去為浮屠以免。賓王居杭州靈隱寺，因續宋之問詩，人始知之，而《新唐書》不載。今宋詩乃見賓王集中，惟題『鷲嶺鬱岧嶢，龍宮隱寂寥。』二句是宋作，自後『樓觀滄海日，門對浙江潮』以後五韻皆賓王所續。」收錄於《叢書集成初編》（北京：中華書局，1991 年版），冊 2551，頁 26。

〔註42〕不管由詞人生平交遊，或二詩人年齡輩分方面考察二人的關係，老僧爲駱賓王一事皆不攻自破。只是不管事實眞相究竟爲何，初唐士人的足跡已涉入杭州，並開始對杭州景點如靈隱寺、錢塘海潮有所描述，開啓了詩歌中的杭州書寫，已是後世廣開杭州書寫的先聲。就這樣，前人的跫音踏響了沉睡的老杭州，後繼詩作遂接踵而來，開始在這塊膏腴沃土上一方面和他人爭勝比美，一方面也馳放個人抑鬱的心胸，證明了名山勝景確實是失意文人最佳的心靈撫慰之所。

二、盛　唐

盛唐步入了唐詩發展的高峰期，隨著近體詩格律的確定，加上唐朝國力漸強，意氣風發的盛唐詩人們遂大量地投入唐詩的創作，舉凡邊塞、浪漫、自然田園、社會寫實等詩派的創作都豐富了唐代詩歌的內涵。而在盛唐眾多傑出的詩人當中，杭州有幸能夠以其自然山水美景，吸引盛唐名家孟浩然、李白與之相遇，遂成杭州文學發展史上的一段佳話。

長期仕途不得意的孟浩然（西元 689～740 年），於唐玄宗開元十二年至十四年春夏之間（西元 724～726 年）滯留於洛陽尋求出仕，卻不得門路，萬念俱灰下遂於夏秋之際，轉往南方吳越漫遊，〈與顏錢塘登障樓望潮作〉便是他與時任錢塘縣令的顏姓友人同登障樓（即樟亭）〔註43〕望潮時所作，其詩文曰：

> 百里聞雷震，鳴弦暫輟彈。府中連騎出，江上待潮觀。
> 照日秋雲迥，浮天渤澥寬。驚濤來似雪，一坐凜生寒。
>
> 〔註44〕

〔註42〕語出〔清〕孫濤續輯：《全唐詩話續編》，見〔清〕丁仲祜編訂：《清詩話》（台北：藝文印書館，1977 年 5 月），下冊，卷下，〈宋之問〉條，引《古今詩話》之言，頁 819。

〔註43〕唐詩中所見樟亭、樟亭驛、障樓、樟樓等名稱，所指皆爲在錢塘縣治南五里，唐人觀賞錢塘海潮的第一去處。此名充斥於唐代各類觀潮詩中，以下遂不一一點明。

〔註44〕〔清〕清聖祖御製：《全唐詩》，第 3 冊，頁 1645。

全詩氣派恢弘，壯觀宏闊，首句「百里聞雷震」即點出錢塘潮勢不可遏的盛大之狀。次句用《呂氏春秋・察賢》：「宓子賤治單父，彈鳴琴，身不下堂，而單父治。」〔註45〕之典故，說明顏氏為觀潮而暫停政事。二人連騎出府，於江上待潮。時正值秋日高雲映日，秋高氣爽，視野寬廣，正適合待潮觀潮。突然，驚濤似雪奔來，鋪天蓋地，令人心驚膽跳，亦令滿座頓生寒意，詩篇至此戛然而止。全詩緊扣「望」字構思佈局，卻斷然而止，留與讀者無限想像。錢塘江潮之懾人氣勢亦已盡在不言中，留下震耳欲聾的潮聲和猛浪若奔的江潮在讀者的心中翻湧。

　　至於遊遍大江南北的大詩人李白（西元 701〜762 年），行蹤何以落腳杭州？其間的關鍵人物正是開元二十四年至天寶三年（西元 737〜745 年）間在杭州擔任刺史的李白從侄——李良。見李白〈與從侄杭州刺史良遊天竺寺〉一詩：

> 挂席凌蓬丘，觀濤憩樟樓。三山動逸興，五馬同遨遊。
> 天竺森在眼，松風颯驚秋。覽雲測變化，弄水窮清幽。
> 疊嶂隔遙海，當軒寫歸流。詩成傲雲月，佳趣滿吳洲。

〔註46〕

　　天寶元年（西元 742 年），〔註47〕詩人李白來到杭州與從侄樂遊山水。不同於初唐宋之問夜登靈隱寺之作，此詩寫的是李白於日間來到杭州另一處古剎——天竺寺所見之景。詩人在開頭前兩句先交代登臨樟亭觀賞錢塘海潮一事。再說觀潮後，遊興未減，所興起的探訪天竺寺興致，全詩遂轉入題目天竺寺的敘述。和眾多著名的古剎名山一樣，天竺寺同樣座落在雲深不知處的深山當中。全詩由高遠而近，逐步將讀者的視角拉近，形成一層層的對照。中間三聯對天竺寺的山林

〔註45〕語見〔戰國〕呂不韋著：陳奇猷校釋：《呂氏春秋新譯》（上海：上海古籍出版社，2002 年 4 月），〈察賢篇〉，頁 1452。

〔註46〕〔唐〕李白著；〔清〕王琦：《李太白全集》（北京：中華書局，1990年 7 月），頁 927。

〔註47〕李白〈與從侄杭州刺史良遊天竺寺〉一詩成於天寶元年，李白入京以前，此繫年結果可參詹鍈：《李白詩文繫年》（北京：人民文學出版社，1984 年 4 月），頁 26。

水泉，竭盡了繪聲繪影的可能，旨在將寺院悠然清空的形象襯托出來，使人頗得遊仙之趣。尾聯再以「詩成傲雲月，佳趣滿吳洲。」說明詩人對此次遊覽的喜愛，並推而廣之地說明山寺林泉佳趣充斥於江南三吳之地，惟有浪漫如我的詩人方能寫成詩篇以笑傲雲月，給人餘韻不絕，心生嚮往之感。

總括而言，盛唐時期涉入杭州風景名勝的寫作並不多，大抵是詩人遊經此地所留下的浮光掠影。缺少世居於此或僑居於此的詩人，或許是盛唐詩中的杭州書寫略為失色的原因。幸而文學發展總是走在不斷發展的道路上，是以我們可以抱持更為樂觀的心情，期待爾後的發展。

三、中　唐

相較於前述初唐、盛唐的發展，中唐確實是杭州城書寫在唐詩領域取得極大發展的階段，這都要歸功於曾任杭州刺史的白居易、姚合二人，以其對風土民情的關懷、山川景物的熱愛，寫下一篇篇專屬於杭的動人詩篇。而其中對杭州用情至深者，首推於唐穆宗長慶二年（西元822年）來杭州任刺史的白居易，其事蹟已略述於上節，本節僅就其對杭州風物的書寫再作闡釋，透過地方刺史之眼，觀看如詩如畫的杭州。

今日留下大量與杭州相關詩詞作品的中唐名家白居易，是論及杭州城市及文學發展不可忽略的重要人物，觀其現存詩文中，充滿著對杭州的熱愛，在白氏與元稹大量的相互贈詩中，杭州刺史經驗似乎是白氏津津樂道且樂此不疲的人生經歷，如〈答微之誇越州州宅〉：「知君暗數江南郡，除卻餘杭盡不如」、〈歲暮寄微之三首〉：「自覺歡情隨日減，蘇州心不及杭州。」﹝註48﹞頗有元稹詩「曾經滄海難為水，除卻巫山不是雲」﹝註49﹞的況味。至於白氏在杭州任上，實際造訪杭州

﹝註48﹞二者見〔唐〕白居易撰：《白居易集》（台北：漢京文化事業，1984年3年），頁502、539。皆在表明白氏對杭州的眷戀和懷念。
﹝註49﹞語出唐人元稹名作〈離思〉詩五首之四，全詩為：「曾經滄海難為水，除卻巫山不是雲。取次花叢懶回顧，半緣修道半緣君。」表達詩人

的各處景點的詩作，可見〈杭州春望〉一詩：

> 望海樓明照曙霞，護江堤白蹋晴沙。
>
> 濤聲夜入伍員廟，柳色春藏蘇小家。
>
> 紅袖織綾誇柿蒂，青旗沽酒趁梨花。
>
> 誰開湖寺西南路，草綠裙腰一道斜。〔註50〕

杭州春望一詩，首聯由清晨寫起，曙光將白氏最愛的望海樓照得燦爛無比，登高遠望，可見防護錢塘江水的白堤上時閃銀光。頷聯則將視線轉向城坊，上句根據伍子胥魂魄化爲錢塘江潮的傳說，說江濤的聲浪彷彿漏夜奔入吳山中爲伍子胥所興建的廟宇上，氣勢非凡。既而話鋒一轉，寫出暗藏楊柳春色的舞榭歌臺，有著滿眼春光。上句氣象雄渾，下句旖旎動人，給予讀者鮮明的閱讀印象。頸聯則進一步介紹杭州城特殊的絲織、釀酒工藝。詩人在「紅袖織綾誇柿蒂」一句後自注「杭州出柿，蒂花者尤佳。」此中所謂「蒂花」與可供食用的「柿果」無關，根據《新唐書・地理志》〔註51〕的記載，可進一步推測絲織工藝名聲遠揚的杭州，亦以「柿蒂」這種綾緞花紋享譽天下。至於詩人自注「趁梨花時熟，號爲梨花春」的名酒，亦聞名全國。酒旗商家正是以此爲號召，要人們及時行樂、及時飲酒，無不道盡杭州庶民的生氣蓬勃。詩人於末聯又將焦點轉回杭州景點，「湖寺西南路」按作者自注爲「孤山寺路，在湖洲中，草綠時，望如裙腰。」裙腰這個絕妙的比喻，寫出了春日杭州綠草芊綿的迷人景色，在爛漫的春光映照之下，一切景物都變得更加美妙可愛。全詩涉及觀景樓、防洪堤、手工藝、城市建築、名勝古蹟、自然風物，無所不包，杭州刺史白居易幾乎是杭州城最佳的城市宣傳大使以及形象代言人。相同的記述佳作亦

元稹對愛妻的思念。見〔唐〕元稹撰；冀勤點校：《元稹集》（北京：中華書局，2000年6月），頁640。

〔註50〕〔唐〕白居易撰：《白居易集》，頁443。

〔註51〕〔宋〕歐陽修：《新唐書・地理志》〈杭州餘杭郡條〉下載：「土貢白編，綾緋、綾籐。」皆爲杭州高超絲織工藝的代表。見藝文印書館1973年出版《二十五史》本，第25冊，頁486。

見於〈餘杭形勝〉一詩中：

> 餘杭形勝四方無，州傍青山縣枕湖。
> 遠郭荷花三十里，拂城松樹一千株。
> 夢兒亭古傳名謝，教妓樓新道姓蘇。
> 獨有使君年太老，風光不稱白髭鬚。〔註52〕

此詩簡直將杭州城推崇至無以復加。僅此一家、別無分號的餘杭形勝，依山傍水的絕佳地理位置，光此二句置於詩句開頭，即予人震撼的閱讀感受。次聯說明杭州城市容，廣植荷花足以繞城郭一圈，松樹千株亦是城市中妝點綠意的布景，看了無不令人怦然心動。然而，杭州之美，絕非僅在山水之間，靈隱山上的夢兒亭相傳是杜明浦夢見謝靈運之處，南朝名家謝靈運「客兒」一名正得之於杭州。教坊中亦不乏國色天香，技藝絕倫的名妓，皆如錢塘名妓蘇小小般嬌俏動人。使得人們生活於此，盡皆不覺年紀漸增，白髮殘年，好一幅人間天堂的景象。無怪乎白居易於〈杭州迴舫〉一詩中感嘆道：「自別錢塘山水後，不多飲酒懶吟詩。欲將此意憑迴櫂，報與西湖風月知。」〔註53〕

其後於唐文宗大和九年（835）來到杭州擔任刺史的姚合，承載著白氏對杭州的一往情深，〔註54〕對杭州也表達了同等熱切的情感，首見其〈杭州觀潮〉：

> 樓有樟亭號，濤來自古今。勢連蒼海闊，色比白雲深。
> 怒雪驅寒氣，狂雷散大音。浪高風更起，波急石難沈。
> 鳥懼多遙過，龍驚不敢吟。坳如開玉穴，危似走瓊岑。

〔註52〕〔唐〕白居易撰：《白居易集》，頁445。

〔註53〕〔唐〕白居易撰：《白居易集》，頁516。

〔註54〕〔唐〕白居易有〈送姚杭州赴任因思舊遊二首〉，其一：「與君細話杭州事，為我留心莫等閒。閭里固宜勤撫恤，樓臺亦要數躋攀。笙歌縹緲盧空裡，風月依稀夢想間。且喜詩人重管領，遙飛一醆賀江山。」可見詩人白居易對姚合掌政的殷切叮嚀和任官杭州的欣羨之情。其二則言：「渺渺錢塘路幾千，想君到後事依然。靜逢竺寺猿偷橘，閒看蘇家女採蓮。故妓數人憑問訊，新詩兩首倩留傳。舍人雖健無多興，老校當時八九年。」此詩對杭州民生風物的關懷和眷戀更是溢於言表。

但祇千人魄，那知伍相心。岸摧連古道，洲漲踣叢林。

跳沫山皆溼，當江半日陰。天然與禹鑿，此理遣誰尋。

〔註55〕

同樣觀潮於樟亭之上，同樣震懾於錢塘江潮的怒濤雷響，同樣憶及伍子胥生不逢時的遭遇。大抵文人面對浪高風起、狂雷大音的錢塘海潮總是敬畏大於欣賞，雖「鳥懼多遙過，龍驚不敢吟」，面對眼前有景道不得的景象，詩人們還是竭力搜索枯腸，寫下形象生動的文句，使得錢塘江潮彷彿栩栩如生，躍然紙上。而與白居易一樣，對於無法抗拒的離別，詩人姚合同樣不能自己，寫下了〈別杭州〉一詩：「醉與江濤別，江濤惜我遊。他年婚嫁了，終老此江頭。」〔註56〕這般深情。錢塘江潮、西湖江水從此成了詩人內心最深刻的牽掛。

中唐杭州詩詞創作，因為有白居易、姚合二位刺史滿載深情的現身說法，大抵為杭州寫景詩詞立下了極好的基礎。在題材上，對西湖、錢塘潮、杭州風物等書寫大抵皆為後人所繼承，不管在詩詞的領域，都有所沿襲，有所擴充。而此中白居易對杭州的積極建設，和留下的百餘詩篇，更是居功厥偉。

四、唐末吳越國至宋初

國勢力衰的晚唐，詩風逐漸走向浪漫唯美的耽溺自憐之中，惟獲得杭州最後一任名存實亡的杭州刺史（亦為吳越國國王）——錢鏐青睞的詩人羅隱有相關詩作，見〈錢塘江潮〉〔註57〕一詩：

怒聲洶洶勢悠悠，羅刹江邊地欲浮。

漫道往來存大信，也知反覆向平流。

任拋巨浸疑無底，猛過西陵只有頭。

〔註55〕〔清〕清聖祖御製：《全唐詩》，第8冊，頁5677。

〔註56〕同前註，頁5633。

〔註57〕宋人周淙於《乾道臨安志》〈彰亭驛〉條下記載：「晏殊《輿地志》云：『在錢塘縣舊治之南五里』，白居易有宿樟亭驛詩，羅隱乾符五年夏，登是驛看湖，有詩廢。」其所指廢詩應為此處所見的〈錢塘江潮〉一詩。全文見〔南宋〕周淙：《乾道臨安志等五種》，頁48。

　　　　至竟朝昏誰主掌，好騎赬鯉問陽侯。〔註58〕

敘寫內容大抵不脫前人範疇，亦著重於怒濤聲勢，無際無涯的視覺印象，充分突出了錢塘江潮驚天動地的壯觀景象。較爲不同的是，尾聯加入了詩人的疑問，究竟這種天地異相由誰掌管？詩人遂興天馬行空的奇想，願乘坐赬鯉那樣的仙騎，去問一問波神陽侯。

　　討論至此，對於杭州城市書寫在詩文領域的發展歷程，大致可以稍微轉向。然而，轉向的原因並非唐後即無詩作可供研究討論。事實上，數量遠勝唐詩的宋詩，同樣也有許多書寫杭州的佳作，如北宋王安國〈西湖春日〉一詩：

　　　　爭得才如杜牧之，試來湖上輒題詩。
　　　　春煙寺院敲茶鼓，夕照樓臺卓酒旗。
　　　　濃吐雜芳熏嶺崿，濕飛雙翠破漣漪。
　　　　人間幸有蓑兼笠，且上漁舟作釣師。

直見詩人對西湖春日美景的盛讚，直言唯有超群如杜牧的卓絕才情，方可狀擬眼前美景。以其感喟企盼的語氣，披露了詩人對西湖美景的讚賞之深情。中間四句，則以寄予無限愛慕之情的遊人之眼出發，轉入對西湖春景的正面描寫，寫其繚繞春煙的寺院、僧寺啜茶的閒情佳趣、夕陽西下的霞光異彩、高聳入雲的酒旗招牌、香氣濃郁又萬紫千紅的春花、遊人如織、翠鳥相隨的美麗場面，盡入詩人眼簾，予人一派賞心悅目、春意盎然的舒適之感。末聯寫詩人對西湖春景的整體感受，呼應首聯杜牧之才難求之意，轉向詩人的樂天知命，慶幸人間尚有簑衣和葦笠，翩翩駕起湖舟，樂作天地間的恣意逍遙人，大抵亦是一種可遇不可求的幸運。

　　南宋詩人方岳同樣寫有〈湖上四首〉，勾勒杭州西子湖上風光，宛如四幅湖上春遊圖，其詩如下：

　　　　沙暖鴛鴦傍柳眠，春來亦懶避湖船。
　　　　佳人窈窕惜顏色，自照清波整翠鈿。（一）

〔註58〕〔清〕清聖祖御製：《全唐詩》，第 10 冊，頁 7556。

今歲春風特地寒，百花無賴已摧殘。

馬塍曉雨如塵細，處處筠籃賣牡丹。（二）

綠波如畫雨初晴，一岸煙蕪極望平。

日暮落花風欲定，小樓弦管壓新聲。（三）

游人抵死惜春韶，風暖花香酒未消。

須向先賢堂上去，畫船無數泊長橋。（四）

方岳此四首絕句，書寫焦點各有所偏重，如首篇偏重湖面鴛鴦動態與美人心緒，次首則記佳人湖邊賣牡丹花之景，並點出杭州城市花卉主要產地——「馬塍」於春寒背景下的動態全景。第三首則寫西子湖畔日暮雨後的情景，雨後初晴，湖山如洗，碧波漾漾，詩人在沉沉暮靄中極目望去，芳草芊綿，如夢如煙，又可聽見小樓一角傳來的陣陣管弦之聲，煞是愜意。末首則寫遊人對先賢的敬仰，彰顯遊人心靈與心情於西湖之上皆可取得充分的愉悅與滿足，這正是美景予人的吸引力。四首詩皆寫出了自然風光，也繪出了人情風俗，詩筆婉麗，意境清新，令人吟詠不絕，流連忘返。

　　以上概舉二例，已可見宋詩中大量涉及對杭州著名景點、地域景觀、人文風情的描寫，實為另一處值得深掘的文學寶庫。然而，受限於本文有限的篇幅，以及宋詞中的杭州城書寫，才是本文所欲討論的目標。加上原本集中於西蜀、南唐二地，而與杭州無涉的詞體創作，至宋後逐漸成為新興文體，觸角也由最初的地域限制而漸次轉向有了無限延伸，開始涉及社會、經濟、風土民情。是以本處對發展沿革的討論，更不能置「詞體」不論，如白居易〈憶江南〉一詞：「江南憶，最憶是杭州。山寺月中尋桂子，郡亭枕上看潮頭，何日更重遊？」﹝註59﹞問世後，我們在宋初士人潘閬〈酒泉子〉十首詞體創作中，再次看到了對杭州有著耽溺情感的江南回憶書寫：

　　　　長憶錢塘，不是人寰是天上。萬家掩映翠微間。處處水潺潺。　　異花四季當窗放。出入分明在屏障。別來隋柳幾

────────────

﹝註59﹞﹝唐﹞白居易撰：《白居易集》，頁775。

經秋。何日得重遊。(十首之一)

長憶錢塘,臨水傍山三百寺。僧房攜杖遍曾遊。閒話覺忘憂。栴檀樓閣雲霞畔。　　鐘梵清宵徹天漢。別來遙禮祇焚香。便恐是西方。(十首之二)〔註60〕

這十首語涉杭州的詞作,前承白居易〈望江南〉三首詞而來,並逐步擴展為十首聯章體形式,內涵更為豐富,故其語言風格雖樸拙無華,但在內容上的開拓卻不容輕忽,主要標誌著詞體創作已逐漸由晚唐、五代以來較多的閨閣題材,轉向切身相關的自然山水上。不只展現杭州城在文人詞作底下嶄新的面貌,對整個宋詞領域中涉入地域書寫的積極意義也是不容輕忽的,加上其後柳永〈望海潮〉一詞:

東南形勝,三吳都會,錢塘自古繁華。煙柳畫橋,風簾翠幕,參差十萬人家。雲樹繞堤沙。怒濤卷霜雪,天塹無涯。市列珠璣,戶盈羅綺競豪奢。　　重湖疊巘清嘉。有三秋桂子,十里荷花。羌管弄晴,菱歌泛夜,嬉嬉釣叟蓮娃。千騎擁高牙,乘醉聽簫鼓,吟賞煙霞。異日圖將好景,歸去鳳池誇。(《全宋詞》頁50)

愈發奠定了宋詞描寫都市的基礎。〔註61〕輔以整個宋代杭州城市不斷的發展,直至南宋更一躍成為南宋首都。宋詞中的杭州書寫,遂成了一個饒富趣味的命題。透過前代唐人在杭州地域書寫的經驗、作品積累,宋代詞人也可以使用最具代表性的文學體裁涉入書寫,兩相比

〔註60〕本處潘閬〈酒泉子〉詞引自唐圭璋編纂;王仲聞參訂;孔凡禮補輯:《全宋詞》(北京:中華書局,2005年1月),頁6、頁7。以下所引宋人詞作皆出於《全宋詞》,為求版面精簡,故不一一著明出處,僅於詞後註明頁碼。

〔註61〕楊萬里評價柳永〈望海潮〉一詞,稱其「從某種程度上,宋詞之描寫都市者,其規模風格皆由柳永〈望海潮〉一首奠定,後繼者寫都市,一般多選此調作詞,因其屬『清新綿渺』之仙呂調,易於表達熱烈、華麗的場面,如秦觀、晁補之均用此調寫揚州之繁華富庶。其次,柳永在此詞中首創的鋪陳手法、選景角度、用詞特色,具成後來者之典範。而這一切,都與柳永對杭州的描寫分不開。」見楊萬里:《宋詞與宋代的城市生活》(上海:華東師範大學出版社,2006年),頁22。

美。對後世的讀者而言，這並非一較高下的惡性循環，而是相互輝映時代色彩的良性激盪。創作者自放於杭州山水之間譜寫動人樂章；接納孤單靈魂的杭州城一邊壯大自己的聲勢，一邊累積自身的歷史；後世讀者則在字裡行間中細細品味昔日杭州的風彩樣貌。文人、地域書寫、讀者，共同締造了杭州在文學上、歷史上、經濟發展上的三贏，從此大放異彩。

第三節　宋代詞人及其杭州詞作概述

　　研究各類文學創作，最終都要回歸到創作主體上，進行詞人生平、形式風格、貢獻影響等相關文獻的爬梳整理，討論涉及杭州地域書寫的詞作亦不例外。正是由於杭州這麼一塊渾然天成的絕美之地，觸動了詞人心弦，寫下流傳千古的作品，於是認識生於杭州、長於杭州、官於杭州、老於杭州的詞人是不可或缺的程序。根據上節論述，已可確信地緣因素對創作本身具有至關重大的決定性。畢竟並不是每位文人都能和歐陽修一樣，光是透過腦中想像，便能寫出〈有美堂記〉這等絕妙的文章。於是透過地域研究，我們認識文人筆下的杭州；透過文人巧妙的書寫，我們重構昔日的杭州，二者相輔相成，不只說明了「山林皋壤，實文思之奧府。」〔註62〕的地域特殊性，也映證了名山勝景必須附麗於名家之作，才得以傳頌千古。二者互為表裡，相得益彰，才讓宋詞、杭州二者都有了更為多采多姿的面貌。

　　不同於上節由文學創作本身進行討論，主要側重於文學在杭的歷史發展進行縱向的論述。本節欲將重點固定於宋代詞人本身，展開橫向的研究。因為邂逅杭州的詞人或早或晚，或久仰大名，慕名而來、或遭逢戰亂，避禍遠來，種種理由不一而足，卻都促成了詞壇的菁英名家相遇在杭州這片土地上，並激盪出燦爛的文學火花，至今讀來，

〔註62〕語出劉勰：《文心雕龍・物色篇》，見黃霖：《文心雕龍彙評》（上海：上海古籍出版社，2005年6月），頁151。

仍閃耀著宋時的光芒。以下逐分爲世居於杭、往來於杭二者進行介紹，旨在找出宋代詞人與杭州詞創作的外緣因素與內在關係，進一步促進《宋詞中的杭州書寫》一文的豐富性與可讀性。

一、占籍世居於杭的宋代詞人

根據學者徐志平的統計，浙江詩人在《全宋詞》一千三百三十三餘人中所佔的比例，有兩百餘人，約百分之二一點五。〔註63〕這個統計數字代表著超過五分之一的浙江詞人，在兩宋時代左右文壇，其數量之龐大，令人嘖嘖稱奇。若進一步將統計範圍縮小於浙東錢塘，則根據《宋詞大辭典》的考證，可以找出明確記載詞家籍貫爲杭州的詞人，共有三十一位。〔註64〕加上宋高宗趙構、宋孝宗趙昚，以及祖藉鳳翔卻代代寓居長安的張鎡、張樞、張炎、楊纘、胡仲弓等詞人，皆豐富了杭人書寫杭州的內涵。其中世居於杭的大量詞人當中，更不乏詞壇名家，如北宋周邦彥、南宋汪元量、張炎等人，無不以其人親土親的強烈感情，創作出豐富多元且眞情流露的詞作。

不過這裡必須說明的是，名家之所以成爲名家，在於其創作數量特別豐富、寄託旨意特別深遠、詞采風華特別突出，有著無人能出其右的獨特性。是以若非三者兼具，顯然就難以在競爭激烈的宋代詞壇取得一席之地。

對大多數世居杭州的詞人而言，他們無法成爲名家的原因在於

〔註63〕統計結果見徐志平：《浙江古代詩歌史》（杭州：杭州出版社，2008年12月），〈前言〉，頁3。

〔註64〕據王兆鵬、劉尊明主編：《宋詞大辭典》（南京：鳳凰出版社，2003年9月）一書記載，詞人設籍於錢塘縣者有丁宥、元絳、韋驤、仇遠、朱淑眞、關注、吳禮之、汪元量、沈晦、范晞文、林逋、周邦彥、錢惟演、翁孟寅、曹良史、虞某及杭州妓琴操；設籍於餘杭縣者則有韋能謙、陸凝之二人；設籍杭州有葉李、俞良灝、董嗣杲、強至；設籍臨安者則有詞人錢易、臨安妓儀珏，加上設籍於潛縣的洪咨夔、仁和縣的龔大明共計27人。另外納入《全宋詞》五冊，詞人詞作前所附詞人小傳另載之資料，尚有潘閬（一說大名人）、沈括、姚述堯、趙與仁等人設籍於杭州，共計31人。

詞作數量的缺乏。觀本節所舉杭州詞人中，正有雖生長於杭，卻缺乏與杭州書寫相關的詞作傳世者。考諸其情，也許是因早年離家，流離官場，不復回鄉，如韋驤十一首傳世詞中，竟無隻字片語涉及杭州；〔註 65〕又或許是因創作勝場不在詞壇，相關創作遂付之闕如，如沈括四首詞中亦與杭州無涉；〔註 66〕又或者是因詞作在流傳過程中散逸，導致後人無從覺察，遂不見世居杭州者的相應詞作。對於這些不可抗拒的因素，導致的成果短缺，我們是不忍苛責，也無須苛責的。

　　另外亦有世居杭州詞人，詞作內容雖涉及杭州，但也因傳世文獻不足的原因，相對削弱了詞人本身在杭州城書寫中的地位。如現今僅存一詞傳世的北宋詞人強至、沈晦二人，雖都在詞中表現了自身對家鄉風物的關懷與喜愛，如前者所寫〈漁家傲〉：

> 雪月照梅溪畔路。幽姿背立無言語。冷浸瘦枝清淺處。香暗度。妝成處士橫斜句。　　渾似玉人常淡佇。菱花相對盈清楚。誰解小圖先畫取。天欲曙。恐隨月色雲間去。（《全宋詞》頁 271）

頗有對家鄉聞人林逋寫梅方式的模仿，以及家鄉風景的刻畫。儼然是一幅水鄉靜夜，幽梅傳香的寫意圖畫。以及後者沈晦〈小重山〉一詞：

> 湖上秋來蓮蕩空。年華都付與、木芙蓉。採菱舟子兩相逢。雙媚靨，一笑與誰濃。　　斜日落溟濛。鴛鴦飛起處，水無蹤。望湖樓上兩三峰。人不見，林外數聲鐘。（《全宋詞》頁 1220）

〔註 65〕據《全宋詞》書前詞人小傳載韋驤：「生於明道二年（西元 1033 年）。皇祐五年（西元 1053 年）進士。歷官尚書主客郎中。紹聖二年（西元 1095 年）提點夔州路刑獄。移知亳州，未上，改四明。」幾乎只有童蒙及孩提時期生活於杭州，而其他時間，大半來往於都城汴京與他州。與杭州城相關的創作自然付之闕如。見《全宋詞》，頁 281。

〔註 66〕宋人沈括以其科學著作《夢溪筆談》見長，甚至被西方人科學家李約瑟譽為「中國科學史上的座標」，顯然沈氏是以科學著作見長。詞作顯非其勝場，亦非致力著意的地方。今存其詞〈開元樂〉四首，可參《全宋詞》，頁 277。

全詞寫作者秋日登望湖樓所見之景。上闋寫詞人見西湖江上船隻漂蕩，不知所終的靜中有動，以及採菱姑娘巧笑倩兮的動中有靜。在動與靜之間，自然與人為之間，形成一幅極美的江南風情畫。下闋亦採映襯手法，先以落日之靜態的動，襯「鴛鴦飛起，水無蹤」之靜。復以望湖樓上所見的靜態山峰，襯托隱身在山林之後的寺院鐘聲。全詞映襯手法運用自如，取得兩相疊蕩的閱讀美感，可視為寫景佳作。和前述強至所作的詠梅詞，無不展露出高超的藝術技巧，也忠實呈現了杭州風物面貌。卻因傳世詞作數量甚為稀少，而成為杭州詞史上的吉光片羽。對杭州城及詞人本身而言，都不啻為一種損失。

幸而，世居杭州的詞人還是有詞采、數量、意蘊三者兼具的詞家，足以與僑居於此的文人分庭抗禮。本處擬以周邦彥、汪元量的作品為例，目的在展現杭州詞人各自於南北宋末期投入於杭州書寫的用心。

（一）北宋代表——周邦彥

周邦彥（1056～1121），字美成，自號清真居士，詩、文、書法兼擅，而以詞的成就最大，著有《片玉集》，亦稱《清真集》。一般被認為為北宋後期集婉約詞大成的名家，不管在個人詞體創作或是審訂格調音律方面都取得了極大的成就。前者有陳廷焯的高度讚譽：「詞至美成，乃有大宗。前收蘇、秦之終，後開姜、史之始，自有詞人以來，不得不推為巨擘。後之為詞者，亦難出其範圍。」〔註67〕後者則得到與杜甫同功的高度讚美：「詩律莫細乎杜，詞律莫細乎周。」〔註68〕是以歷來詞論家論及宋詞，總不能將專注焦點從周邦彥身上轉移。

然而，或許是因周氏長期在朝為官，〔註69〕離家日遠，是以其

〔註67〕〔清〕陳廷焯：《白雨齋詞話》，收錄於唐圭璋主編：《詞話叢編》（北京：中華書局，2005年10月），第四冊，頁3787。

〔註68〕邵瑞彭：《周詞定律序》，《歷代詞論新編》（北京：北京師範大學出版社，1984年），頁47。

〔註69〕〔元〕脫脫等著：《宋史》卷444〈文苑傳〉稱周邦彥「元豐初（西元1078年，時周約二十餘歲），遊京師，獻〈汴都賦〉萬餘言，神

詞中少見詞人對杭城風物的細膩描述，反而多見詞人藉著書寫對家鄉杭州的想念，以安慰自身宦海浮沉，思鄉思歸的情感，如〈蘇幕遮‧夏景〉一詞：

> 燎沈香，消溽暑。鳥雀呼晴，侵曉窺簷語。葉上初陽乾宿雨、水面清圓，一一風荷舉。　故鄉遙，何日去。家住吳門，久作長安旅。五月漁郎相憶否。小楫輕舟，夢入芙蓉浦。（《全宋詞》頁777）

詞人所見分明是水面清圓，風荷高舉的荷塘佳景；所聽分明是報晴的喜鵲，在屋簷上啼叫之語。本該歡欣愉悅的詞人，卻因這燠熱難耐的溽暑節氣，勾起了詞人對故鄉的追憶，不知何時才得歸返？久居外地不得回鄉的身不由己，使得詞的下半片染上了哀傷的氛圍，不知故鄉漁郎是不是也在這種節氣，憶起了我？昔日在湖上駕著輕舟，遁入湖心深處以躲避暑熱的回憶，縱然歷歷在目，卻因「久作長安旅」的莫可奈何，成為想像回憶。同樣的情感，在同是描寫夏景的〈隔蓮蒲〉及〈滿庭芳〉二詞中，亦顯而易見，前者言「綸巾羽扇，困臥北窗清曉。屏裡吳山夢自到。驚覺。依然身在江表。」（《全宋詞》頁776）後者說：「憔悴江南倦客，不堪聽、急管繁絃。歌筵畔，先安簟枕，容我醉時眠。」（《全宋詞》頁775）可見炎炎夏日裡的江南風情，是詞人記憶版圖中最美麗的風景，任何地方也取代不了。是以詞人怎能不憶江南、憶錢塘？如〈滿庭芳‧憶錢唐〉：

> 山崦籠春，江城吹雨，暮天煙淡雲昏。酒旗漁市，冷落杏花村。蘇小當年秀骨，縈蔓草、空想羅裙。潮聲起，高樓噴笛，五兩了無聞。　淒涼，懷故國，朝鐘暮鼓，十載紅塵。似

宗異之，命侍臣讀於邇英閣，召赴政事堂，自太學諸生一命為正，居五歲不遷，益盡力於辭章。」後因神宗變法失敗，舊黨上台，周氏遂「出教授盧州，知溧水縣。」至「哲宗召對，使誦前賦，除祕書省正字。歷校書郎、考功員外郎、衛尉、宗正少卿，兼議禮局檢討，以直龍圖閣知河中府。」又因徽宗愛之「欲使畢禮書，復留之。」足見周氏一生多受君王榮寵，多於北宋都城汴京任官、活動。見藝文印書館，1973年出版《二十五史》本，第36冊，頁5393。

夢魂迢遞，長到吳門。聞道花開陌上，歌舊曲、愁殺王孫。

何時見、□□喚酒，同倒甕頭春。(《全宋詞》頁801)

寫於春日的〈滿庭芳‧憶錢唐〉一詞，寫盡了詞人印象中或想像中的杭州城風物，在清明時節，故鄉愈發引人懷念。開頭所言「江城」正是此水爲鄰的杭州城，故鄉人聲鼎沸的酒肆魚市，歷歷如在眼前。此際詞人卻只能坐在迢遠的小酒館裡，對家園逐行想像與拼湊。不管是名動一時的錢塘名妓蘇小小，或是錢塘海潮，高樓笛聲，都在詞人的腦海中翻湧。本該予人無限遊興的春日，卻因歸鄉日遠，給了詞人極盡「淒涼」的感受。在外流離數十載，想家的時候，只能藉由魂夢歸國。是以雖是聽見了人說家鄉陌上花開的青春景象，聽見了人唱舊曲俗謠，卻令人分外憂愁，爲不得相見而愁上加愁，只得在春光明媚的春日，借酒澆愁。全詞以江南風物，貫串詞人對吳地杭州的情感，雖以感傷爲基調，但其中流露的眞情實感，無不感動人心，欲爲其掬把同情之淚。再如〈傷情院‧秋景〉一詞：

枝頭風勢漸小。看暮鴉飛了。又是黃昏，閉門收返照。　　江南人去路紗。信未通、愁已先到。怕見孤燈，霜寒催睡早。

(《全宋詞》頁783)

由「信未通，愁已先到」看出詞人縈繞在心頭的苦悶鬱結，久久未散。顯見詞人的愁由春入夏，再由夏入秋，都未曾消減。無一日不憶江南的詞人，與故鄉縱使不常相見，卻時常懷念，一如今日人們對家鄉的眷戀與感情。周邦彥顯然在當時以其最爲擅長的婉約詞，做了最好的示範。

（二）南宋代表——汪元量

汪元量（1241～1317），字大有，號水雲，是南宋宮廷樂師兼詩詞作家，著有《水雲集》、《湖山類稿》。自小聰慧，因貴戚關係入宮，甚得宮中貴人喜愛。二十歲時即以其音樂才能入宮給事，習書史。卻不幸於宋恭帝德祐二年（西元1276年），元兵攻破杭州時，隨帝、后被俘，離開杭州被押往大都（今北京），時年三十六歲。從此展開流落天涯的人生，直至元世祖至元二十五年（西元1288年），才得以返

回故鄉錢塘，以此而終。〔註70〕

　　或許是因「家國不幸詩家幸」使得擁有如此特殊歷史經歷的詞人汪元量，無法避免的將全數對家國的感情投入其詩詞作品中，故其創作內容不脫自己對人生、歷史的反映，頗有以詩寫史的況味，《四庫全書總目提要》亦稱：「其詩多慷慨悲歌，有故國黍離之感，於宋末諸事，皆可據以徵信。故李鶴田《湖山類稿跋》稱其『記亡國之戚，去國之苦，間關愁嘆之狀，備見於詩。微而顯，隱而彰，哀而不怨。開元天寶之事記於草堂，後人以詩史目之；水雲之詩亦宋亡之詩史』云云。其品題頗當。」〔註71〕錢塘前賢周邦彥以審定詞律得到與盛唐詩聖杜甫同功的讚美，汪元量亦以滿載眞情實感、反映現況的作品，取得與「詩史」杜甫齊高之讚譽。顯見地靈人傑的杭州，「江山代有才人出，各領風騷數百年」，從不曾在文化發展之路上缺席。

　　汪元量的詩有「宋亡之詩史」的美稱，其詞亦同樣表現「亡國之音哀以思」的心情，只是受限於詞體特徵，在敘述手法上更爲曲折詳盡，描繪更爲細緻委婉，抒情更爲動人心神，所欲傳達的亦不出黍離之悲的感嘆，如其最爲著名的〈傳言玉女・錢塘元夕〉一詞：

　　　　一片風流，今夕與誰同樂。月臺花館，慨塵埃漠漠。豪華
　　　　蕩盡，只有青山如洛。錢塘依舊，潮生潮落。　　萬點燈
　　　　光，羞照舞鈿歌箔。玉梅消瘦，恨東皇命薄。昭君淚流，
　　　　手撚琵琶絃索。離愁聊寄，畫樓哀角。（《全宋詞》頁4223）

舊日美好的風流時光，如今早因國家行將傾覆，而無從與人同樂。昔日華麗燦美的亭台樓閣，也早已因物是人非而乏人問津，蒙上一層層灰。舊日臨安都城的總總豪華盡逝，徒剩不解人間悵恨的青山依舊翠綠，佇立在山頭。雖是巧妙化用唐人許渾〈金陵懷古〉一詩：「英雄

〔註70〕其傳可見〔明〕錢士升撰：《南宋書》，北京圖書館出版社影印室輯：《宋代傳記資料叢刊》（北京：北京圖書館，2006年10月），冊12，頁515。

〔註71〕〔清〕永瑢等撰：《四庫全書總目》（北京：中華書局，1965年6月），卷165，下冊，頁1413。

一去豪華盡，惟有青山似洛中。」〔註72〕但此景、此心卻萬古皆同，引發詞人更深一層的哀愁。眼前所見錢塘潮依舊來去自若，似不解人間悲痛，也帶不走詞人心中對於國家的哀痛。元宵燈節本爲張揚國家盛世太平的絕佳時候，此際卻因元兵軍臨城下而不復有歌兒舞女慶祝歌詠。窗外鮮潔孤麗的梅花，無可奈何送春離去，自己的生命也即將告終。但詞人的憂愁卻漫無涯際，反而愈發耽溺於哀慟中。「昭君」或指昔日在宮中以樂事上的宮嬪，此際卻無語淚先流，手裡反覆撥弄的詞調，似在爲大宋王朝奏起輓歌。這種無力回天的悲痛，恐怕也是宮廷詩人汪元量無法承受之重。另如〈一翦梅・懷舊〉：

> 十年愁眼淚巴巴。今日思家。明日思家。一圍燕月照窗紗。樓上胡笳。塞上胡笳。　　玉人勸我酌流霞。急撚琵琶。緩撚琵琶。一從別後各天涯。欲寄梅花。莫寄梅花。（《全宋詞》頁 4225）

既思家卻不得而返，又怕聽琵琶聲切，怕見梅花凋萎，耳邊傳來胡笳聲動，更說明詞人此刻已去國日遠，各別天涯。無怪乎詞人會進一步說出「今日晴明獨上樓。恨悠悠。白盡梨園子弟頭。」〔註73〕一語，寄託更爲濃重。自始至終，詞人汪元量以其有幸成爲宋室梨園的一份子爲榮，卻因造化弄人，使得詞人歡情日少，悲情日多。日後雖有幸離開大都返回故鄉錢塘，但觸目所見盡是破敗殘缺的昔日光華，恐怕更是心中更難以忍受的巨大折磨。

二、往來僑居於杭的宋代詞人

　　兩宋時期，除了有世居杭州，與杭州有著無法割捨的地緣關係的

〔註72〕〔唐〕許渾〈金陵懷古〉：「玉樹歌殘王氣終，景陽兵合戍樓空。松楸遠近千官塚，禾黍高低六代宮。石燕拂雲晴亦雨，江豚吹浪夜還風。英雄一去豪華盡，惟有青山似洛中。」，見〔清〕清聖祖御製：《全唐詩》，第 8 冊，頁 6084。

〔註73〕〔宋〕汪元量：〈憶王孫・集句數首，甚婉娩，情至可觀〉九首之一：「漢家宮闕動高秋。人自傷心水自流。今日晴明獨上樓。恨悠悠。白盡梨園子弟頭。」，見《全宋詞》，頁 4226。

文人雅士，還有因各種因素來到風景如畫的人間天堂的文人。尤其是南渡後，國家舉都南遷至杭州，雖名之曰「臨安」，卻也在地深根經營了一百四十餘年。正是這樣大批自北方避禍而來的中原文人開啓與南方文士交流的契機，使得杭州一躍成爲詩詞創作和發展的文壇重心。若說整個宋代，是詞的精華時期，則南宋，更是集名家精萃於一身的時代。此處逐按時代前後，分點簡述僑居於杭州的著名詞人，以及多次往來於杭，與杭州此地有著密切關係的詞人，觀看他們如何以詞作回應這塊美麗大地所提供的自然美景，也看他們如何在個人及國家的困頓中，找到個人安身立命、以順處逆的生活方式。

（一）北宋前期致仕代表──張先

對北宋前期的詞壇有著較大影響力的詞人張先（西元 990～1078年），字子野，湖州人，宋仁宗天聖八年（西元 1030 年）年進士，約與詞壇大家柳永同期。曾任吳江知縣、嘉禾判官，累官至都官郎中。但因仕途不濟，直至退休時，還只是個小小的郎中。只是這種顛躓的仕途，並不阻礙詞人對自身理想的追逐。張先於晚年退休後多次往來杭州，自放於山青水秀之間，並與許多文人來往，其中最著名者，首推來杭任官的蘇軾。據載於宋神宗熙寧五年（西元 1072 年）外放至杭州任通判的蘇軾，隔年便與僑居此地的張先組織了湖杭詩社，透過詩詞創作，彼此交流情感，切磋琢磨。二人亦師亦友的關係，亦成北宋詞壇中人們津津樂道的忘年佳話。〔註74〕

關於張先來去杭州一事，較之於南來北往的他者，有著先天的便利，因爲原鄉本在浙江湖州的張先，因地利之便，可以較爲自由地往來湖、杭、江南各郡之間。是以今日在張先的詞集當中可以看到許多關於江南水鄉的敘述，而本處所著重者，仍爲東南第一的杭州，如〈破陣樂・錢塘〉：

〔註74〕二人往來的唱和酬作詞可見於蘇軾〈江神子・湖上與張先同賦時聞彈箏〉、張先〈定風波令・雪溪席上，同會者六人……〉其中有一人即爲張先。其它詩文方面的唱作亦有，此處不另點明。

四堂互映，雙門並麗，龍閣開府。郡美東南第一，望故苑、樓臺霏霧。垂柳池塘，流泉巷陌，吳歌處處。近黃昏，漸更宜良夜，簇簇繁星燈燭，長衢如畫，暝色韶光，幾許粉面，飛鶯朱戶。　和煦。雁齒橋紅，裙腰草綠，雲際寺、林下路。酒熟梨花賓客醉，但覺滿山簫鼓。盡朋游、同民樂，芳菲有主。自此歸從泥詔，去指沙堤，南屏水石，西湖風月，好作千騎行春，畫圖寫取。(《全宋詞》頁87)

此詞和前引的柳永〈望海潮〉一詞同一題材，皆在盛讚東南第一州——杭州之美。不同的是前者典雅婉約，設色濃麗，後者豪氣干雲，紛然炫目，其實各有千秋，無從強分優劣。張先此詞著重於杭州城自然美景的描述，在手法上，充分運用長調形式規模較大的特色，採用極盡誇張粉飾之筆，將杭州的美麗從容不迫地鋪陳點綴出來，筆墨色彩濃麗，卻又典雅非凡，使人心生嚮往。大抵淹留杭州的退休文人張先，對杭州的感情正是「南屏水石，西湖風月，好作千騎行春，畫圖寫取」的快意。人生的不順遂有大自然消融化解，自然舒暢無憂，甚至在送行的時候，西湖風月、錢塘江潮也成了醒目的標記，如以下二詞：

酒面灩金魚。吳娃唱。吳潮上。玉殿白麻書。待君歸後除。　勾留風月好。平湖曉。翠峰孤。此景出關無。西州空畫圖。(〈醉垂鞭‧錢塘送祖擇之〉，《全宋詞》頁99)

西湖楊柳風流絕。滿縷青春看贈別。牆頭籬籬暗飛花，山外陰陰初落月。秦姬穠麗雲梳髮。持酒唱歌留晚發。驪駒應解惱人情，欲出重城嘶不歇。(〈木蘭花〉，《全宋詞》頁60)

詞人一邊對眼前的好山好水好風光之地極盡讚譽，一方面卻又垂憐必須離開的人們再也不復見此情此景。是以「此景出關無」、「驪駒應解惱人情，欲出重城嘶不歇」，都有著「勸君更近一杯酒，西出陽關無故人」的感情。或許對詞人來說，任何地方都比不上他所鍾情的杭州，皆屬塞外蠻荒之地。投身在自己鍾愛的山川明月之中，心情愉悅的詞人能得將近九旬之高壽，自然也不令人意外。

（二）北宋後期仕宦代表──毛滂

北宋詞人毛滂（西元 1064～1117 年），字澤民，衢州江山人。宋哲宗元祐初年（西元 1086 年），任杭州法曹，時爲蘇軾二次仕杭，任杭州太守，兩人交往密切，多詩詞唱和。毛氏雖善詩、詞二體，但以詞體創作成就較高，有《東堂詞》二百餘首。不過在毛滂眾多的詞文創作中，大量涉及杭州書寫的詞，大抵多作於與蘇軾同仕於杭州的幾年間。詞論家稱其詞「有耆卿之清幽，而無其婉膩；有東坡之疏爽，而無其豪縱；有少游之明暢，而無其柔媚。」〔註75〕此評尚稱公允，集「清幽」、「舒爽」、「明暢」三者爲一身的詞人，當然可以作爲北宋後期來杭仕宦的詞人代表。

然而毛氏較爲人詬病之處在於趨炎附勢，專愛依附權貴。如蔡京掌政時，毛氏即曾獻頌詞十篇給惡名昭彰的奸相蔡京，竟也進一步取得任用。這種不問是非對錯，只管官運亨通的心態頗遭非議。但若不論這些人格爭議，回歸到毛氏前期的創作之中，仍可見不少出自眞心摯情的佳構。而本文所欲論述的涉及杭州書寫的詞作，正作於毛氏受知蘇軾後，仕於杭州的那幾年間。記錄了一代文人相互激盪的丰采，也保留了文人初入官場原始面貌。〔註76〕若要說明蘇軾對毛滂的知遇之情，得先從〈惜分飛・富陽僧舍代作別語〉一詞開始說起：

> 淚溼闌干花著露。愁到眉峰碧聚。此恨平分取。更無言語。空相覷。　　短雨殘雲無意緒。寂寞朝朝暮暮。今夜山深處。斷魂分付。潮回去。（《全宋詞》頁 876）

據載東坡初見此詞時，毛滂已因不受重用且期滿而欲去杭，遂於富陽道上寫此詞以贈與其相好的歌妓瓊芳。其後，蘇軾偶然於宴會中聽聞

〔註75〕薛礪若語，見薛礪若：《宋詞通論》（收錄於民國叢書編輯委員會編：《民國叢書》第一編，上海：上海書局，1989 年 10 月），第 62 冊，頁 130。

〔註76〕據《清波雜志》對毛滂〈惜分飛・題富陽僧舍，作別語贈妓瓊芳〉一詞的記載，其卷第九：「毛澤民元祐間罷杭州法曹，至富陽所作贈別也。因是受知東坡，語盡而情不盡，何酷似少游也。」見唐圭璋編著：《宋詞紀事》（北京：中華書局，2008 年 5 月），頁 140。

此詞，驚爲天人，一經細問，竟爲先前門下幕僚所作，蘇軾遂自責：
「郡僚有詞人而不及知，某之罪也。」隔天蘇軾即以書簡將毛滂請回，
熱情款洽數月。〔註77〕細觀此詞何以深受詞壇大家蘇軾青睞，大抵是
因詞中哀淒的別離之感，經歌女之口唱出，特別引人爲之垂淚。淚濕
闌干、愁聚眉峰、相對無言、斷魂寂寞各類悲哀之感皆寄寓於全詞之
中。若非瓊芳勾惹愁情，若非蘇軾慧眼獨具，毛滂可能要隻身走在寂
寞淒涼的去杭道路上。

　　只是對於富貴功名有較多想望的毛滂，仍舊對飛黃騰達有所企
盼，在其詞體創作即可略見端倪，見〈臨江仙・燈城元夕〉：

> 聞道長安燈夜好，雕輪寶馬如雲。蓬萊清淺對艅艎。玉皇開
> 碧落，銀界失黃昏。　　誰見江南憔悴客，端憂懶步芳塵。
> 小屏風畔冷香凝。酒濃春入夢，窗破月尋人。(《全宋詞》頁895)

此詞所指「長安」，即爲北宋首都汴京。對許多北宋詞人來說，元日
繁華的汴京是他們理想中的樂園，他們可以盡情歡愉、歌詠太平，取
得與君、與民同樂之感。故未能在元宵佳日躬逢其盛的詞人，每每心
有未甘。本詞所展現的正是這類情感。上片極言都城元夕香車寶馬、
燈火燦然之景，全城彷彿不夜，都浸溺在城市燈色中。然而縱使是這
般熱鬧非凡，富貴雍容，身處江南的詞人仍是只能遙想，不得親臨。
於是在這百無聊賴的江南夜色中，詞人憂戚慵懶地步於月色之中，拂
面而來的冷風，使得自身境況更顯清冷。憔悴於江南的詞人只得借酒
澆愁。縱然月色入戶也無法取代詞人心目中企盼的滿城燈火。全詞以
上片的繁華熱鬧，映襯出下片的清冷寂寞，寫得空靈清透，又極盡憂
愁，足見詞人在此的不能自拔。

　　是以縱使在〈天香・宴錢塘太守內翰張公作〉一詞中已提出「賴
湖山，慰公心眼」的看法，毛滂本人仍是不能體會蘇軾所言「此心安

〔註77〕此事始末見〔清〕陸心源撰：《宋史翼》，北京圖書館出版社影印室
　　　輯：《宋代傳記資料叢刊》（北京：北京圖書館，2006 年 10 月），冊
　　　20，頁 55～56。

處是吾鄉」﹝註78﹞此等隨遇而安的樂天知命，反而陷入名利權勢的追逐中，讓自己在官場上迷途，也讓自己在歷史上留下惡名。

（三）南宋前期南渡代表──朱敦儒

朱敦儒（西元 1081～1159 年），字希眞，號岩壑，洛陽（今屬河南），靖康、建炎間，屢召不起，南渡後居嘉興，詞風一變爲慷慨激昂，有《樵歌》詞三卷。對宋室南渡苟安提出激烈批評的朱氏，詞中所展現的幾乎全爲此等意氣激昂的心情。寫於南渡途中的〈水龍吟〉正可彰顯朱氏作爲南渡詩人的身分：

> 放船千里淩波去。略爲吳山留顧。雲屯水府，濤隨神女，九江東注。北客翩然，壯心偏感，年華將暮。念伊嵩舊隱，巢由故友，南柯夢、遽如許。　　回首妖氛未掃，問人間、英雄何處。奇謀報國，可憐無用，塵昏白羽。鐵鎖橫江，錦帆衝浪，孫郎良苦。但愁敲桂櫂，悲吟梁父，淚流如雨。
>
> （《全宋詞》頁 1080）

顯然無所選擇地加入南渡行列的朱氏，對此等屈辱是相當悲憤的。「回首妖氛未掃，問人間、英雄何處」幾句慷慨陳詞，正點出義士對國家不思振作的悲痛。雖有奇謀報國，卻可憐無用，此等英雄失路的痛苦愁煞愛國者的心胸，只得淚流如雨，被動且沉痛地接受眼前的事實。再怎麼美好的西湖芳草綠爭春、畫船輕泛水玲瓏的絕妙風光都不足以撫慰朱氏的心靈，見〈風流子〉：

> 吳越東風起，江南路，芳草綠爭春。倚危樓縱目，繡簾初卷，扇邊寒減，竹外花明。看西湖、畫船輕泛水，茵幄穩臨津。嬉遊伴侶，兩兩攜手，醉回別浦，歌過南雲。　　有客愁如海，江山異，舉目暗覺傷神。空想故園池閣，卷地煙塵。但且恁、痛飲狂歌，欲把恨懷開解，轉更銷魂。只

﹝註78﹞〔宋〕蘇軾〈定風波〉：「常羨人間琢玉郎。天應乞與點酥娘。自作清歌傳皓齒。風起。雪飛炎海變清涼。萬里歸來年愈少。微笑。笑時猶帶嶺梅香。試問嶺南應不好。卻道。此心安處是吾鄉。」見《全宋詞》，頁 373。

是皺眉彈指，冷過黃昏。(《全宋詞》頁1085)

本詞上闋極力描摹江南西湖豐美之姿，微風、芳草、畫船、花茵所構築的江南美景，本該牽引人們攜手嬉遊，自放於江南水鄉中，而不復爲愛國心緒糾結。然而縱使是這般美麗的風景，也無法使朱敦儒忘卻江山變異的事實。在夐袤的天地間，無論詞人逃到哪裡，憂愁仍如影隨形，使得「有客愁如海」，如海深的哀愁不可爲湖水所撫平。於是詞人「舉目暗覺傷神」，故國池閣徒剩空想，唯一能撫慰詞人的只剩歌酒，但卻借酒澆愁愁更愁。酒醒後，面對眼前無力回天的社會現況，詞人只得心灰意冷，更加傷神。

南渡詞人代表朱敦儒，爲所有南渡詞人說出心中百感交集的感受，卻因無力轉圜，無法改善，也只好慢慢接受現實，展望未來，盼家國有重返的一天，見〈勝勝慢‧雪〉一詞：

> 紅鑪圍錦，翠幄盤雕，樓前萬里同雲。青雀窺窗，來報瑞雪紛紛。開簾放教飄灑，度華筵、飛入金尊。鬥迎面，看美人呵手，旋浥羅巾。　　莫說梁園往事，休更羨、越溪訪戴幽人。此日西湖眞境，聖治中興。直須聽歌按舞，任留香、滿酌杯深。最好是，賀豐年、天下太平。(《全宋詞》
> 頁1086)

此詞可看出詞人已由慷慨激昂，矢志復國的激情，轉變爲樂觀企盼的柔情。或許是溫柔婉約的西湖終究融化了英雄壯士的豪情，或許是大勢已定，無力回天。詞人遂開始遁入西湖的溫柔鄉中，「此日西湖眞境，聖治中興」，昔日威武不屈的豪情轉爲退而求其次的寄託現在。大抵對很多南渡士人，甚至是皇室成員而言，杭州這個「銷金鍋兒」不僅使得他們日擲萬錢，也幫他們忘卻了外患的威脅，繼續無憂無懼，消遙生活了一百多年。

（四）南宋後期遺民代表──劉辰翁

劉辰翁（西元1232-1297年），字會孟，號須溪，吉州廬陵（今江西吉安）人。宋理宗景定三年（西元1262年）廷試對策，因忤

當時奸權賈似道，遂置丙等。因雙親年邁，請任濂溪書院山長。後薦居史館，又除太學博士，皆以固推辭。宋亡後，守節不仕，隱居以終。其詞兼學蘇、辛，有豪放之姿，但因國家傾覆之故，使得其詞風分為前後二期，早期以俊逸見長，晚年多感傷時事之作，辭情淒苦，格調悲鬱。後人將其詞作輯為《須溪詞》。今日可見其詞涉及杭州書寫者，大多屬後期詞作，充滿對故都、故國的想望，如〈江城子・西湖感懷〉：

> 湧金門外上船場。湖山堂。眾賢堂。到幾淒涼，城角夜吹霜。誰識兩峰相對語，天慘慘，水茫茫。　　月移疏影傍人牆。怕昏黃。又昏黃。舊日朱門，四聖暗飄香。驛使不來春又老，南共北，斷人腸。（《全宋詞》頁 4037）

湧金門、三賢堂，本屬湖山第一美、東南第一郡的杭州最為著名的觀光景點，然而卻因眼前景物點染上了詞人悲苦的心緒，使得水光瀲豔的西湖，縱使有夾岸峰巒將之妝點得如詩如畫，但在詩人的眼中，仍是淒涼慘淡。昔日風光明媚的勝景，早已隨王朝翻覆而不復記憶，眼前茫茫的西湖江水，慘澹的水色天光，已非人們記憶中的西湖。上闋已將詞人愁苦心緒鋪寫至無以復加，下闋詞人更以梅花進一步深論，此地已非隱者林逋的賞梅天堂。就怕聞到撲面而來的暗香，會勾人心緒，愈發肝腸寸斷。全詞以極盡悲哀淒涼的筆墨，寫下詞人的西湖感懷，「淒涼」、「慘慘」、「茫茫」、「人老」、「斷腸」不也正是南宋遺民的共同心聲？

劉辰翁另一首頗受關注的代表作，歷來也吸引了無數評論者的討論，即遙契李清照〈永遇樂〉寫杭州元宵之景的〈永遇樂・余自乙亥上元誦李易安永遇樂，為之涕下。今三年矣，每聞此詞，輒不自堪。遂依其聲，又託之易安自喻。雖辭情不及，而悲苦過之〉一詞：

> 璧月初晴，黛雲遠澹，春事誰主。禁苑嬌寒，湖隄倦暖，前度遽如許。香塵暗陌，華燈明畫，長是懶攜手去。誰知道，斷煙禁夜，滿城似愁風雨。　　宣和舊日，臨安南渡，芳景猶自如故。緗帙流離，風鬟三五，能賦詞最苦。江南

> 無路，鄜州今夜，此苦又誰知否。空相對，殘釭無寐，滿
> 村社鼓。(《全宋詞》頁 4087)

不同的是，李清照以寫於杭州元夕的〈永遇樂〉〔註79〕一詞想念北宋故都汴京，劉辰翁則以〈永遇樂〉一詞懷念南宋都城臨安。雖對象不同，但情感相近，顛沛於大時代中的敏感詞人們，總是無法自外於無情的社會變動，卻又無計消解愁苦，只好寄情於創作之中。本該佳氣蔥鬱的春日佳節元宵，早因元軍入侵而失去了中原風采「誰知道，斷煙禁夜，滿城似愁風雨。」一則發抒對故國的追懷，一則暗示元軍的強橫無理。相較之下，前朝詞人李清照算是幸運了，宣和舊日元宵風采，縱使南渡至臨安，仍未失其節慶內涵，尚是「芳景猶自如故」。然而宋末詞人劉辰翁面對的是整個改朝換代的鼎革巨變，無處消解愁情，縱使賦詩，也是無人能知的極苦。習慣了大張旗鼓的宋室元宵慶祝方式，再看眼前的殘破寂寥，詞人只得一夜無眠，以內心的哀痛，渡過這不復金吾不禁、歌舞昇平的正月十五。

　　透過以上的討論，可以發現不管是世居於杭，或是僑居於杭，甚至短暫停留杭州的士人，都以其極高的文學素養，為杭州譜作出許多膾炙人口的作品，直至今日仍傳頌不已。一如清人朱彝尊所言：「在昔鄱陽姜石帚、張東澤、弁陽周草窗、西秦張玉田，咸非浙產；然言浙詞者必稱焉，是則浙詞之盛，亦由僑居者為之助。猶夫豫章詩派，不必皆江西人，亦取其同調焉爾矣。」〔註80〕是以詞體作者世居或僑居的身分無須判然二分，對於自然山光、城市風物的刻畫，亦不存在

〔註79〕〔宋〕李清照〈永遇樂〉：「落日鎔金，暮雲合璧，人在何處。染柳煙濃。吹梅笛怨，春意知幾許。元宵佳節，融和天氣，次第豈無風雨。來相召、香車寶馬，謝他酒朋詩侶。中州盛日，閨門多暇，試得偏重三五。鋪翠冠兒，撚金雪柳，簇帶爭濟楚。如今憔悴，風鬟霜鬢，怕見夜間出去。不如向、簾兒底下，聽人笑語。」，詞見《全宋詞》，頁 1208。

〔註80〕〔清〕朱彝尊：〈魚計莊詞序〉，見〔清〕朱彝尊：《曝書亭集》，收錄於王雲五主編：《四部叢刊正編》本（台北：台灣商務出版社，1979年 11 月），冊 81，頁 332。

著「非我族類，其心必異」的分野，在進行宏觀的地域書寫研究上，避免對研究範圍畫地自限，才得以取得更爲遼闊的視野。下文遂分章細論杭州城在宋時文人筆下，涉及城市生活食衣住行育樂等各層面書寫的眞實樣貌。

第三章　宋詞與杭州勝景

　　杭州淡雅如畫的山水之美，兇猛如豹的江潮之威，誠如上一章第二節所言，早在宋代之前已經吸引大量文人墨客，或因受自然美景感召，或因任官身分而來，先後在此流連不去，並譜寫了大量詩人與自然美景相遇的美麗樂章。爲表現宋詞中大量涉及與杭州相關的地域書寫，本章將著重於論述宋時文人如何在大自然的感召之下，寫下美景與摯情相融的佳構，不唯引人入勝且動人心弦，銘刻著文人與山水的一段遇合。

　　關於詩人墨客因景生情的感動觸發，早在南朝劉勰《文心雕龍・神思》篇中已有所勾勒：「登山則情滿於山，觀海則意溢於海。」〔註1〕顯見人類思緒萬端的情感會受自然美景的觸動而勃然生發，進一步成爲文人筆下可歌可泣的人文風景。讓後人在行雲流水的字裡行間，得以遙契古人，並且得到此情此景與萬事萬物一同的歸屬感以及難以名狀的心靈美感。

　　杭州，一個偏僻的昔日濱海小鎮，得利於大自然鬼斧神工的造化，逐漸發展出西湖、錢塘潮、孤山等遊客如織的著名遊覽景點。然而縱使是大自然精雕細琢、天生地設的山水美景，美則美矣，卻仍須仰仗人力建設和宣揚，才得以至後世維持不墜，甚至發揚光大。宋代

〔註1〕　語出劉勰：《文心雕龍・神思篇》，見黃霖：《文心雕龍彙評》（上海：上海古籍出版社，2005 年 6 月），頁 94。

詞人，在宣揚杭州美景上顯然是不遺餘力的，於是在今存眾多的宋代詞章中，可以大量地看見詞人和杭州城自然風景的緊密連結。對凡夫俗子而言，自然環境給予馳放心靈、縱橫想像的契機；對風光名物而言，人們有意識地宣傳書寫則可以使其聲名益彰，二者向來是相輔相成、合作無間的。對從事地域書寫研究者而言，這種相連緊密的有機連結，也已成為研究進行時不可或缺的背景知識。畢竟人文活動無法自外於自然環境的影響；所謂的自然美景若非有人文活動的宣揚，也無法進一步發展傳播。是以時序進入宋代，我們發現新的載體——「詞」，開始肩負起過去委加於詩歌、散文、大賦等文學體裁中的地域宣傳任務。對宋代的詞體創作而言，能夠走出五言、七言、律詩、絕句等生硬的格律規範，改以長短不拘、錯落跌宕的韻律道盡眼前美景，這就比唐時律、絕來得活潑，而不顯生硬，對讀者而言，也不失為是一種新的閱讀體驗。

引人勾留不去的杭州美景俯拾即是。明代錢塘人田汝成所撰《西湖遊覽志》一書即以二十四卷的大量篇幅對杭州各路美景詳加描述，以其「因名勝而附以事蹟，鴻纖鉅細，一一兼該，非惟可廣見聞，並可以考文獻。」〔註2〕的特性，是今人欲重構杭州古城風貌時不可忽略的史料。《西湖遊覽志》一書作者由在地市民觀點出發，對杭州城著名景點的歷史沿革、興廢衰替作出簡要的歸納，並盡可能地附上各類文人創作以加強說明，此等詩、文並存之舉，不僅彰顯著地理紀實與文學想像可以並行不悖的包容性，也暗示著宋代文學創作發展與杭州城密不可分的關係，具體呈現於豐富的創作數量和長遠的時間跨度上。加以南宋駐蹕杭州，促成人文薈萃的優良創作風氣，在「大塊假我以文章」的靈感觸發下，產生諸多寫景寄情的佳作。本文遂以西湖江水、錢塘海潮、亭台樓閣三節分述杭州各類遊觀佳景，並進一步討論宋詞中錢塘勝景的實際反映，及其展現的時代特色、風格意義。

〔註2〕〔清〕紀昀總纂：《四庫全書總目提要》（保定：河北人民出版社，2003 年 3 月）。

第一節　西湖風光

位於杭城之西的「西湖」，是杭州最爲著名的地標，從古到今，皆在歷史長流和地理想像中不斷被賦予新生命，幾乎成了杭州城的代名詞，其地位誠如宋人蘇軾所言：「杭州之有西湖，如人之有眉目，蓋不可廢也。……使杭州而無西湖，如人去其眉目，豈復爲人哉？」〔註3〕顯見二者連結緊密、相互輝映，自古皆然。無論世代如何更迭，西湖始終活躍於文人或動或靜的各類城市活動中，以其「青山四圍，中涵綠水，金碧樓臺相間，全似著色山水。獨東偏無山，乃有鱗鱗萬瓦，屋宇充滿，此天生地設好處也。」〔註4〕的渾然天成，牽引遊者的情感、勾引文人的想像。

最早對西湖美景稱揚讚頌者，可回溯至唐代來杭任官的杭州刺史白居易，其〈西湖晚歸回望孤山寺贈諸客〉一詩爲「西湖」二字首出於古典詩作的代表。自此風氣漸盛，創作日豐，大量受自然美景召喚的文人，無不馳騁翰墨寫出個人眼中心裡的西湖，促使杭州成爲中國文學發展中足以與金陵、長安比美，與西蜀、南唐爭勝的地域書寫代表。而西湖，正是杭州書寫中絕不缺席的著名景點。在時序方且入宋，即見宋初文人對西湖的深情召喚，見潘閬〈酒泉子〉詞：

> 長憶西湖，湖上春來無限景。吳姬個個是神仙。競泛木蘭船。　樓臺簇簇疑蓬島。野人祗合其中老。別來已是二十年。東望眼將穿。（十首之三）

〔註3〕 〔宋〕蘇軾：〈杭州乞度牒開西湖狀〉，見〔宋〕蘇軾撰；〔明〕茅維編；孔凡禮點校：《蘇軾文集》（北京：中華書局，1999年7月），第3冊，頁863。

〔註4〕 宋人周密於《癸辛雜識》一書中〈西湖好處〉載：「江西有張秀才者，未始至杭。胡存齋攜之而來，一日泛湖，問之曰：『西湖好否？』曰：『甚好。』曰：『何謂好？』曰：『青山四圍，中涵綠水，金碧樓臺相間，全似著色山水。獨東偏無山，乃有鱗鱗萬瓦，屋宇充滿，此天生地設好處也。』此語雖龐俗，然能道西湖面目形勢，爲可喜也。」見〔宋〕周密：《癸辛雜識》（北京：中華書局，1997年12月《唐宋史料筆記叢刊》本），頁203～204。

> 長憶西湖，盡日憑闌樓上望。三三兩兩釣魚舟。島嶼正清
> 秋。　　笛聲依約蘆花裡。白鳥成行忽驚起。別來閒整釣
> 魚竿。思入水雲寒。（十首之四）〔註5〕

湖光山色、漁人靚女、蘭舟輕舫、蘆花笛聲、樓臺蓬島，道盡世人眼
中的西湖印象，是如此變化多端又曼妙輕軟，使人愜意舒暢。無怪乎
詞人流露出「別來已是二十年，東望眼將穿」的強烈情感。其用字之
清麗，亦得「潘逍遙狂逸不羈，往往有出塵之語」〔註6〕的佳評。值
得一提的是，潘氏此二詞多處可見對前人詞句、題材的繼承，如前者
化用韋莊〈菩薩蠻〉：「人人盡說江南好，遊人只合江南老」之句；後
者則頗有對唐人張志和〈漁歌子〉中「青箬笠，綠簑衣，斜風細雨不
須歸」的漁父形象的承襲。整體觀之，又有對白居易〈憶江南〉三首
組詞句式的模仿，〔註7〕但卻完全不掩詞人潘閬對杭州的強烈情感，
亦不減詞人的文采風華。因爲各類文學的發展本是走在對前人的繼承
而後力求創新的途徑之上。是以宋詞中的杭州書寫正是在對前朝文學
內涵與意象的繼承上，發展出屬於自身的地域特色。於是「西湖」這
個詞人描摹最力的杭州圖象，自然更具有代表性。涉及宋代杭州書寫
的詞人，無不沉浸於西湖的自然風光與人文陳跡之上，如劉過〈沁園
春・寄辛稼軒承旨〉一詞所言：

> 斗酒彘肩，風雨渡江，豈不快哉。被香山居士，約林和靖，
> 與東坡老，駕勒吾回。坡謂西湖，正如西子，濃抹淡妝臨
> 鏡臺。二公者，皆掉頭不顧，只管銜杯。　　白雲天竺飛
> 來。圖畫裡、崢嶸樓觀開。愛東西雙澗，縱橫水繞，兩峰

〔註5〕以上二詞俱見於《全宋詞》，頁7。

〔註6〕見張宗橚：《詞林紀事》（台北：鼎文書局，1971年3月），卷3，引
楊湜《古今詞話》之語，頁70。

〔註7〕唐人白居易〈憶江南〉詞（亦名〈謝秋娘〉），共三首，首篇爲「江南
好，風景舊曾諳。日出江花紅勝火，春來江水綠如藍。能不憶江南？」，
以下二首皆爲此句式，於詞作開篇即點出對江南的情感，一如潘閬〈酒
泉子〉開篇即道：「長憶西湖。」毫不迂迴。又潘詞十首聯章，或受白
氏三首聯章之影響，後者對前者的承襲之跡顯而易見。

南北，高下雲堆。遇曰不然，暗香浮動，爭似孤山先探梅。

須晴去，訪稼軒未晚，且此徘徊。(《全宋詞》，頁2761)

絕美的西湖，經文人雅士競相於此地駐足遊賞、寫作抒懷，已成一處別具人文情韻之地，劉過〈沁園春〉一詞，正將西湖與雅士的妙趣做了絕佳的結合。詞中所提白居易、林逋、蘇軾，正是最足以代表西湖、彰顯西湖的三位賢人，劉過單是對此三人的作品與事蹟做出發想，不必親自前往，即能產生滿腔的熱情，「豈不快哉」，其瀟灑豪放之筆，適足以作爲三賢的概括，而其對蘇軾、林逋詩句的化用，於此更不見陳腐與堆砌，反倒使得西湖之美更甚、梅影浮動更香，這一切，無不建立在歷代才子文豪爲後人所勾勒的景觀之上，也突顯了詞人劉過雖身不能至，卻更心嚮往之的綜合想像，讓前後相遇、今古交融，激盪出更具生命力的火花。

至於不借他人立言代說，而只單純在詞作之中表現西湖遊歷佳趣的創作，於宋詞中數量亦不少，大抵忠實描述了詞人此次的遊歷感受和舉目所見之景，如以下所列二詞：

西湖避暑棹扁舟。忘機狎白鷗。荷香十里供瀛洲。山光翠欲流。　歌浩浩，思悠悠。詩成興未休。清風明月解相留。琴聲萬籟幽。(曹冠〈宴桃源・遊湖〉，《全宋詞》頁1990)

淡妝西子，怎比西湖好。南北兩長隄，有畫舫、樓臺多少。翠光千頃，一片淨琉璃，泛蘭舟，搖畫槳，盡日金尊倒。　名園精舍，總被遊人到。年少與佳人，共攜手、嬉遊歌笑。夕陽西下，沈醉盡歸來，鞭寶馬，鬧竿隨，簇著花藤轎。(盧炳〈驀山溪〉，《全宋詞》頁2787)

讀者所能於行文中窺見者，一如作者於詞作中所揭露者，儼然一派江南湖光山色、清爽朗麗之象。人爲意識操弄的情感渲染，在此不見其蹤，讀者所能感受者，僅爲對眼前佳景的細述，及詞人對天賜良機的善於掌握、樂在其中。說明在絕美的湖光山色包圍下，詞人此際可以暫時拋卻自我，縱放於自然美景之中，不必眞有一個情感豐富、獨立存在的我。

上述抽離作者個人意志，縱放山水的作品，可以使讀者獲得同情

共感的閱讀享受。然而宋代詞作一如歷朝各代的詩文創作，還是或多或少會挾帶創作者個人的情感，在字裡行間中反映詞人幽微的心緒，寄託個人的襟抱感懷，是以「情由景生」這類「先寫景，後寫情」的寫作範式於西湖詞中亦屢見不鮮。如周紫芝〈水調歌頭·雨後月出西湖作〉一詞：

> 落日在煙樹，雲水兩空濛。澹霞消盡，何事依約有微紅。湖上晚來風細，吹盡一天殘雨，蒼翠溼千峰。誰遣長空月，冷浸玉壺中。　　問明月，應解笑，白頭翁。不堪老去，依舊臨水照衰容。良夜幾橫煙焯，獨倚危檣西望，目斷遠山重。但恨故人遠，此樂與誰同。（《全宋詞》頁 1132）

上片寫雨後西湖佳景。遠方日落梢頭，湖上雲水空濛，天際淡抹夕陽餘暉，天地萬物彷彿靜止在傍晚微雨的湖光山色之中。一轉瞬，已是明月朗朗、微風輕拂、雨過初晴、長月照空的絕妙月夜。置身其中的詞人本該享受雨後萬物清明的夜空靜景，卻因作者個人黯淡情感的投入，使得惹人心煩的微雨，依舊下在作者心中，令人倍覺寂寥濕冷，而不見雨夜初晴的感動。既知眼前佳景非但不能撫慰孤寂的心靈，反而加深詞人心中的愁思，則下片縱放詞人孤獨哀淒、自傷老大之心緒，則顯得順理成章。因爲作者個人主觀強烈的情感介入，眼前只得白頭老翁獨倚危檣，西望漫漫的傷感，被收納於朗朗的西湖月色之下。「但恨故人遠，此樂與誰同。」而見愁緒的進一步擴充，迴盪不去，輾轉流離在西湖江面之上。

　　詞人周紫芝這類上闋寫景、下闋抒情的寫作方式多見於二片式的詞作當中，以其不割裂文意又不專行粉飾風物或大發議論的特點，成爲詞人寫作詞文時的首選。關於這類涵景載情的書寫，其實也暗示著自然景物絕非宇宙間超然獨立的存在，而是觸發個人情感，以及承載個人情緒的抒情對象，無一不展現「以我觀物，故物皆著我之色彩」的「有我之境」。[註8] 以下遂以西湖風月所承載的萬端情感，分賦別

〔註8〕〔清〕王國維著；徐調孚校注：《人間詞話》，頁 2。

寄情、抒情遣懷、撫今追昔三點分別描述宋詞中跌宕多姿的西湖。

一、賦別寄情

舊時士人為個人抱負，為仕途理想，為無情貶謫，為榮升任官，總得四處遷徙，輾轉往來漂蕩於各個城市之中，一如北宋大文豪蘇軾於〈自題金山畫像詩〉中的自嘲「心似已灰之木，身如不繫之舟。問汝平生功業，黃州惠州儋州。」說明從屬於舊時帝王制度下的朝廷官員，無一不像蘇軾這般，單憑主上好惡而由南自北流離遷徙。士人即使心灰意冷，卻仍無從選擇，只得像不繫之舟般，在宦海沉浮而居無定所。

因此，對宋代士人來說，離別是一種常態，在唐宋的官場之中，也因此發展出了所謂的「接風」、「送別」的文化。無論是即將到任或離任的官員都可得到在位官員的歡迎或歡送。於宋神宗熙寧年間任杭州通判（西元 1072～1074 年）的蘇軾顯然是樂於此道的，前者如〈菩薩蠻・杭妓往蘇迓新守楊元素寄蘇守王規甫〉、後者如〈菩薩蠻・西湖送述古〉，都是蘇軾為同僚好友寫作的歡迎、歡送詞，其他尚有〈訴衷情・送述古迓元素〉皆展現詞人於官場上送往迎來的具體作為，也昭告著宋時士人遷徙來往之必然。這就使得寫於西湖之上的西湖詞，滿載詞人離愁別緒的別離之作層出不窮，北宋以蘇軾為代表，有〈菩薩蠻・西湖席上代諸妓送陳述古〉一詞：

> 娟娟缺月西南落。相思撥斷琵琶索。枕淚夢魂中。覺來眉暈重。　華堂堆燭淚。長笛吹新水。醉客各西東。應思陳孟公。（《全宋詞》392）

南宋以趙以夫〈賀新郎・送鄭怡山歸里〉為代表：

> 載酒陽關去。正西湖、連天煙草，滿隄晴絮。采翠擷芳遊冶處，應和嬌絃豔鼓。看柳外、畫船無數。萬頃琉璃渾鏡淨，陡風波、洶洶魚龍舞。談笑裡，遽如許。　流觴滿引澆離緒。便東西、斜陽立馬，綠波前浦。自是尊鱸高興動，恰值春山杜宇。漫回首、軟紅香霧。咫尺佳人千里隔，望空江、明月橫洲渚。清夢斷，恨如縷。（《全宋詞》3396）

前者蘇詞以缺月、斷弦、濕枕、愁容說明離別之哀戚，亦以「醉客各西東」暗示從此相見更無由的無情離別，使人無所適從，只得在回憶中追念離杭太守——陳孟公。後者趙詞則以較爲鮮明朗麗的色調，在西湖「連天煙草，滿隄晴絮」、「采翠擷芳」、「嬌絃艷鼓」、「畫船無數」，以及湖明如鏡、魚龍飛舞的動態美景之中，抒發詞人對友人即將離去的哀愁。一方面詞人固然爲友人得以歸返故里而雀躍不已，一方面卻又按捺不住自身愁緒，以「咫尺佳人千里隔，望空江，明月橫舟渚。清夢斷，恨如縷」的別後孤寂，訴一己之情衷。果眞如江淹所言：「黯然銷魂者，惟別而已矣！」

然而，在宋代宏觀的文學大背景下觀察以上二詞，必須特別指出說明的是，以上二詞並不只代表著送別者與離去者的雙向互動。事實上在二者的行文遣詞中不乏溫婉輕柔，似爲代女子立言的堅貞情意，其實也暗示著在送別主體之外，唱詞歌妓在送別儀式中的介入行動。對宋人而言，歌妓是席上勸酒侑觴的必要存在，因而送別場合加入歌妓以歌傳情亦是在所必然。是以無從逃避的離別，以及歌妓對眼前場合求取切合實際的唱詞需求，都是促成詞人寫作新詞的理由。因著這一層原因，使得宋詞中對西湖山色的書寫有了另一層實際的功用，於是良辰美景在此退爲鋪敍烘托的背景題材，重點則在筵上主客與歌妓的互動，成爲宋詞與其他創作格外不同之處，是治宋詞者不能輕忽的外緣因素。

在各類送別詞中，因爲歌妓乞詞求樂的涉入，從善如流的文人們總不吝於因時制宜地代言立說。縱使詞人在這樣的供需關係之中處於被動，但卻因歌詞實用的功能需求，使得這種創作動機，成爲士人詞體創作中強而有力的直接因素。不過，在各式送別詞中不因歌妓請託，旨在自抒胸臆的送別之作亦所在多有，如毛滂〈燭影搖紅·送會宗〉、石孝友〈清平樂·送同舍周智隆〉：

> 老景蕭條，送君歸去添淒斷。贈君明月滿前溪，直到西湖畔。　　門掩綠苔應遍。爲黃花、頻開醉眼。橘奴無恙，蝶子相迎，寒窗日短。（《全宋詞》頁 883）

惱花風雨。斷送春將暮。底死留春春不住。那更送春歸去。
今朝且賦歸與。明年春滿皇都。共泛桃花錦浪，與君同醉
西湖。(《全宋詞》頁 2637)

有著優美景色的西湖，在此二詞中皆為送行者與離去者的想望期盼，
哪怕別離傷人，「贈君明月滿前溪，直至西湖畔」正是給友人最好的
禮物。面對無從抵禦的離別，若能懷抱「明年春滿皇都。共泛桃花錦
浪，與君同醉西湖」的懷想，也能稍加紓解人們對留春春不住，送友
友將去的悲哀。西湖本為佳景天成、色彩鮮麗的絕佳旅遊景點，在文
人筆下卻因負載離情別緒，而成了蘇軾筆下「西湖總是斷腸聲」〔註9〕
的感慨，這一點，或許是西湖自身也始料未及的。

二、抒情遣懷

　　為送別場面或因歌妓請託而寫成的西湖之詞，有其特定對象和特
殊時空的侷限，更有甚者只是官場文化的一種行禮如儀，未必出於創
作者真心，使得這類送別之詞，缺少格外動人的情感。實則「山林皋
壤，實文思之奧府」，〔註10〕況「陽春召我以煙景，大塊假我以文章。」
〔註11〕真正的創作衝動，依然存在於文人對自然美景的回應之中，是
以在各類西湖詞作中，詞人自身的抒情遣懷仍是書寫題材的大宗。在
四景皆宜的西湖美景中，有人傷春，有人悲秋，前者如南宋詞人王炎
〈蝶戀花〉：

〔註9〕〔宋〕蘇軾〈定風波・送元素〉詞曰：「今古風流阮步兵，平生遊宦
　　　愛東平。千里遠來還不住，歸去，空留風韻照人清。　紅粉尊前
　　　添悵惘，休道，如何留得許多情，記取明年花絮亂，看泛，西湖總
　　　是斷腸聲。」，見《全宋詞》，頁 372。元素即楊繪（西元 1027～1088
　　　年），字元素，號先白，綿竹（今屬四川）人，宋神宗熙寧七年（西
　　　元 1074 年）因攻擊新法，代陳襄為杭州知州，與時任杭州通判的蘇
　　　軾友好，同年九月與蘇軾餞別於西湖，此詞即為其時所作。
〔註10〕語出劉勰：《文心雕龍・物色篇》，見黃霖：《文心雕龍彙評》，頁 151。
〔註11〕語出〔唐〕李白：〈春夜宴從弟桃花園序〉，說明自然景物對詩人創
　　　作的啟發、感召。全文可見瞿蛻園等校注：《李白集校注》（台北：
　　　里仁書局，1984 年 3 月），頁 1590。

柳暗西湖春欲暮。無數青絲，不繫行人住。一點心情千萬
緒。落花寂寂風吹雨。　　喚起聲中人獨睡。千里明駝，
不踏山間路。謾道遣愁除是醉。醉還易醒愁難去。（《全宋詞》
頁 2392）

全詞充滿無住留春住的悵惘，面對暮春殘景，千頭萬緒的詞人耽溺於
落花風雨之中。昔日波光萬頃，垂楊綠柳搖曳輕拂的西湖春季景象，
即將去而不返，格外增添詞人內心的愁悶，只得藉酒消愁，卻「謾道
遣愁除是醉，醉還易醒愁難去」，更添悵恨悠悠。

　　而同樣對季節發抒無可奈何之情者，亦見於古典詩詞中季節之病
的另一大宗——「悲秋」，如劉學箕〈長相思‧西湖夜醉〉一詞：

湖山橫。湖水平。買個湖船一葉輕。傍湖隨柳行。　　秋
風清。秋月明。誰擣秋砧煙外聲。悲秋無盡情。（《全宋詞》
頁 3127）

美好的景象，總是因人爲思緒的介入，而點染上了濃厚的個人色彩。
宋代詞人，甚至是歷朝從事婉約詞體創作者，無不致力於詞文中寄託
哀愁，極端傷春悲秋，小題大作。事實上，這種對「以悲爲美」的追
求，是不分地域時空的。是以西湖山光再怎麼美好，愁情暗意仍是詞
人內心無從抵禦，不發不快的伏流。趙長卿〈畫堂春‧輦下游西湖有
感〉正是這種矛盾心緒的代表：

湖光乘雨碧連天。遠堤映、草色芊芊。舞風楊柳欲撕綿。
依依起翠煙。　　還是春風客路，對花時、空負嬋娟。暮
寒樓閣碧雲間。羅袖成斑。（《全宋詞》頁 2313）

詞人筆下的西湖，湖光水色碧連天、草色芊綿、楊柳舞春風，無一不
展示春日的活潑靈動。但在這樣的美景薰陶中，詞人仍不忘自說心
曲，強賦己愁。一如論者所言：「美景與美人交織，幽恨和密意共生，
是多數詞人在遊西湖後於詞中反映出來的普遍特徵之一。」〔註 12〕使
得純粹得自於自然山水之間的快樂成爲奢侈，反而是愁情難捨似地帶

────────────

〔註12〕楊萬里：《宋詞與宋代的城市生活》，頁 22。

點「為賦新詞強說愁」的造作感懷，成為貫串詞人遊於西湖之上的共通情感，也使得抒情遣懷成為西湖詞之大宗。

但是樂遊山水本身，本非孤獨寂寞之事。宋時文人固然心緒愁苦，卻也往往不甘寂寞，熱衷於呼朋引伴，與友共賞西湖佳景。早在北宋有張先、蘇軾等人在湖上同遊的紀錄，見於蘇軾〈江神子·湖上與張先同賦時聞彈箏〉一詞中。降至南宋，亦有左右當時時代文風的西湖詩社，活躍於西湖之上。〔註13〕社友間彼此競技戲作，豐富了南宋西湖詞的內涵，如南宋詞人史達祖〈齊天樂·湖上即席分韻得羽字〉、汪元量〈疏影·西湖社友賦紅梅，分韻得落字〉等詞作，都在題序處說明了詞人詩友於西湖上活躍的創作活動。實際梳理西湖詞作，則范成大與陳三聘的唱和之作更是彼此頻繁互動的明證：

> 柳外輕雷，催幾陣、雨絲飛急。雷雨過、半川荷氣，粉融香沁。弄蕊攀條春一笑，從教水濺羅衣溼。打梁州、簫鼓浪花中，跳魚立。　山倒影，雲千疊。橫浩蕩，舟如葉。有采菱清些，桃根雙檝。忘卻天涯漂泊地，尊前不放閒愁入，任碧筩、十丈捲金波，長鯨吸。(范成大〈滿江紅·雨後攜家遊西湖，荷花盛開〉)

> 紺縠浮空，山擁髻、晚來風急。吹驟雨、藕花千柄，豔妝新沁。窺鑑粉光猶有淚，凌波羅襪何曾溼。訝漢宮、朝罷玉皇歸，凝情立尊前恨，歌三疊。　身外事，輕飛葉。悵當年空擊，誓江孤檝。雲色遠連平野盡，夕陽偏傍疏林入。看月明、冷浸碧琉璃，君須吸。(陳三聘〈滿江紅·雨後攜家遊西湖，荷花盛開〉)

二詞饒富趣味的是，陳三聘對於范成大詞作的和韻之作，透露出詞人縱使使用同一詞牌、寫同一件事，卻因詞人內心感受的不同而出現了各異其趣的反映。前者范成大著重於雨後遊湖見荷花盛開一事，對雨

〔註13〕〔宋〕吳自牧：《夢粱錄》卷19〈社會〉條稱「文士有西湖詩社，此乃行都搢紳之士及四方流寓儒人，寄興適情賦詠，膾炙人口，流傳四方，非其他社集之比。」見《東京夢華錄外四種》，頁299。

後佳景多所闡述，至於個人的漂泊閒愁，則被吸納於廣袤的天地之中，全詞氣象宏闊，達觀雄放。後者陳詞的和韻之作，所見所感卻與范氏大不相同，本該曼妙動人的雨後湖景反而成其縱放悲歌之舞台，全然不見范詞中「雷雨過、半川荷氣，粉融香浥。弄蕊攀條春一笑，從教水濺羅衣溼」的活潑靈動，反是「吹驟雨、藕花千柄，豔妝新浥。窺鑑粉光猶有淚，凌波羅襪何曾溼」的殘破哀頑，全詞哀戚悠遠，耽溺自傷，雖因范氏所發，卻因為情所役，而使得雨後西湖展現了另一種截然不同的面向。足證煙波浩渺的西湖是收納各類情感最佳的場所，縱容個人的抒情遣懷，馳放各類情趣互異的想像。

三、撫今追昔

西湖，在北宋時期，以其天生地設的良辰美景吸引無數文士。降至南宋，又以帝城都會的特殊身分，結合治權與經濟之便，吸引各地菁英齊聚一堂，集各類優勢於一身的杭州，無不使得「春則花柳爭妍，夏則荷榴競放，秋則桂子飄香，冬則梅花破玉，瑞雪飛瑤。」〔註14〕四時皆美的西湖，因大量人為活動的涉入而重要性日增。誠如以上二節所言，不管出於實用功能的賦別寄情，或是寄託個人情感的抒情遣懷，都有一個令人無法忽視的絕美背景——西湖。這就使得詞人對辭別西湖一事感受特深，而使得西湖詞中亦出現大量撫今追昔之作，如活躍南宋政壇的胡詮〈鷓鴣天·和陳景衛憶西湖〉一詞：

> 一憶西湖太瘦生。十年不到夢曾行。空濛山色煙霏晚，淡沱湖光霧縠輕。　　芳草遠，暮雲平。雨餘空翠入簾明。夢回一餉難存濟，這錯都因自打成。（《全宋詞》頁1612）

詞人胡詮於此表達的正是不忍離去又魂牽夢縈的思念。「一憶西湖太瘦生」句雖化用自唐賢李白〈戲杜甫〉詩句：「借問別來太瘦生？總為從前作詩苦」，但在意境上卻有所開拓，將詞人對西湖勾留耽溺的

〔註14〕〔宋〕吳自牧：《夢粱錄》卷12〈西湖〉條，見《東京夢華錄外四種》，頁230。

情感，思君令人瘦的深情，以簡單七字勾出，會心者自然能懂此等「為伊消得人憔悴」的情懷，讓一切盡在不言中。至於詞人於別後思索所繫者，正為包覆著山光水色的西湖之美：「空濛山色煙霏晚，淡沱湖光霧縠輕。」巧妙化用蘇軾〈飲湖上初晴後雨〉一詩中所勾勒的波光瀲灩、山色空濛之西湖印象。對詞人而言，不忍離去的是西湖那淡雅如畫的輕柔景象，只可惜別離十載，景物日遠，詞人只得在追憶中，對深愛的西湖進行追想，繼而慨嘆己身的身不由己，相去天涯。

　　所謂「撫今追昔」中所承載的「今」、「昔」，可以代表過去與現在的私語對話，如詞人於前段所引，以今日之我，叩問昨日之我，表達經歷時間汰洗沉澱的深沉情感。「今」、「昔」這個廣大的時空區位，自然也適用於表達昔日家國情態，映照現下國家狀態。第二類今昔對比、暗下褒貶的詞作大量出現於宋氏南渡、偏安杭州之後，如陳德武〈水龍吟‧西湖懷古〉：

> 東南第一名州，西湖自古多佳麗。臨堤臺榭，畫船樓閣，
> 遊人歌吹。十里荷花，三秋桂子，四山晴翠。使百年南渡，
> 一時豪傑，都忘卻、平生志。　　可惜天旋時異。藉何人、
> 雪當年恥。登臨形勝，感傷今古，發揮英氣。力士推山，
> 天吳移水，作農桑地。借錢塘潮汐，為君洗盡，岳將軍淚。
>
> （《全宋詞》頁 4366）

上片雖盛讚受宋仁宗封為「東南第一州」的杭州有著驚人之美，無論是西湖、西子、蘭舫、亭臺等人為施設，皆極具熱鬧紛繁之美感。至於湖面蓮荷、三秋桂子、環山青翠等自然美景，亦給人愉悅暢快之感。行文至此，詞人看似集中全數筆墨在盛讚西湖盡得天時地利人和，出乎意料的是，隨後詞人卻筆鋒一轉，直言「使百年南渡，一時豪傑，都忘卻、平生志。」急轉直下地抨擊南朝宗室貪戀美景，南渡苟安的心態。下片繼續闡發詞人登樓遠望，感傷今古的無盡悲懷，更以「借錢塘潮汐，為君洗盡，岳將軍淚」，直抒詞人心中對岳飛盡忠報國卻無端受害的無限同情，與文及翁〈賀新郎‧西湖〉一詞情感相同，文

氏所謂「一勺西湖水。渡江來、百年歌舞，百年酣醉。」〔註15〕絕非是對南宋盛世的禮讚，而是深刻地寄託諷諭於情詞之中。

　　直至宋亡，更有遺民詩人汪元量、張炎等人以西湖作爲故國標的，抒發懷想。受亡國之民身分影響，使得詞人詞作中清麗的西湖佳景，亦點染上亡國愁苦悲悽的色彩，引起詞人無限悲懷，見張炎〈高陽臺‧西湖春感〉一詞：

> 接葉巢鶯，平波卷絮，斷橋斜日歸船。能幾番游，看花又是明年。東風且伴薔薇住，到薔薇、春已堪憐。更悽然。萬綠西冷，一抹荒煙。　　當年燕子知何處，但苔深韋曲，草暗斜川。見說新愁，如今也到鷗邊。無心再續笙歌夢，掩重門、淺醉閒眠。莫開簾。怕見飛花，怕聽啼鵑。(《全宋詞》頁4381)

西湖之景美則美矣，詞人行文雅則雅矣，國家傾覆卻已是不爭之事實，詞人集中筆墨寫暮春之景，一方面以「當年」、「如今」的兩相對照暗示詞人「無心再續笙歌夢，掩重門、淺醉閒眠。」的消極頹唐，這難道不是對江山改易，家國、個人皆無力回天的沉痛控訴？美哉西湖承載了詞人自身情感的重量，不再輕盈，徒留得「銷金鍋兒」〔註16〕的惡名，對南宋慘澹的歷史概括承受。對西湖而言，實是成也詞作，敗也詞作。

第二節　錢塘海潮

　　細論杭州之景，前者西湖江水深得陰柔之靜美，錢塘海潮則得陽剛之雄肆。二者俱爲詞人墨客流連不去之所。古往今來，論者提及杭

〔註15〕〔宋〕文及翁：〈賀新郎‧西湖〉一詞盡書國勢衰頹，難挽狂瀾的悲哀。由詞中「余生自負澄清志」一句看來，似乎作於詞人仕宦未達之時。文氏於宋理宗景定年間（1260～1264）因論「公田」有名於朝野，故此詞當繫於宋理宗寶祐、開慶之間（1253～1259），其時下距宋亡只有二十多年。其詞收於孔凡禮補輯之《全宋詞》（北京：中華書局，2005年1月重印1999年1月版），頁3972。

〔註16〕據宋人周密於《武林舊事》一書卷3〈西湖遊幸〉條稱西湖「日靡金錢，靡有紀極。故杭諺有『銷金鍋兒』之號，此語不爲過也。」見《東京夢華錄外四種》，頁376。

州勝景者，多以此二者並舉，並目之爲杭州代表，如宋人秦觀稱：「杭，大州也，外帶濤江漲海之險，內抱湖山竹林之勝。」〔註17〕宋人吳自牧於《夢粱錄》亦稱：「（臨安）西有湖光可愛，東有江潮堪觀，皆絕景也。」〔註18〕顯見西湖、錢塘潮二處勝景之於杭州，幾成互爲表裡的印象代表，各以其景觀形象，吸引文人投入書寫想像。

　　對於科學知識尚未有完足認識的宋人而言，「古今所論潮者，日月伏見之所爲也。嘗讀《渾天》之說曰：『地浮水中，天在水外。』水之消息，塊圠無際。一闔一辟，若開天地。一呼一吸，若出元氣。」〔註19〕所謂的錢塘江潮在宋人的世界觀中，儼是渾然運行於天地間的氣流呼吸，其漲朝、退潮取決於天地間的元氣運行，而不爲人所操控。此種說法具備了由屈原〈天問〉以來的理性探索精神，也代表了宋代文學家對科學投入的想像。但這種理性取徑，畢竟不爲旨在抒情寫意的詞人所青睞。對大多數投入名山勝景，進行尋幽訪勝的文人而言，他們所熱衷的僅是如何以眼前氣勢磅礡之景，寫下個人幽微綿邈之情，進一步可與他人交流分享或一較高下。

　　因此，不管文人涉及錢塘海潮之創作，源自受大自然感召而興發之激情，或僅爲附庸風雅，隨俗競技的戲作之句，二者其實都促成宋代詞文中對於「浙江之潮，天下之偉觀也。」的豐富論述。本身不具備解惑揭疑功能，反而多帶有交際應酬等實際功用的錢塘詞，終究在詞人細心的觀察中，突出觀潮、弄潮的特殊地理現象，也在詞人幽微的心緒間瀰漫感動，成爲詞人自抒心曲的絕佳取徑。以下遂依書寫主題的不同，分宋詞中的錢塘海潮相關書寫爲三點論述，前二者或多爲忠實的記事寫景，第三類或純爲詞人不發不快的心境，帶有較爲濃厚

〔註17〕語出宋人秦觀：〈雪齋記〉，見〔宋〕秦觀：《淮海集》（《四部叢刊正編》本），冊50，頁139。

〔註18〕〔宋〕吳自牧：《夢粱錄》卷4，〈觀潮〉條，見《東京夢華錄外四種》，頁162。

〔註19〕〔宋〕晁補之撰：〈七述〉，見於〔清〕丁丙、丁申輯：《武林掌故叢編》（揚州：廣陵書社，2008年4月）第2冊，第3集，頁663。

的抒情成份。實則此三者皆以其細膩深刻的筆調，深化了天下至大的錢塘海潮之內涵。

一、偉觀絕景

欲認識雪浪滔天、聲若雷霆、勢不可禦的錢塘海潮，觀宋人周密於《武林舊事》一書中之記載就知道：

> 浙江之潮，天下之偉觀也。自既望以至十八日爲最盛。方其遠出海門，僅如銀線；既而漸近，則玉城雪嶺，際天而來，大聲如雷，震撼激射，吞天沃日，勢極雄豪。〔註20〕

由此引文可見文人以其流暢詳實之筆，寫海潮奔騰雄豪之勢，如雷貫耳之聲，吞天沃日之勢，幾足以撼動天地，使人氣脫委頓，無所遁形。是以觀者如堵、遊者雲集，莫不因親臨現場，眼見爲實的震撼，寫下心中澎湃洶湧的感動，如趙鼎〈望海潮・八月十五日錢塘觀潮〉一詞：

> 雙峰遙促，回波奔注，茫茫濺雨飛沙。霜凜劍戈，風生陣馬，如聞萬鼓齊撾。兒戲笑夫差。謾水犀強弩，一戰魚蝦。依舊群龍，怒卷銀漢下天涯。　　雷驅電熾雄夸。似雲垂鵬背，雪噴鯨牙。須臾變滅，天容水色，瓊田萬頃無瑕。俗眼但驚嗟。試望中彷彿，三島煙霞。舊隱依然，幾時歸去泛靈槎。（《全宋詞》1226）

詞人趙鼎有意識地以各類生動的譬喻，刻畫眼前所見不可思議之景。其所營造出來的意象鋪天蓋地、無邊無際，旨在廣收取闊對象以立體化錢塘海潮之景。在詞人天馬行空的想像之下，原本只是遙促雙峰，奔注波回，如微雨飛沙般的模糊存在，卻隨著勢頭漸近而給人如臨大敵的恐懼之感。如霜的寒凜景象足以凍結刀劍干戈的傲殺之氣，猛浪若奔的江潮亦如推動千軍萬馬逼近的狂風，使得岸邊觀者彷彿眼見萬兵逼近，耳聽萬鼓齊下。難以置信地觀賞眼前一如銀河墜落人間的盛大景象，取得深刻難忘的視聽印象。爲了鋪陳題目，八月「既望以至

〔註20〕〔宋〕周密：《武林舊事》卷3〈觀潮〉條，見《東京夢華錄外四種》，頁381。

十八日為（錢塘潮）最盛」的景象，詞人於下片更集中筆墨鋪敘錢塘江潮之雄夸，彷若大鵬展翼，遮天蔽雲，又如大鯨張口，噴出巨浪，勢若一發不可收拾，彷若無力走避。潮水卻又轉瞬變滅，將藍天綠地還給大地，一切看似風平浪靜，使人驚詫。結尾點出詞人欲泛槎歸去的期盼，杭州雖確有「三島」、「煙霞洞」二地之稱，但以「靈槎」二字觀之，則將其視為道教仙島上尚未散去的煙霞，則更可代表詞人得自雄塘海潮奔放的想像。

全詞由遠而近，由小而大，由開始至結束，皆可見文人巧心的安排，令讀者取得多重視覺與聽覺的享受，然而或許也正是因為鋪陳太過，使得全詞讀來詰屈聲牙；晦澀費解。相較於前述西湖詞的柔美典雅，此處極力以豪放意象揮灑，似乎也呼應了西湖江水深得杭州陰柔之靜美，錢塘海潮則得杭州陽剛之雄肆的實情。

至於時代稍前於趙鼎的北宋大文學家蘇軾，於熙寧五年（西元1072年）首度仕杭時，亦對雄偉壯闊、銳不可擋的錢塘海潮有所描述。其〈南歌子〉二闋，題為「八月十八觀潮，和蘇伯固二首」，第一首即對錢塘浪潮以極盡想像之筆恣意描繪：

> 海上乘槎侶，仙人萼綠華。飛昇元不用丹砂。住在潮頭來
> 處、渺天涯。雷輥夫差國，雲翻海若家。坐中安得弄琴牙。
> 寫取餘聲歸向、水仙誇。（《全宋詞》頁 377）

不同於趙鼎大量使用巨大意象以堆疊江潮大勢，蘇軾此詞充滿對自然潮汐現象的想像。先寫眼前所見雷霆萬鈞、直衝天際的巨大海潮，將觀景人視線帶往天際，自然使人興起追慕神仙之思。詞人繼而遙想潮頭來處，應有乘坐天舟之男仙、女仙，不須煉丹藥即可長住於天，遊觀俗世。此等綺麗幻想，皆由奧妙難解的自然所觸發。蘇氏隨後點明自己彷彿身處吳王夫差故國，即眼前觀景所在之地──杭州，以「雷輥」二字極言其潮聲如雷，又以「雲翻海若家」具體描繪海水翻騰於廣大海域之雄闊景象，使得詞人頓覺眼前有景道不得，只盼自己能得伯牙援琴而歌之長才，將其餘聲譜成樂曲，以海神之勢誇耀於水仙。

全詞可見詞人因眼前雄奇之景而縱情想像的創作動機,隨著詩人走筆奔放,繪聲繪影,讀者讀之亦如身歷其境,足見其造境之功力深厚,不唯表現於其詩作上。〔註21〕

其他相關詞作如曾覿〈浪淘沙・觀潮作〉、史浩〈念奴嬌・次韻樓友觀潮〉、史達祖〈滿江紅・中秋夜潮〉等詞大抵不出對錢塘海潮雄放之勢的描述,或寄託遊仙之情,或傳達讚頌之意,或直抒觀景之情,大抵建立在詞人的身歷其境上,自然能以其鉅細靡遺的描繪,激發讀者無窮的想像。

二、吳兒弄潮

在宋初文人潘閬對杭州魂牽夢縈的回憶撰作中,吳兒弄潮的印象顯然是與錢塘海潮緊密聯結在一起的,見其〈酒泉子・十之十〉:

> 長憶觀潮,滿郭人爭江上望。來疑滄海盡成空。萬面鼓聲中。　　弄濤兒向濤頭立。手把紅旗旗不溼。別來幾向夢中看。夢覺尚心寒。(《全宋詞》頁8)

詞人憶昔日滿城市人爭睹錢塘潮勢,其鋪天捲地而來的態勢似乎已將整個江水直捲而上;其聲亦如萬鼓般震天價響。在這驚濤駭浪中,突出了一個靈活飛躍的形象,即乘勢而上的弄濤兒站在浪頭上,揮舞著手裡的紅旗。弄潮兒的高超技藝、靈敏反應,使得紅旗在大水來時仍能免除受江水沾濕之虞。此等絕無僅有的城市活動、精湛絕倫的技藝,成為詞人潘氏心中最深的想望,才會在午夜夢迴時屢屢憶及。

關於吳兒弄潮的相關記載,可於宋人筆記中略見端倪,如宋代遺民吳自牧於杭州城市紀實──《夢粱錄》一書中,對弄潮活動清楚的描述:「其杭人有一等無賴不惜性命之徒,以大綵旗,或小清涼傘、

〔註21〕蘇軾對錢塘海潮美景的盛讚,亦見於其詩作〈望海樓晚景〉五絕之中,寫詩人登上望海樓所望之景,如「海上濤頭一線來,樓前指顧雪成堆。」可見其對錢塘潮的細膩描述,可謂極工。詩見〔清〕王文誥輯註、孔凡禮點校:《蘇軾詩集》(北京:中華書局,2007年4月重印),頁369。

紅綠小傘兒，各繫繡色緞子滿竿，伺潮出海門，百十爲群，執旗泅水上，以迓子胥弄潮之戲，或有手腳執五小旗浮潮頭而戲弄。」〔註22〕顯見杭人弄潮執旗時的色彩斑斕與「不惜性命之徒」者人數之多。

　　再據宋人周密《武林舊事》所記作爲補充說明：「吳兒善泅者數百，皆披髮文身，手持十幅大綵旗，爭先鼓勇，溯迎而上，出沒於鯨波萬仞中，騰身百變，而旗尾略不沾溼，以此誇能。」由此二處記載可約略勾勒出錢塘觀潮活動之所以引人入勝，主要也是因爲有這些踏浪兒冒著生命危險與大自然搏鬥，以求「豪民貴宦，爭賞銀彩。」〔註23〕才顯精采萬分。當時同享庶民樂趣的地方官員，於此亦留下了駐足的痕跡。如時任杭州通判的蘇軾〈瑞鷓鴣‧觀潮〉詞：

碧山影裡小紅旗。儂是江南蹋浪兒。拍手欲嘲山簡醉，齊聲爭唱浪婆詞。　　西興渡口帆初落，漁浦山頭日未敧。

儂欲送潮歌底曲，尊前還唱使君詩。（《全宋詞》頁381）

詞人先寫眼前翠碧的湖山倒影上飄揚著小紅旗，烘托本詞主角踏浪兒之出場。復以醉酒顛躓的山簡形象描寫弄潮兒於海上危顫驚險之踏浪動作，〔註24〕設喻精妙，人物形象活靈活現，繼而寫踏浪兒放聲爭唱歌曲之抖擻精神。將從事危險活動的踏浪兒寫得神態自若，豪氣萬丈。詞中並雜以吳語「儂」之方言，表現蘇軾對觀潮活動的關切，主要也是建立在地方官員與民爲樂之興味上。

　　對以弄潮爲業的吳兒來說，「解衣露體，各執其物，搴旗張蓋，吹笛鳴鉦，若無所挾持，徒手而附者，以次成列。潮益近，聲益震，前驅如山，絕江而上，觀者震掉不自禁。」的弄潮行動，隱藏在「厚

〔註22〕〔宋〕吳自牧：《夢梁錄》，卷4〈觀潮〉條，見《東京夢華錄外四種》，頁162～163。

〔註23〕以上引文俱見於〔宋〕周密：《武林舊事》卷3〈觀潮〉條中。見《東京夢華錄外四種》，頁382。

〔註24〕山簡，字季倫，晉人山濤之子，好酒，《晉書》稱其於四方寇亂，天下分崩之時「優游卒歲，唯酒是耽。」時有兒歌嘲諷其「日夕倒載歸，酩酊無所知」。事見〔唐〕房玄齡等著：《晉書》（台北：藝文印書館，1973年出版《二十五史》本），第8冊，列傳第43〈山濤傳〉，頁850。

持金帛以歸，志氣揚揚，市井之人甚寵善之。」〔註25〕的厚贈背後，
往往有「善泅之徒，競作弄潮之戲，以父母所生之遺體，投魚龍不測
之深淵，自謂矜誇，時或沉溺，精魄永淪於泉下，妻孥望哭於水濱，
生也有涯，盍終於天命；死而不弔，重棄於人倫。推予不忍之心，伸
爾無家之戒。」〔註26〕的亡命悲劇。不必要的人力損失，使得政府官
員不得不開始正視此項活動的必要性與合理性，時任杭州郡守的蔡襄
（西元 1012～1067 年）所寫〈戒約弄潮文〉正是在此背景中寫成，
文中明定「輒敢弄潮，必行科罰」，可惜卻成效不彰，「自後官府禁止，
然亦不能遏也。」〔註27〕對於那些於錢塘大潮中能夠全身而退、平安
歸來並取得厚利的弄潮者而言，陸游於〈一落索〉詞中以此借譬：「此
身恰似弄潮兒，曾過了、千重浪。且喜歸來無恙。」或許正是他們最
佳的心境寫照。

　　除了實際參與弄潮活動的弄潮兒，以其人身安危為賭注，從事危
險活動的意象之外，弄潮兒在古典詩詞中還帶有與「潮信」相關的意
象，此說源於唐人李益〈江南曲〉：「嫁得瞿塘賈，朝朝誤妾期。早知
潮有信，嫁與弄潮兒。」〔註28〕弄潮兒在此被視為言而有信，隨潮水
定時漲落而按時返家的代表，不若重利輕別離的商賈。對此隱含的意
象，宋代詞人亦有所繼承。如蘇軾於〈漁家傲‧送吉守江郎中〉一詞
中提及「潮來穩」、「錢塘江上須忠信」之句。賀鑄於〈木蘭花‧二首
之二〉中亦有所抒發：

　　　　朝來著眼沙頭認。五兩竿搖風色順。佳期學取弄潮兒，人
　　　　縱無情潮有信。　　　紛紛花雨紅成陣。冷酒青梅寒食近。

〔註25〕〔宋〕吳儆：〈錢塘觀潮記〉，見王國平主編：《西湖文獻集成》第 14
　　　　冊《歷代西湖文選專輯》（杭州：杭州出版社，2004 年 10 月），頁 55。
〔註26〕此引文出於〔宋〕蔡襄：〈杭州戒約弄潮文〉，見〔宋〕蔡襄撰：陳
　　　　慶元、歐明俊、陳貽庭校注：《蔡襄全集》（福州：福建人民出版社，
　　　　1999 年 7 月），頁 657。
〔註27〕同上。
〔註28〕此詩可見〔清〕蘅塘退士手編；鴛湖散人撰輯：《唐詩三百首集釋》
　　　　（台北：藝文印書館，1991 年 1 月），頁 437。

　　漫將江水比閒愁，水盡江頭愁不盡。（《全宋詞》頁 678）
大抵當書寫主體由文人遊觀錢塘海潮轉變爲對潮信的感發，詞人文風
便由豪壯轉爲溫婉嫻雅，頗有爲女性代言之態，代表著宋代詞作對古
典詩文意象的繼承與發揚，雖少有宋詞自身的特色與獨創，卻帶有懷
舊溫潤的美感。

三、借景寄情

　　當錢塘海潮帶給詞人們的不再是別開生面的壯闊景象，而是浪潮
退盡後的個人沉思，原本洶湧澎湃的大浪之景，遂轉變爲沉澱在詞人
心中擱置已久的情感觸媒，原本如浪濤般洶湧的情感一觸即發。是以
詞人不再客觀描述眼前所見的偉觀絕景、吳兒潮戲，轉而面向自己，
主觀地呈現因景而生之情，以此懷古追昔、遣詞達意、寫志抒情。各
類深藏於心的情感主題，遂大量地出現在文人觀潮活動上。先是因見
眼前勝景所發之思古幽情，如詞人董穎〈薄媚・西子詞排遍第八〉：

> 怒潮卷雪，巍岫布雲，越襟吳帶如斯。有客經游，月伴風
> 隨。值盛世。觀此江山美。合放懷、何事卻興悲。不爲回
> 頭，舊谷天涯。爲想前君事。越王嫁禍獻西施。吳即中深
> 機。　　闔廬死。有遺誓。句踐必誅夷。吳未干戈出境，
> 倉卒越兵，投怒夫差。鼎沸鯨鯢。越遭勁敵，可憐無計脫
> 重圍。歸路茫然，城郭丘墟，飄泊稽山裡。旅魂暗逐戰塵
> 飛。天日慘無輝。（《全宋詞》頁 1511）

本詞因屬排遍唱詞，故特以詳盡的敘事筆法，說明文人受眼前所見「怒
潮卷雪，巍岫布雲」之景所觸動的懷古幽情。舊時錢塘領地由吳越二
國分據，二者十年生聚，十年教訓的歷史發展，在中國歷史上是人們
耳熟能詳且津津樂道的一段。故此際詞人雖身處北宋盛世，眼觀江山
雄豪之美，卻無心賞玩，反而在心裡油然興起對歷史的感懷。吳越春
秋那一段爾虞我詐，風雲變換的時代，因爲有吳王闔閭、夫差、越王
句踐及西施的參與，備增其局勢的詭譎難測，詞人的歷史懷舊之慨於
是由觀潮一事興發。詞的下片寫吳王夫差爲報句踐殺父之仇，憤而出

兵與越軍鏖戰。〔註29〕「鼎沸鯨鯢」原本用於比擬怒濤聲勢之驚人，此處亦可視爲二軍廝殺得天昏地暗的代表。雙方激戰的結果是句踐大敗，走避稽山，詞中「天日慘無輝」固然可作爲越王句踐此時的心境比喻，另一方面又何嘗不是詞人眼前所見，有著鋪天捲地之勢的錢塘海潮？詞人巧妙地化用錢塘潮景對激烈戰事作出比擬，連結歷史記憶與視覺印象，不僅給人別開生面的閱讀感受亦備添其詞文深意。全文走筆至此，暗示吳王夫差得以完成其父遺誓，看似一雪前恥、大勢底定，但是誰又能料到其後吳越二國勢力的消長會因西施的介入而重新洗牌？歷史本身，終究帶有無法預測的想像成份，透過文人有意識地連結，歷史遂不靜止於一端，反而在文人反覆的論述中，愈發加深其內涵。

　　同樣以錢塘海潮作爲戰爭比附的詞作尚有辛棄疾〈摸魚兒・觀潮上葉丞相〉〔註30〕一詞，大抵錢塘海潮以其聲勢之雄，較之西湖更適合用以狀擬戰爭場面。不過辛氏在此的用意絕非思舊懷古，反是借眼前擎天撼地之景，抒發自身感情：

> 望飛來、半空鷗鷺。須臾動地鼙鼓。截江組練驅山去，鏖戰未收貔虎。朝又暮。諳慣得、吳兒不怕蛟龍怒。風波平步。看紅旆驚飛，跳魚直上，蹙踏浪花舞。　　憑誰問，萬里長鯨吞吐。人間兒戲千弩。滔天力倦知何事，白馬素車東去。堪恨處。人道是、子胥冤憤終千古。功名自誤。謾教得陶朱，五湖西子，一舸弄煙雨。（《全宋詞》頁2413）

本該愜意怡情的觀潮之事，在作者有著軍人背景的想像之中，須臾而至的怒濤轟鳴如同驚天動地、排山倒海的鼙鼓之聲；眼前所見大浪奔

〔註29〕其事見〔西漢〕司馬遷：《史記・伍子胥列傳》：「越王句踐迎擊敗吳於姑蘇，傷闔廬指。軍卻闔廬病創，將死，謂太子夫差曰：『爾忘句踐殺爾父乎？』夫差對曰：『不敢忘。』」其餘吳越爭霸之事可逕參〔西漢〕司馬遷：《史記》（《二十五史》本），第2冊，頁873。

〔註30〕葉丞相即葉衡，字夢錫，宋婺州金華人，南宋高宗紹興十八年（西元1148年）進士，嘗任臨安府於潛縣知縣，與辛棄疾友好，辛氏另有〈菩薩蠻・金陵賞心亭爲葉丞相賦〉一詞，可做爲二人交好之例證。

起，彷彿貔虎猛獸在江面上的激烈交戰。詞人雄夸荒誕的想像，使得置身此中的弄潮兒，處境更爲艱難，所欲面對的是威如蛟龍的怒潮，這樣誇大的比附，使得吳兒弄潮舞浪的行動更添驚險成分。詞中「萬里長鯨吞吐」可作爲普世文人對江潮現象非科學的想像代表，在歷來觸及海潮形象描寫時，多以此爲喻，如前有趙鼎的「雪噴鯨牙」、董穎的「鼎沸鯨鯢」。此外，對家國大事懷抱休戚與共情感的文人，對於錢塘怒潮的形象，亦多有意識地與伍子胥事蹟進行連結，代表伍員壯志未酬的悲憤，〔註31〕辛氏此詞對此二種錢塘海潮書寫傳統皆有所繼承，卻能以文人不落俗套之筆，暗喻作者內心之感情。全文看似追憶過去，其實也不失爲作者有志難伸的寫照。若詞人能像范蠡一樣遁入五湖煙雨去，拋卻眼前煩惱，或許可以由感時憂國之情中脫逃。但家國命運、士人使命，使得辛氏身陷其中又不忍離去，僅能以此詞遙寄摯友葉丞相，以求慰藉，表達了南渡詞人莫可奈何的無奈。

　　文人對宋室南渡的窘境或許稍可忍耐，但對於宋室滅亡，可就無法泰然處之。在今日錢塘詞作中，有大量以錢塘海潮作爲宋室代表的遺民詞作，其悲哀程度較之南渡詞人顯然更勝一籌，如以下二詞：

　　錢塘江上潮來去。花落花開六橋路。三竺三茅鐘曉暮。當
　年夢境，如今故國，不忍回頭處。　　他誰做得愁如許。
　平地波濤挾風雨。往事悽悽都有據。月堂笑裡，夕亭話後，
　自是無人悟。（陳著〈青玉案・次韻戴時芳〉，《全宋詞》頁 3866）

　　錢塘江上春潮急，風卷錦帆飛。不堪回首，離宮別館，楊
　柳依依。　　薊門聽雨，燕臺聽雪，寒入宮衣。嬌鬟慵理，
　香肌瘦損，紅淚雙垂。（汪元量〈人月圓〉，《全宋詞》頁 5076）

〔註31〕〔宋〕祝穆撰：《方輿勝覽》，〈浙江〉條，有其弟祝洙注：「吳王既賜子胥死，乃取其屍盛以鴟夷之革，浮之江中。子胥因流揚波，依潮來往，蕩激隄岸，勢不可禦。或有見其乘白馬素車在潮頭者，因爲之立廟。每歲仲秋既望，潮水極大，杭人以旗鼓迓之。弄潮之戲，蓋始乎此。」以伍子胥之冤說明江潮之產生，幾是歷代士人的共識。語見〔宋〕祝穆撰；祝洙注；施和金點校：《方輿勝覽》（北京：中華書局，2003 年 6 月），頁 7。

卒於大德元年（西元 1297 年）的陳著，作爲南宋遺民詩人，在眼見元軍大舉入境、國家風雨飄搖之際，將其對國家傾危所抒發一腔眞情寄之於詞作之中。使得全詞籠罩著哀傷的基調，一如亡國詩人、南朝宮廷樂師汪元量所抒發哀頑至極的情感。「不忍回頭」、「不堪回首」卻也是不能回頭、不能回首的悲劇，使得「亡國之音哀以戚」於此再次得到證明。一如包覆著諸多糾結情緒的西湖，杭州勝景──錢塘潮同樣承載大量難以名狀的文人情感。詞人以山水勝景自抒己情，對於多情浪漫的宋代詞人而言，或許是取得心靈慰藉的最佳方法。

第三節　亭台樓閣

　　上二節論述集中於杭州渾然天成的自然勝景，本節則將視角轉入杭州都城內的人爲施設，以取得人工與自然並存於城市中的遊賞多面性，豐富臨安城市遊賞活動的內涵。然而本節所欲論述者，並非如陸游所言：「自紹興以來，王公將相之園林相望。」〔註32〕這類私人園苑。縱使隨著南宋政權的南遷，文人雅士的雅玩活動開始風行於杭州這片沃腴的土壤，但是討論宋詞中的杭州書寫仍舊要以城市觀點出發，挾帶面向大眾的城市公眾性。於是如北宋陳堯臣罷官後「以前所錫萬金築園亭於西湖之上，極其雄麗」〔註33〕的私人園池、蔡京「少年鼎貴，建第錢唐，極爲雄麗，全占山林江湖之絕勝。」，〔註34〕甚至是南宋「園池、聲妓服玩之麗甲天下」的豪門望族張氏園林，〔註35〕皆是達官貴

〔註32〕語出宋人陸游爲權相韓侂冑在臨安西湖別墅「南園」所作之〈南園記〉，陸游雖稱「王公將相之園林相望」，卻「莫能及南園之彷彿」可見時人大興園圃之風。見〔宋〕陸游著：《陸放翁全集》（台北：文友書店，1959 年 7 月），《放翁逸稾》，卷上，頁 5。
〔註33〕〔宋〕潛說友：《咸淳臨安志》（台北：台灣商務印書館，1986 年出版《景印文淵閣四庫全書》），冊 490，卷 91，紀遺 3，紀事，頁 962。
〔註34〕出處同上，見頁 964。
〔註35〕〔宋〕周密：《齊東野語》，卷 20〈張功甫豪侈〉條稱張鎡「其園池、聲妓服玩之麗甲天下」，（北京：中華書局，1983 年 11 月出版《唐宋史料筆記叢刊》本），頁 374。張鎡身爲南宋開國功臣張俊的嫡系曾

胄，私人領域雅玩情致的發生場所，屬於較小範圍的權力和財力之表彰，遂置於後節的討論範圍中。本節所欲論述的「亭臺樓閣」，其實是宋代文人在杭州城市中尋歡作樂的酒肆茶樓，探討隨著宋代經濟的飛躍勃興，舊時亭臺所承載的舉目抒懷、感傷抒情意味，已然被城市豐富多元的娛樂所取代，亦產生有別於自然山水的純粹賞玩意味。

更有甚者，這類亭臺樓閣，隨著文人題壁文化的漸興，更成為宋詞絕佳的傳播場域。如吳文英曾「大書所賦〈鶯啼序〉於壁，一時為人傳誦。」〔註36〕〈鶯啼序〉作為宋代最長的詞調，並不適合藉由歌妓演唱的方式進行傳播，然而吳文英將其題寫於杭州酒店「豐樂樓」上，竟得到「一時為人傳誦」的廣泛影響。可見遊人如織的各類亭臺樓臺，於詞文傳播的影響力不容小覷。

關於杭州城市中著名的「亭臺樓閣」，則一如北宋汴京有「城中酒樓高入天。烹龍煮鳳味肥鮮。公孫下馬聞香醉，一飲不惜費萬錢。招貴客，引高賢。樓上笙歌列管絃。百般美術珍羞味，四面闌干彩畫簷。」〔註37〕此等雕樑畫棟，得以盡享美酒肥鮮、盡聽笙歌管絃的豪華大酒店樊樓，〔註38〕南渡後，大量移植北宋遺風的南宋朝廷，自然不會錯過這等賞心樂事，甚至有變本加厲以標舉盛世中興的傾向，如將聳立於西湖之畔的聳翠樓，改名為「豐樂樓」，並深化其娛樂內涵，正是主政者的有為之作。據《夢粱錄》記載，「(豐樂樓) 舊名聳翠樓，

孫，在臨安這片快活土壤，繼承了祖業的基礎，營建私人的南湖別墅，並長日逍遙其中，足為南宋各類私人園池大興的絕佳代表。

〔註36〕語出胡仔：《苕溪漁隱詞話》，卷2，見唐圭璋編：《詞話叢編》(北京：中華書局，1986年)，頁174。

〔註37〕無名氏〈瑞鷓鴣〉一詞，出於話本小說〈趙伯升茶肆遇仁宗〉一文，寫於北宋汴京都城標的樊樓之上，正是北宋酒肆駢闐喧囂的寫照，本詞錄自《全宋詞》，頁4934。

〔註38〕據宋人孟元老《東京夢華錄》所載：「白礬樓，後改為豐樂樓，宣和間，更修三層相高。五樓相向，各有飛橋欄檻，明暗相通，珠簾繡額，燈燭晃耀。」對建築工法尚未成熟的宋人而言，怎不給人「城中酒樓高入天」的視覺震撼。見〔宋〕孟元老：《東京夢華錄》，卷2，〈酒肆〉條，《東京夢華錄外四種》，頁16。

據西湖之會，千峰連環，一碧萬頃，柳汀花塢，歷歷欄檻間，而遊橈
畫舫，棹謳堤唱，往往會於樓下，爲遊覽最。顧以官酤喧雜，樓亦臨
水，弗與景稱。淳祐年，帥臣趙節齋再撤新創，瑰麗宏特，高接雲霄，
爲湖山壯觀，花木亭樹，映帶參錯，氣象尤奇。」正可見其豪奢程度
遠勝於前朝，加上西湖湖畔的名山秀水之助，使得「縉紳士人，鄉飲
團拜，多集於此。」〔註39〕這類匯集庶民情趣、文人雅興的酒肆樓臺
才是本文所欲論述的重點。一如南宋文人楊澤民〈風流子・詠錢塘〉
一詞所言：

> 佳勝古錢塘。帝居麗、金屋對昭陽。有風月九衢，鳳皇雙
> 闕，萬年芳樹，千雉宮牆。戶十萬，家家堆錦繡，處處鼓
> 笙簧。三竺勝遊，兩峰奇觀，湧金仙舸，豐樂霞觴。　　芙
> 蓉城何似，樓臺簇中禁，簾捲東廂。盈望虎貔分列，鴛鷺
> 成行。向玉宇夜深，時聞天樂，絳霄風軟，吹下爐香。惟
> 恨小臣資淺，朝覲猶妨。(《全宋詞》，頁3801)

全詞突出地描寫錢塘特殊的政治地位，鳳凰山上的南宋宮闕固然是妝
點城市的絕佳裝備；三竺、兩峰等自然奇景也是這城市豐厚內涵不可
或缺的部份，至於湧金樓與豐樂樓的仙舸美酒，更是富麗城市中最具
生命力的所在，以其打破坊牆的革命性，與多重娛樂性，使得都人縱
使在夜闌人靜的深夜，仍可不減遊興地尋歡作樂，耳聞不絕於耳的天
籟，手持金杯美酒與知交、歌女一同劃破舊時深夜的靜謐氛圍，爲文
人、市民，提供絕佳的娛樂時機。面對這等歌舞昇平的盛世樂事，「惟
恨小臣資淺」之慨自是理所當然。而富庶歡樂、不覺夜深的場面，恐
怕就連皇家貴冑，也會對此等快活欣羨不已。〔註40〕

〔註39〕 以上引文見〔宋〕吳自牧：《夢梁錄》，卷12，〈西湖〉條，《東京夢
華錄外四種》，頁230。

〔註40〕 宋人施德操一書《北窗炙輠錄》曾載「（仁宗）一夜在宮中聞絲竹
歌笑之聲，問曰：『此何處作樂？』宮人曰：『此民間酒樓作樂處』，
宮人因曰：『官家且聽外間如此快活，都不似我宮中如此冷冷落落
也。』」見〔宋〕施德操：《北窗炙輠錄》（1986年出版《景印文淵閣
四庫全書》本），冊1039，頁390。

　　坐享杭州名山勝水，又全面繼承北宋酒肆繁華榮景的臨安城市，〔註41〕無疑已是人間樂土，昔日「前不見古人，後不見來者。念天地之悠悠，獨愴然而涕下。」〔註42〕的登臨懷古之情，降至宋代，已在城市享樂風氣的吹拂之下削弱其影響力。以下遂分享樂尋歡、登臨遊觀、觸目傷懷說明文士登樓賞玩的實際情形。

一、享樂尋歡

　　大型酒樓「濃妝妓女數百，聚於主廊槏面上，以待酒客呼喚，望之宛若神仙。」〔註43〕這類有妓相伴侑酒勸觴的賞心樂事，〔註44〕在享樂風氣高漲的二宋已是詩人墨客爭相投入的城市娛樂，加上大型酒樓諸色名酒源源不絕的供應，〔註45〕詞人置身其間，自然得其全然的歡情快意，就連太學生亦無法抵禦名樓佳酒的誘惑，見俞國寶〈風入松〉詞：

　　　　一春長費買花錢。日日醉花邊。玉驄慣識西湖路，驕嘶過、
　　　　沽酒壚前。紅杏香中簫鼓，綠楊影裡鞦韆。　　暖風十里
　　　　麗人天。花壓鬢雲偏。畫船載取春歸去，餘情寄、湖水湖
　　　　煙。明日重攜殘酒，來尋陌上花鈿。（全宋詞，頁2936）

〔註41〕南宋都城臨安對前朝汴京豪華酒肆的娛樂繼承，於命名中即可略見端倪，孟元老《東京夢華錄》聲稱汴京樊樓「後改爲豐樂樓」，南宋臨安則改西湖湖畔酒肆「聳翠樓」爲「豐樂樓」，不僅取其豐饒富樂之意，亦可視爲遙契前朝盛世之舉。

〔註42〕本詩爲初唐陳子昂〈登幽州臺歌〉，寫登樓遠望，書思古之幽情。見〔清〕蘅塘退士手編：鴛湖散人撰輯：《唐詩三百首集釋》，頁79。

〔註43〕〔宋〕孟元老：《東京夢華錄》，卷2，〈酒肆〉條，《東京夢華錄外四種》，頁15。

〔註44〕〔宋〕吳自牧：《夢梁錄》，卷20〈妓樂〉條載：「自景定以來，諸酒庫設法賣酒，官妓及私名妓女數內，揀擇上中甲者，委有娉婷秀媚，桃臉櫻唇，玉指纖纖，秋波滴溜，歌喉婉轉，道得自眞韻正，令人側耳聽之不厭。」已將名妓於名樓中，侑酒助觴，以促進酒庫消費之事揭露甚詳，見《東京夢華錄外四種》，頁309～310。

〔註45〕宋季諸色酒名可見〔宋〕周密：《武林舊事》，卷6〈諸色酒名〉，其中屬於臨安酒市的名牌佳釀有有美堂、中和堂、雪醅、眞珠泉、皇都春、常酒、和酒等，見《東京夢華錄外四種》，頁449。

全詞洋溢春日酒樓尋歡的濃麗風情，甚至連久居宮闈的宋孝宗，對此等飲酒尋歡之舉亦有所體會，直呼要「明日重扶殘醉」，[註46] 足見通城上下，無不沉溺於酒肆尋歡。由北宋仕杭文人蘇軾開始，寫於宋神宗熙寧七年（西元 1074 年），蘇氏首次通判杭州任上的〈虞美人‧有美堂贈述古〉，即為詞人於「有美堂」[註47] 送杭州太守陳襄南去之情景，「湖山信是東南美……夜闌風靜欲歸時。惟有一江明月、碧琉璃。」[註48] 可以想見的是這類的賦別場合，自然少不了歌妓美酒助興。降及南渡詞人張孝祥筆下，登樓尋歡之事則有進一步的深化，見〈鷓鴣天‧春情〉：

> 日日青樓醉夢中。不知樓外已春濃。杏花未遇疏疏雨，楊柳初搖短短風。扶畫鷁，躍花驄。湧金門外小橋東。行行又入笙歌裡，人在珠簾第幾重。（《全宋詞》，頁 2223）

「日日青樓醉夢中，不知樓外已春濃」、「行行又入笙歌裡，人在珠簾第幾重。」更是瀟灑文人全然置身物外，尋花問柳、樂飲放縱之代表。「湧金樓」[註49] 同樣提供了文人佳士樂遊的絕佳場所。酒樓享樂之風，影響所及，就連多次於文詞間寄託個人深沉悲感的南宋詞人同樣無可抗拒地對豐樂樓享樂尋歡之事作出歌頌，見吳文英〈醉桃源‧會

〔註46〕此等軼事見於〔宋〕周密：《武林舊事》，卷 3，〈西湖遊幸〉條，載宋孝宗入小酒肆，見太學生俞國寶〈風入松〉一詞，笑曰：「此詞甚好，但末句未免儒酸。」因而改云「明日重扶殘醉」一事，見《東京夢華錄外四種》，頁 376。

〔註47〕有美堂是嘉祐二年（西元 1057 年）杭州太守梅摯所建，在吳山上，堂名「有美」，是因宋仁宗賜梅摯詩「地有吳山美，東南第一州」而取的。在當時，曾有歐陽修為之作記，亦有許多人作詩、文題詠它，如蘇軾即有〈有美堂暴雨〉等三首詩作。

〔註48〕〔宋〕蘇軾：〈虞美人‧有美堂贈述古〉，關於此詞，《本事集》云：「陳述古守杭，已及瓜代。未交前數日，宴僚佐於有美堂，因請貳車蘇子瞻賦詩，子瞻即席而就。」見《全宋詞》，頁 395。

〔註49〕據宋人周淙《乾道臨安志》記載：「豐豫門湧金樓，政和六年，郡守徐鑄以豐豫門樓隳損，命鈐轄楊靖重建，頗極壯麗，榜曰湧金樓」。〔南宋〕周淙：《乾道臨安志等五種》（臺北：世界書局，1963 年 5 月），卷 2，〈豐豫門湧金樓〉條，頁 53。

飲豐樂樓〉一詞：

> 翠陰濃合曉鶯堤。春如日墜西。畫圖新展遠山齊。花深十
> 二梯。　　風絮晚，醉魂迷，隔城聞馬嘶。落紅微沁繡鴛
> 泥。鞦韆教放低。(《全宋詞》，頁 3673)

在文人有意識對詞文進行雅化的改造下，本詞固然少了庶民澎湃的熱
情和詞人縱放情感的激情，但「醉魂迷」三字和詞人眼中富麗迷人的
登樓之景，同樣表達了詞人此次盛會的快意。登樓尋歡遂成文人留連
忘返之杭州盛事，成為別後再三追憶的眼底風光，見白君瑞〈念奴嬌・
寄臨安友〉詞下闋：

> 聞與俊逸嬉游，笙歌叢裡，眷戀中華國。況是韶陽將近也，
> 應辦青驄金勒。豐樂闌干，西湖煙水，遍賞蘇堤側。舉觴
> 須酹，天隅犀渚孤客。(《全宋詞》4543)

江南水鄉，撫慰了孤旅倦客的心，使得宋詞中論及酒肆者，無不彰顯
名山勝景與名樓佳酒相遇帶給人的歡愉。能歌善舞的歌妓作為溫婉多
情的代表，剛烈醇美的名酒作為遣興交誼的工具，醇酒與美人的相
遇，同樣為杭州書寫譜出了浪漫絕美的戀曲。

二、登臨遊觀

　　傳統登樓遠望，並對眼前所見景物作出詳實記載的詞作，在宋代
文人筆下中亦所在多有，大抵是文人對登臨遊觀此一樂事的反饋。此
際詞人眼界不再侷限於歌樓酒館裡的鶯鶯燕燕，所關切的亦非佳釀名
酒，而是高樓本身帶給詞人視域的開展、景物的瀏覽，得將登樓望遠
之美景盡收眼底。如常與西湖為鄰，治事於十三樓的杭州地方官蘇軾，
〔註50〕即有〈南歌子・遊賞〉一詞，寫杭州名勝十三樓的熱鬧景象：

> 山與歌眉斂，波同醉眼流。遊人都上十三樓。不羨竹西歌
> 吹、古揚州。　　菰黍連昌歜，瓊彝倒玉舟。誰家〈水調〉

〔註50〕宋人周淙：《乾道臨安志》載：「十三間樓去錢塘門二里許。蘇軾治
　　　　杭日，多治事於此。」見〔南宋〕周淙：《乾道臨安志等五種》，卷2，
　　　　〈十三樓〉條，頁53。

唱歌頭。聲繞碧山飛去、晚雲留。（《全宋詞》，頁 376）

全詞以十三樓為詞人視域的開展中心，雖無對此一名勝的風物做正面且全面的細緻描繪，但為突顯此地遊賞之盛，詞人化用杜牧詩句「誰知竹西路，歌吹是揚州」之詩句，〔註51〕以唐人杜牧筆下揚州竹西亭與蘇軾所言杭州十三樓對照並舉，筆墨雖省，此地風景之盛卻自然流洩。此外，作者又利用歌眉與遠山、目光與水波的相似意象，賦予遠山和水波以人之情感，此等移情手法的使用，使人讀之亦不自覺徜徉其中。末句以「聲繞碧山飛去、晚雲留」作收束，客散聲遠，徒留晚雲高掛天空，其意韻深摯耐人咀嚼，實為一篇觀樓寫景之佳構。至於辛棄疾詞〈念奴嬌・西湖和人韻〉所言：「望湖樓下，水與雲寬窄。」（《全宋詞》，頁 2420）同樣也是詞人忠實呈現登樓所望之景。幾乎可見詞人對杭州豐樂樓、望湖樓〔註52〕、湧金樓，這類擁有遊觀西湖江上佳景優勢的敘寫，大量可見波光瀲灔、畫舫競逐的白日湖面美景蕩漾於文詞之中。

　　白日觀湖，暗夜賞月，同樣是文人雅士閒情雅致的抒發，並非入夜登樓就只得擁妓飲酒？詞人黃公紹〈念奴嬌・月〉一詞對月華的書寫，同樣引人入勝：

山圍寬碧，月十分圓滿，十分春暮。匹似湧金門外看，添得綠陰佳樹。野闊星垂，天高雲斂，不受紅塵污。徘徊水影，閒中自有佳處。　　乘興著我扁舟，山陰夜色，渺渺流光湖。望美人分天一角，我欲凌風飛去。世事浮沈，人生圓缺，得似煙波趣。興懷赤壁，大江千古東注。（《全宋詞》頁 4261）

詞人巧妙化用杜甫〈旅夜書懷〉：「星垂平野闊，月湧大江流」詩句，

〔註51〕〔唐〕杜牧：〈題揚州禪智寺〉：「雨過一蟬噪，飄蕭松桂秋。青苔滿階砌，白鳥故遲留。暮靄生深樹，斜陽下小樓。誰知竹西路，歌吹是揚州。」見清聖祖御製：《全唐詩》，第 8 冊，頁 5964。

〔註52〕〔南宋〕周淙：《乾道臨安志等五種》卷 2，頁 53，〈望湖樓〉條載：「望湖樓，一名看經樓，乾德五年，忠懿王錢氏建，去錢塘門一里，蘇軾有望湖樓詩。」

加以大量化用蘇軾文詞佳句，〔註53〕全詞雖多爲他人之語，但引用適宜，亦頗收畫龍點睛之妙，如「渺渺流光溯」一句，雖得自蘇軾〈前赤壁賦〉：「桂棹兮蘭槳，擊空明兮泝流光。渺渺兮於懷，望美人兮天一方。」〔註54〕但別出心裁地鎔鑄於詞中，寫登樓見月之感，卻直把山陰月色刻畫得如詩如畫，儼然一幅靜夜明月佳景，讀之令人心曠神怡，暫時得以抛卻醇酒、美人等凡俗之氣。無怪乎詞人姚勉在〈柳梢青・憶西湖〉：「長記西湖，水光山色，濃淡相宜。豐樂樓前，湧金門外，買個船兒。而今又是春時。清夢只、孤山賦詩。綠蓋芙蓉，青絲楊柳，好在蘇堤。」（《全宋詞》，頁 3920）中所追憶的錢塘勝景，直將西湖、蘇堤、孤山等自然景觀，與豐樂樓、湧金門等人爲施設並舉，同樣目之爲錢塘無與倫比的美景，正是登臨遊觀帶給詞人的絕妙感受。

三、觸目傷懷

　　登臨遠望所引起的觸目驚心之感，歷來爲古典詩文敘寫的大宗。錯綜複雜的個人情感，總是在登高馳放眼界之際，得到全然的拓展，正如黃永武所言：「中國詩裡的情，往往高度複雜而縱橫鉤貫於時空中，藉著自然時空的推移而忽隱忽現。」〔註55〕宋代詞作同樣寄慨遙深，如詞人俞良〈鵲橋仙〉：

　　　　來時秋暮。到時春暮。歸去又還秋暮。豐樂樓上望西川，
　　　　動不動八千里路。青山無數。白雲無數。綠水又還無數。
　　　　人生七十古來稀，算恁地光陰來得幾度。（《全宋詞》，頁 4928）

寫詞人登豐樂樓遠望，繼而自傷故都悠遠、歲月無情。唯白雲、綠水、青山常在，更添詞人春去秋來，老大無成之悲哀。同樣登樓傷懷者，

〔註53〕具體於詞文中可見本詞對蘇軾詞句化用者有〈水調歌頭〉：「人有悲歡離合，月有陰晴圓缺。此事古難全，但願人長久，千里共嬋娟。」及〈念奴嬌・赤壁懷古〉：「大江東去浪淘盡」等句。

〔註54〕見〔宋〕蘇軾撰；〔明〕茅維編：《蘇軾文集》，第 1 冊，卷 1，賦，頁 6。

〔註55〕黃永武：《中國詩學——設計篇》，〈詩的時空設計〉，（台北：巨流圖書公司，1978 年 6 月），頁 43。

有陳人傑〈沁園春〉一詞於題序中點明詞人「洎回京師，日詣豐樂樓以觀西湖。因誦友人『東南嫵媚，雌了男兒』之句，嘆息者久之。酒酣，大書東壁，以寫胸中之勃鬱。」「雌了男兒」不正是杭州都城柔靡婉媚的享樂之風所帶來極為負面的影響，使得詞人「歸來也，對西湖嘆息，是夢耶非。」同詞下片更是滿溢有志難伸的苦悶：

> 諸君傅粉塗脂。問南北戰爭都不知。恨孤山霜重，梅凋老葉，平堤雨急，柳泣殘絲。玉壘騰煙，珠淮飛浪，萬里腥風吹鼓鼙。原夫輩，算事今如此，安用毛錐。〔註56〕

作為詞人酒後抒懷，於壁上所書的題壁詞，陳氏此詞無一不是對國力萎靡不振的控訴與恨恨，所謂「問南北戰爭都不知」，一如陳氏另一首〈沁園春·詠西湖酒樓〉詞之言：「南北戰爭，惟有西湖，長如太平。」〔註57〕皆寄託無限寓意，皆在表達無人心繫國家存亡的政治困境，使得無力回天的詞人只得對西湖嘆息，縱使登樓遠望，所見亦無非霜山、凋葉、老梅、急雨、殘柳。文士縱得蓋世英才，亦無用武之地。詞人只得於歌頌西湖酒樓之繁華背後，寄託婉而多諷的深情，面對苟且偷安的南宋朝廷，愛國志士只得無盡的嘆息。於是，南宋末年詞人吳文英所寫〈高陽臺·豐樂樓分韻得如字〉竟為大宋王朝的滅亡敲響警鐘：

> 修竹凝妝，垂楊駐馬，憑闌淺畫成圖。山色誰題，樓前有雁斜書。東風緊送斜陽下，弄舊寒、晚酒醒餘。自銷凝，能幾花前，頓老相如。　　傷春不在高樓上，在燈前敧枕，

〔註56〕以上有關宋代詞人陳人傑〈沁園春〉一詞所引用之文句，皆出於《全宋詞》，頁3900～3901。

〔註57〕關於陳人傑〈沁園春·詠西湖酒樓一詞〉，清人況周頤提出以下看法：「龜峰詞〈沁園春〉詠西湖酒樓云：『南北戰爭，唯有西湖，長如太平。』此三句含有無限感慨。宋人詩云：『西湖歌舞幾時休』，下云：『直把杭州當汴州』，婉而多諷，旨與剛父略同。」正是說明酒肆歌樓，尋歡享樂之風氣對南宋朝廷極為不利的影響。見〔清〕況周頤：《蕙風詞話》，唐圭璋編纂：《詞話叢編》本（北京：中華書局，2005年10月）本，第5冊，卷1，〈龜峰詠西湖酒樓〉條，頁4443。龜峰，即陳人傑號。

雨外熏鑪。怕艤遊船，臨流可奈清臞。飛紅若到西湖底，攪翠瀾、總是愁魚。莫重來，吹盡香綿，淚滿平蕪。(《全宋詞》，頁)

登樓分韻唱和酬作本爲詞人雅興樂事，吳氏此詞卻充滿濃烈不可消解的傷春之感，詞人在國勢岌岌可危之時登豐樂樓遠眺，這些物色全都染上了作者的傷感，舉目所見無非是哀頑殘景、破碎傷感。故全詞雖言傷春，其實也是作者將時光的流逝和人事的變遷融而爲一的複雜情感。

　　總而言之，孕育著幽微靈動之個人情感的自然佳景，透過詞人投身大自然的觀望行動無不盡收眼底，進而帶給文人雜然紛陳，難以言喻之情，是以觸目傷懷，往往是造成詞人抑鬱不快的主因。正因爲文人的情感充沛，才讓「思接千載」的萬端愁緒，有了馳騁奔放的契機，因而也披露了詞人最不欲爲人所知的詞心。

第四節　杭州勝景詞用意說明

　　山水景致對於人類情感的觸發，早於南朝即有劉勰以「物色相召」之由，說明「詩人感物，聯類不窮。流連萬象之際，沉吟視聽之區。寫氣圖貌，既隨物以宛轉；屬采附聲，亦與心而徘徊。」〔註58〕的創作情形。當詩人流連於萬象美景中，當詩人沉吟視聽、感受天地，往往產生不吐不快的熾熱情感，其筆觸或隨眼前景物勾轉，或放縱其心逞懷，在在都是文人對大自然感召的回應，一如唐人孟浩然於〈與諸子登峴首〉詩中所言：「江山留勝跡，我輩復登臨。」〔註59〕縱使人事代謝、古今往來，青山綠水依舊在，其勾起的思古深情或個人情懷自然也輪番搬演於天地大自然這個舞台，唯一不同的只是各代才人所使用的各式體裁。

〔註58〕〔南朝〕劉勰：《文心雕龍·物色篇》，見黃霖：《文心雕龍彙評》，頁150。

〔註59〕〔唐〕孟浩然：〈與諸子登峴首〉：「人事有代謝，往來有古今。江山留勝跡，我輩復登臨。水落魚樑淺，天寒夢澤深。羊公碑尚在，讀罷淚沾襟。」見〔清〕清聖祖御製：《全唐詩》，第3冊，頁1644。

　　宋詞中的杭州名勝書寫，不同於南朝以謝靈運爲代表的「模山範水」式山水詩，集記遊、寫景、興情、悟理於一身，意在展現詩人對大自然的深情摯愛與深刻體悟；也不同於盛唐以王維、孟浩然二人爲代表的自然詩派，力圖打破情景界限，將二者合而爲一。〔註60〕宋詞中對於山水景物的描寫，細而觀之，大抵可依前後二宋作出分判，二朝於寫法、造境、抒情、寓意、內涵上的不同，正如論者楊海明所說：

> 北宋詞人對於西湖的觀賞和描寫，大致還停留在粗線條式
> 的瀏覽和掠影之層面上。……（南宋）吟社詩人則分明是
> 在借西湖這個題目大逞其才，因此其詞風也就明顯帶有了
> 刻意雕琢的人工痕跡。〔註61〕

筆者認爲，北宋時期粗線條式地對杭州山水掠影瀏覽，對應的是文人初來乍到或稍留片刻的視覺震撼，如蘇軾與潘閬；南宋刻意雕琢的斧鑿痕跡則表現於張樞、楊纘、周密等吟社詩人，因久居臨安，遂沾染西湖江畔的生活情趣和寫意美感，於南宋國事不可爲之日縱情馳騁文才、盡情雅玩。加上宋詞以長短句式爲文學載體，眼前所謂的山水佳景，在跌宕多姿、巧意堆疊的詞文創作之間，往往成爲文人筆下隨性恣意的揮灑，而非抒情的核心。搭配宋詞格外適合於表達嬉遊逸樂之情的特性，自然就與宋齊山水詩、盛唐自然詩等自然文學創作產生了距離。

　　透過對宋代大量名山勝景詞的梳理，可以看出宋時文人早就走出了純粹山水的摹寫刻劃，亦不循自然詩中因景生情的創作途徑，在在顯示了詞人主觀的別有用心。類似宮廷詞人康與之〈長相思‧遊西湖〉詞：「南高峰。北高峰。一片湖光煙靄中。春來愁殺儂。　　郎意濃。妾意濃。油壁車輕郎馬驄。相逢九里松。」（《全宋詞》頁 1692）這類暫時拋卻個人特殊身份，轉而極力描摹眼前所見之佳景，並抒發南國兒女愛戀濃情，帶有漢代樂府遺風，清麗質樸之詞畢竟少見。類似南宋遺民劉

〔註60〕詳細區別說明，可參林文月：《山水與古典》（台北：純文學出版社，1984 年 5 月），頁 28、頁 47。
〔註61〕楊海明：《唐宋詞與人生》〈宋代詞人的高雅情趣和『雅玩』詞篇〉，頁 299。

辰翁〈菩薩蠻・春日山行〉詞：「江波何似西湖曲。村煙相對峰南北。何處不青青。青青是漢塋。　　長亭芳草路。寒食誰家墓。舊日厭殘紅。人行九里松。」（《全宋詞》頁 4043）這類縱使青山如碧仍給人破舊傾頹之感的借景寄情詞才是宋人創作的大宗。以下遂於宋代杭州勝景詞中，概略分文學傾向、政治手段二點對詞人之用心進行說明。

一、文學傾向——主觀情意遠勝客觀寫景

　　由以上三節對西湖江水、錢塘海潮及杭州各地湖山勝景的詞體創作說明，已可推知詞人於名勝書寫背後的有所寄託。整體歸納，其題材大抵有以下幾種：

> 建炎而後，作者斐然，數南渡之才人，無非妍手；詠西湖之麗景，盡是嵩家。薄醉尊前，按紅牙之小板；清歌扇底，度〈白雪〉之新聲。況乎人間玉碗，闕下銅駝，不無荊棘之悲，用志黍離之感；文弦鼓其淒調，玉笛發其哀思。亦有登山臨水，勝情與豪素爭飛；惜別懷人，秀句共郵筒俱遠；凡斯體制，有待編纂。〔註62〕

一類是詞人對「西湖之麗景」的稱頌歌詠、一類是文人齊聚「薄醉尊前，按紅牙之小拍」的席上酬作，此二類來自文人身處湖山勝景時，主觀直截的感動或衝動。

　　進一步有所表現的「志黍離之感」，寫家國悲痛；「登山臨水」，寫壯志豪情；「惜別懷人」，以美景喻別情。所謂「吾聽風雨，吾覽江山，常覺風雨江山外有萬不得已者在。此萬不得已者，即詞心也。而能以吾言寫吾心，即吾詞也，此萬不得已者，由吾心醞釀而出，即吾詞之眞也，非可彊爲，亦無庸彊求。」〔註63〕大量見於各類詞中的別有寄託，才是深化宋代杭州勝景詞內涵的主因。

〔註62〕〔清〕柯煜：《絕妙好詞序》，見〔宋〕周密編纂；鄧喬彬、彭國忠、劉榮平撰：《絕妙好詞譯注》（上海：上海古籍出版社，2000 年 12 月），頁 464。

〔註63〕語出清人況周頤：《蕙風詞話》一書，唐圭璋編纂：《詞話叢編》本，第 5 冊，卷 1，〈以吾言寫吾心〉條，頁 4411。

　　既知借景抒情爲宋代杭州詞之大宗，所謂專事寫景之詞，在宋代大量杭州詞作中誠屬鳳毛麟角，但卻也不是完全無處可尋的。至少在詞人據題寫景的「西湖十景」〔註64〕題畫詞中，可以見到文人雖名爲靜態「題畫」，同時亦爲動態寫景的詞文創作。其中最爲著名的有張矩〈應天長・西湖十景詞〉、周密〈木蘭花慢・西湖十景〉以及陳允平〈西湖十詠〉，三人各賦十首聯章寫景佳構以寫景，〔註65〕爲表現其純爲寫景的內容特色，以下遂分列其斷橋殘雪詞以利比較欣賞：

> 瓵漸洭曉，篙水漲漪，孤山漸卷雲簇。又見岸容舒臘，菱花照新沐。橫斜樹，香未北。倩點綴、數梢疏玉。斷腸處，日影輕消，休怨霜竹。　　簾上湧金樓，酒灩酥融，金縷試春曲，最好半殘鵁鵜，登臨快心目。瑤臺夢，春未足。更看取、灑窗填屋。灞橋外，柳下吟鞭，歸趁遊燭。（張矩〈應天長・斷橋殘雪〉，《全宋詞》，頁3909）

〔註64〕關於「西湖十景」的名目，在南宋中後期業已形成，如宋人祝穆《方輿勝覽》卷一載：「西湖，在州西，州回三十里，其澗出諸澗泉，山川秀發。四時畫舫遨遊，歌鼓之聲不絕。好事者嘗命十題，有曰：平湖秋月、蘇堤春曉、斷橋殘雪、雷峰落照、南屏晚鐘、曲院風荷、花港觀魚、柳浪聞鶯、三潭映月、兩峰插雲。」見〔宋〕祝穆撰；祝洙注：施和金點校：《方輿勝覽》，頁 7。吳自牧於《夢梁錄》卷12亦有載錄，只是名目排序前後與《方輿勝覽》略有不同，見〔宋〕孟元老等著：《東京夢華錄外四種》，頁230。

〔註65〕南宋張矩、陳允平、周密三人的西湖題詠詞並非宋時首發，據清人陳文述於《西泠懷古集》（〔清〕丁丙、丁申輯：《武林掌故叢編》（揚州：廣陵書社，2008 年 4 月）），第 7 冊，第 15 集，卷 6，頁 4589。〈西湖十景懷王洧、陳允平〉之考證：「西湖十景始於馬遠水墨畫，人稱馬一角，見《南宋畫苑錄》。僧若芬畫之傳世者，有西湖十景圖，見《繪事備考》，即祝穆《方輿勝覽》所載也。嗣是陳清波、馬麟又爲十景寫圖，王洧題以十詩，陳允平題十詞，十景之名遂相傳至今。」張矩、周密、陳允平三人之詞亦非獨立而發，而是互相影響。最早以西湖十景爲題材的詞人是張矩，其詞一出，一時傳頌，周密實爲張氏之友，不甘示弱地亦寫成〈木蘭花慢〉十首，其緣由於題序中已有清楚説明：「張成子嘗賦〈應天長〉十闋誇余曰：『是古今詞家未能道者。』余時年少氣銳，謂此人間景，余與子皆人間人，子能道，余顧不能道耶？冥搜六日而詞成。」周密詞成後，復與其友人陳允平分享，約其同賦，遂有此三十首「西湖十景」詞作。

覓梅花信息，擁吟袖、暮鞭寒。自放鶴人歸，月香水影，
詩冷孤山。等閒。泮寒晛暖，看融城、御水到人間。瓦隴
竹根更好，柳邊小駐遊鞍。　　琅玕。半倚雲灣。孤櫂晚、
載詩還。是醉魂醒處，畫橋第二，奩月初三。東闌。有人
步玉，怪冰泥、沁涇錦鷫斑。還見晴波漲綠，謝池夢草相
關。(周密〈木蘭花慢〉，《全宋詞》，頁 4130)

凝雲洹曉，正釀花才積，荻絮初殘。華表翩躚何處鶴，愛
吟人在孤山。凍解苔鋪，冰融沙礐，誰憑玉勾闌。葺衫氈
帽，冷香吹上吟鞍。　　將次柳際瓊銷，梅邊粉瘦，添做
十分寒。閒踏輕澌來薦菊，半潭新漲微瀾。水北峰巒，城
陰樓觀，留向月中看。爛雲深處，好風飛下晴湍。(陳允平

〈百字令‧西湖十詠之三：斷橋殘雪〉，《全宋詞》頁 3927)

以上三闋詞文內容皆集中於多日畫橋冰融之景。沉浸在西湖山水之間
的詞人，以極盡富麗婉約之筆，刻畫所見所感之艷景，突顯詞人對於
此地勝景的愛戀沉迷。其時已是理宗景定四年（西元 1263 年），來勢
洶洶的蒙古兵馬早在前年九月已攻破宿、蘄二州，[註66] 整個宋室江
山岌岌可危，這些樂賞清景的詞人卻仍耽溺於山水之間的享樂雅玩，
讀之不免令人為之一嘆。若說，這些詞人不問國事，生活在自身的文
藝象牙塔中，不如說是個人生命中不能承受之重，關於國事終究是「宰
相有權能割地，孤臣無地可回天」的無奈，讀者於這些看似耽溺的詞
作之中，也該體會無處避愁文人們的別有用心，明白個人抒情寫志的
需求仍凌駕於客觀寫景之上，這正是今日研究者能於字裡行間覺察出
文人心緒，及其別有寄託的背後原因。

二、政治手段——縱放嬉遊藉以粉飾太平

南宋都城臨安因其特殊的政治偏安身分，在制度風俗上多有移植
前朝之跡，一方面為習慣所趨，一方面亦為欲安民之心。故反映在與

〔註66〕〔清〕畢沅編：《續資治通鑑‧宋紀‧理宗景定三年》：「九月戊午，
蒙古濠州萬戶張弘略破宿、蘄二州。」卷 177，頁 4827。

南宋皇城近在咫尺的杭城名山勝景上，可以見到南宋朝廷爲沿襲前朝遺風所斧鑿出的痕跡，如與北宋都城汴京娛樂中心——「金明池」所對應到的杭州西湖與錢塘江。

　　爲便利說明其前後相承之跡，此處先由北宋汴京的娛樂重心——「金明池」談起。對北宋皇室而言，金明池無疑是遊觀賞玩和教習水軍之要地，前者突出其娛樂性，後者則著重於其軍事演習的實用性。〔註67〕整年的金明池娛樂活動操控在君王手上，〔註68〕唯三月至四月間會對外開放，許士庶嬉遊，〔註69〕生活於娛樂風氣高張的城市社會，庶民百姓自然不會錯過此等天賜良機。宋代畫家張擇端名作〈清明上河圖〉所描繪的正是汴京金明開池、遊人如織、熱鬧非凡的春日城市景象。由此可知，集教習、娛樂、競技三者於一身的汴京金明池，是多數北宋人的共同記憶。故時序降及南宋，尋找進行上述活動的替代場地，以撫慰飽嘗流離艱辛的民心，顯得勢在必行。幸運的是，杭州有西湖與錢塘江。

　　湖山清麗，波光瀲灩的杭州西湖接管北宋汴京城市的娛樂生活，提供南宋人民閒時遊賞、泛舟競渡的場地。四時皆宜的西湖美景，娛樂盛況較之前朝有過之而無不及，如吳自牧於《夢粱錄》一書中便直

〔註67〕開鑿於太平興國元年（西元 976 年）的金明湖，爲宋太祖作爲教習南伐水軍之用。其後南方戰事平定，金明湖稍成爲汴京城市的娛樂中心，卻仍定時舉行水軍教習之事。其事見於《玉海》卷 147 載宋太宗雍熙元年（西元 984），太宗至水心殿「觀戰艦角勝，鼓譟以進，往來馳突，必爲回旋擊刺之狀。顧侍臣曰：兵棹，南方之事也，今既平定，故不復用，但時習之，不忘武功耳。」原文可參〔宋〕王應麟輯：《玉海》（南京：江蘇古籍出版社，1990 年 3 月），卷 147，頁 2707。

〔註68〕金明池上所舉行的爭標、水戲活動一般不對外放，爲皇室內部盛會，其舉行目的多爲取悅當今聖上之心，見〔宋〕孟元老等著：《東京孟華錄外四種》，卷 7，〈駕幸臨水殿觀爭標賜宴〉條，頁 40～41。

〔註69〕〔宋〕孟元老：《東京夢華錄》卷七有〈三月一日開金明池瓊林苑〉條，同卷亦有〈駕回儀衛〉條載：「自三月一日至四月八日開池，雖風雨，亦有遊人，略無虛日矣。」見《東京夢華錄外四種》，頁 39、46。

指杭州西湖遊觀之勝景「雖東京金明池未必如此之佳。」〔註70〕周密《武林舊事》一書亦以極長的篇幅載皇室西湖遊幸、都人遊賞之景。說明宋室因「承平日久，樂與民同，凡遊觀買賣，皆無所禁。」遂出現「都人士女，兩堤騈集，幾於無置足地。水面畫楫，櫛比如魚鱗，亦無行舟之路，歌歡簫鼓之聲，振動遠近」〔註71〕的春日勝景。

　　至於水勢較為險惡的錢塘江，則接替北宋金明池教習水軍之事，成為南宋皇室以示其不忘武功之心的閱兵場地，其事廣見於宋人周密《武林舊事》一書。〔註72〕較之前朝以人工開鑿之金明池進行教閱水軍一事，在有著錢塘海潮地理優勢下所進行的南宋水軍教習活動，其驚險刺激之程度竟遠勝前朝：

> 余少從家大夫觀金明池水戰，見船舫迴旋，戈甲照耀，為之目動心駭。比見錢塘水軍，戈船飛虎，迎弄江濤，出沒聚期，欻忽如神，令人汗下，以為金明池事，政如兒戲耳。
>
> 〔註73〕

不過此處所謂「金明池事，正如兒戲」，對照後人所理解的南宋政治實情，不免令人產生一種「歷史錯覺」：若臨安水軍真如時人眼中般

〔註70〕〔宋〕吳自牧：《夢梁錄》卷2〈清明節〉條。〔宋〕孟元老等著：《東京夢華錄外四種》，頁148。

〔註71〕以上二則引文見於〔宋〕周密：《武林舊事》卷3〈西湖遊幸〉條。見《東京夢華錄外四種》，頁375～376。

〔註72〕如〔宋〕周密《武林舊事》卷3〈觀潮〉條載：「每歲京尹出浙江亭教閱水軍，艨艟數百，分列兩岸，既而盡奔騰分合五陣之勢，並有乘騎弄旗標槍武刀於水面者，如履平地。倏爾黃煙四起，人物略不相睹，水爆轟震，聲如崩山。煙消波靜，則一舸無跡，僅有敵船為火所焚，隨波而逝。」、卷7〈咸淳奉親〉條載「淳熙十年八月十八日，上詣德壽宮恭請兩殿往浙江亭觀潮……先是澉浦金山都統司水軍五千人抵江下，至是又命殿司新刺防江水軍臨安府水軍並行閱試軍船，擺佈西興、龍山兩岸，近千隻。管軍官於江面分佈五陣，乘騎弄旗，標槍舞刀，如履平地，點放五色煙炮滿江，及煙收炮息，則諸盡藏，不見一隻。」皆可見南宋皇室於錢塘江操練水軍之勤。見於《東京夢華錄外四種》，頁381、475。

〔註73〕〔宋〕袁褧：《楓窗小牘》（成都：巴蜀書社，1993年11月出版《中國野史集成》），卷下，頁370。

的精實威武，何以終宋之際皆未能收復失去的北方領地？反而每況愈下，愈往帝國日暮走去？對此疑問，也許最好的說明是：吾人在此產生的「歷史錯位」，和杭州樂土孕育的高度遊觀享樂風氣，皆是在上位者的有爲而作。關於這一點，早在宋人周密的《武林舊事》已有所暗示：「（宋孝宗）往往修舊京金明池故事，以安太上之心，豈特事遊觀之美哉？」〔註74〕對於隱藏在這反詰語氣背後的別有用心，學者楊萬里有以下說明：

> 南宋西湖之遊樂，始盛於孝宗時，往往效北宋金明池故事，
> 蓋欲安太上皇趙構之心，於國事不可爲之日，以「孝治」
> 倡天下，亦統治術之一端也。〔註75〕

藉由梳理文本，筆者亦發現南宋朝廷之所以選在錢塘江上仿效前朝舊事，似乎也只爲「見軍儀於江中整肅部伍，望闕奏喏，聲如雷震。余扣及內侍，方曉其尊君之禮也。」〔註76〕因此，所謂的孝宗孝親；看似行禮如儀、恪遵前制、亟思進取的教習水軍之事，其實都只是南宋最高統治者爲求統治順利所採取的權謀治術。縱使南宋宗室未必眞有收復北地之意，維持士人庶民的想像仍是至關重大的事情。於是臨安朝廷有意識地擴大杭州遊觀盛事、強化南宋水軍教習，用以粉飾南宋朝廷的不思進取，足以欺人也足夠自欺。這種高明的統治手段的展現，也確實爲南宋政權於搖搖欲墜的不利環境中，取得夾縫生存的契機。

可想而知的，在這樣的政治環境下，文人所寫的名勝詞自然也只得極盡諂媚，以求娛君、娛人更娛己，如曾覿賦〈阮郎歸〉，寫皇家西湖遊賞之貌、〔註77〕吳琚寫〈酹江月〉狀皇室錢塘觀潮之狀。〔註78〕

〔註74〕〔宋〕周密：《武林舊事》卷3〈西湖遊幸〉條。見於《東京夢華錄外四種》，頁375。

〔註75〕楊萬里：《宋詞與宋代的城市生活》，頁22。

〔註76〕〔宋〕吳自牧：《夢粱錄》卷4〈觀潮〉，見《東京夢華錄外四種》，頁163。

〔註77〕〔宋〕曾覿〈阮郎歸・上苑初夏侍宴，池上雙飛新燕掠水而去，得旨賦之〉：「柳陰庭院占風光，呢喃春晝長。碧波新漲小池塘，雙雙蘸水忙。萍散漫，絮飛揚，輕盈體態狂。爲憐流水落花香，銜將歸

詞中全不見朝廷積極進取之心，亦不見文人內心抱負想望，只見朝廷由上而下的耽溺美景、縱放歡愉。至於普羅大眾、城市庶民，則以躬逢其盛的心情，一方面沉浸於皇帝大量「與民同樂」的歡欣氣氛中，一方面亦樂觀積極地投入年復一年的水教、遊湖、競渡、觀潮等娛樂盛事中，遂能樂而忘悲，不復思考家國現況與政治困境。無怪乎後人論及南宋偏安江南以至亡國一事，總不免將矛頭指向杭州湖山勝景：

> 高宗不都建康而都杭，大為失策。士大夫湖山歌舞之餘，視天下事於度外。卒至喪師誤主，納土賣國，可為長嘆息也。觀是書不能無所感。〔註79〕

> 至紹興建都，生齒日富，湖山表裡，點飾浸繁，離宮別墅，梵宇仙居，舞榭歌樓，彤碧輝列，豐媚極矣……其時君相淫佚，荒恢復之謀，論者皆以西湖為尤物破國，比之西施云。〔註80〕

以上二說，幾乎可以作為歷來論者對南宋政事所提出的批評代表，宋代詞人文及翁所謂「一勺西湖水。渡江來、百年歌舞，百年醺醉。」詩人林昇所言「山外青山樓外樓，西湖歌舞幾時休？暖風熏得遊人醉，直把杭州作汴州。」都為南宋的覆亡寫下最佳的註腳。只是，江水何辜生於國事不可為之日，又被巧妙地用於教化安民以粉飾太平，才落得「破國尤物」此等慘烈的萬世惡名。後世論者，若有所知，亦當為其歎息。

畫梁。」見《全宋詞》，頁 1707。

〔註78〕〔宋〕吳琚〈醉江月〉：「玉虹遙掛，望青山隱隱，一眉如抹。忽覺天風吹海立，好似春霆初發。白馬凌空，瓊鼇駕水，日夜朝天關。飛龍舞鳳，鬱蔥環拱吳越。　　此景天下應無，東南形勝，偉觀真奇絕。好是吳兒飛綵幟，踢起一江秋雪。黃屋天臨，水犀雲擁，看擊中流楫。晚來波靜，海門飛上明月。」見《全宋詞》，頁 2837。

〔註79〕〔元〕劉一清撰：《錢塘遺事》（上海：上海古籍出版社，1985 年 10 月），頁 17。

〔註80〕〔明〕田汝成：《西湖遊覽志》（台北：世界書局，1963 年 5 月），頁 5。

第四章　宋詞與杭州佳節

　　節慶，作爲日常生活中的最佳調劑，無疑予人最大程度的歡愉，讓人們在變動而忙碌的日常生活中，取得暫時的緩解與休憩，縱觀古今中外的節慶無不有著此等涵意。然而在城市經濟特別發達，商業文化特別興盛的宋代，節日對杭州居民而言，更是一個特別的存在。

　　對久居深宮苑囿的皇室成員而言，節日無疑是一個可以暫時打破宮廷與市民藩籬的天賜良機。昔日深不可測，可望而不可及的宮廷，面對杭州城如此蓬勃的商業文化與世俗朝氣，自然不能自外於這股狂歡氣息中。於是對節慶的規劃和參與成了禁中成員重要的活動之一。禁中對各式節慶的規劃，首推對上元燈飾的擘畫，據《武林舊事》卷二載「禁中嘗令作琉璃燈山，其高五丈，人物皆用機關活動，結大綵樓貯之。又於殿堂樑棟窗戶間爲湧壁，作諸色故事，龍鳳嘴水，蜿蜒如生，遂爲諸燈之冠。」足見禁中爲宣揚朝野昇平，天下大治的努力。而皇帝對世俗節慶的實際參與，亦見於此日，「至二鼓，上乘小輦，幸宣德門，觀鰲山。」〔註1〕當今聖上的親臨會場無疑是整個杭城元夕的重頭戲，人人無不藉機爭看一向遙不可及、高高在上的君王。此等「與民同樂」的作法，適時地滿足了人民對統治階層的好奇心，同時也突顯了四海昇平，君臣百姓得以歡度佳節的熱鬧性，巧妙取得宣

〔註1〕　以上引文均出自〔宋〕周密《武林舊事》卷二〈元夕〉條。見《東京夢華錄外四種》，頁 368。

揚帝王威儀之效。

　　對在朝爲官的文武百官而言，節慶則是於例行假日之外馳放身心的另一個絕佳時機，〔註2〕杭州城的名山勝水可以爲他們洗去官場的案牘勞形，歲時佳節的歡慶活動則可以提供他們絕妙的創作靈感。是以他們往往在節慶來臨時選擇投入眼前的良辰美景，取得自放山水，愉悅身心的快意。前期仕杭的蘇軾，早已身體力行，一如釋惠洪所言：「東坡鎮錢塘，無日不在西湖。」〔註3〕南宋詞人自然也感染到文人此等襟度風采，而將節日視爲開筵設宴、聯繫情感的心靈補給品。

　　至於對搬有運無，掌控市場經濟的商賈而言，節慶則是個不可多得，可以大發利市的絕佳時機。由於商業貿易在南宋臨安的盛行，社會大眾爲因應各種節慶，所需張羅的貨品，皆需購自商人手中，於是宣稱欲「與民同樂」的朝廷，便成了商賈爭相逢迎的對象，爲了取得出手更爲闊綽的朝廷生意，聰明的商賈無不挖空心思欲藉機大賺一筆：「（元宵）節食所尚，則乳糖圓子……十般糖之類，皆用鏤鍮裝花盤架車兒，簇插飛蛾紅燈綵盞，歌叫喧闐。幕次往往使之吟叫，倍酬其值。」更有甚者，還締造了一夕致富的傳奇：「（宮中）宣喚市井舞隊及市食盤架。……既經進御，妃嬪內人而下，亦爭買之，皆數倍得值，金珠磊落，有一夕而至富者。」〔註4〕其境遇著實令人稱羨不已。無緣躋身宮廷交易的商人，則將目標放在同樣具有歲時節物需求的一般百姓身上，遇暮春則將各式花品「以馬頭竹籃盛之，歌叫於市，買者紛然」，〔註5〕逢立秋時則「都城內外，侵晨滿街叫賣楸葉，婦人女

〔註2〕　宋代沿襲前代實行官員旬假制度，所謂旬假即每十天休假一天，史稱：「每旬唯以晦日休務。」每年另給定期休假五十四天，分成三天、五天、七天不等，以配合各種節令，如冬至、新春、皇上生辰或先皇祭祀之日。

〔註3〕　〔宋〕胡仔：《苕溪漁隱叢話》，前集卷58引〔宋〕釋惠洪：《冷齋夜話》之語。

〔註4〕　以上引文皆見〔宋〕周密《武林舊事》卷2〈元夕〉。見《東京夢華錄外四種》，頁368～371。

〔註5〕　〔宋〕吳自牧《夢粱錄》，卷2〈暮春〉條，見《東京夢華錄外四種》，

子及兒童輩爭買之，剪如花樣，插於鬢邊，以應時序」，〔註6〕同樣是一筆獲利的好生意。更值得一提的是，社會上不唯零售業如此懂得把握天賜良機，其餘坊肆店鋪亦是如此，遇清明「公子王孫、富室驕民踏青遊賞城西。店社經營輻湊湖上，開張趕趁。」〔註7〕彰顯杭人無日不在商業之風的吹拂裡。相關典籍記載中鮮明如繪的商業行為，不僅闡明南宋商賈極具商業頭腦的經營野心，更重要的是揭示整個南宋臨安勃興的市場商業經濟。

而作爲宮廷「與民同樂」的對象主體－一般市民，則透過積極參與各式節慶盛事，取得個人以及家族的身心愉悅，成爲整個社會節慶中最爲活躍的族群。透過各式慶典，吾人可以窺見宮廷、文人階級、一般市民以及商賈四類城市居民所形成的密切關係。以下遂將杭州各式慶典分爲三類，佐以宋代士大夫所創作的新興文體－「詞」提出具體說明，盼能重構商業貿易之風興盛的杭州城在各式歲時節慶中所扮演的角色及其代表的重要意義。

第一節　時序性節慶

昭告著時序變換的時序性節慶，是調節城市繁忙步調的特殊機制。依節日來由，大抵可分爲三類，有的直接表現時令，如立春、清明、中秋、立冬、冬至；有的脫胎於宗教祭祀，如元宵、春社、花朝、上巳、中元節、秋社；有的表現歲時節奏的調整，如年節、端午、七夕、重九、十月小春。〔註8〕這些琳瑯滿目，雜然紛陳於時間之流中的特殊節日，儘管其外鑠的價值不一，但是卻都有一個共同的趨向，

頁151。
〔註6〕〔宋〕吳自牧《夢粱錄》，卷4〈七月立秋附〉，《東京夢華錄外四種》，頁159。
〔註7〕〔宋〕西湖老人：《西湖老人繁勝錄》，〈清明節〉條，《東京夢華錄外四種》，頁114。
〔註8〕李春棠：《坊牆倒塌之後──宋代城市生活長卷》（長沙：湖南人民出版社，2006年5月），頁175。

就是愉悅身心，求得心靈的慰藉，一直以來，這些特別的日子都是文人藉以抒情的絕佳題材。時至商業貿易之風興盛的南宋都城臨安，這些節慶更吸引詞人前仆後繼地投入創作，依歲時景物變換，寫下與物同悲共喜之感。挾帶著節慶內鑠的文化意涵，詞體創作終於擺脫《花間》以來專寫深院閨閣、癡心女子之情；亦象徵著詞人終於走出宮廷苑圍，而將創作主體面對社會民生，擺脫「歲寒不知年」的隔絕之感。在詞境的擴大上，宋人無疑取得了卓著的成就。

以下遂以時至今日仍豐富著人民生活的幾個重大節慶，在爬梳相關文獻及詞體創作後進行申論。但必須說明的是，以下提供的作品數量，旨在幫助讀者建立文人對各式節慶詞投入程度的印象，加以檢索底本爲《全宋詞》，故統計結果包涵南北二宋詞人的相關創作。至於題材部份，則大略可分身世家國、個人情懷、時節景致、故實感觸等四類，〔註9〕唯前三者與本文所欲論述之杭州較無直接關聯，故不列入討論範圍中。文人對歲時節慶可能產生的個人感懷，則留待第六章再議。

一、除夕、元日

全宋詞中，具體點明其所寫爲「除夕」、「除夜」者約有 26 首，〔註10〕至於「元日」、「元旦」則僅有 19 首，〔註11〕在各式節序詞中，所占的比例相當小。絕大多數詞作又旨在此日抒發老大無成、日暮衰頹之慨，如韓疁的〈高陽臺〉：

〔註9〕 王偉勇：《南宋詞研究》（台北：文史哲出版社，1987 年 9 月），頁
　　　 215～221。

〔註10〕據網路展書讀——唐宋詞全文資料庫（http://cls.hs.yzu.edu.tw/CSP/
　　　 W_DB/index.htm）檢索結果，具體指稱「除夕」、「除夜」者各有 13
　　　 筆資料，故總數爲 26 闋。

〔註11〕據網路展書讀——唐宋詞全文資料庫（http://cls.hs.yzu.edu.tw/CSP/
　　　 W_DB/index.htm）檢索結果，具體指稱「元日」者有 15 筆資料，「元
　　　 旦」則得 4 筆資料，共計 19 首，若不計仲殊、李清照殘句則僅得 17
　　　 首。

頻聽銀籤，重燃絳蠟，年華袞袞驚心。餞舊迎新，能消幾
刻光陰。老來可慣通宵飲，待不眠、還怕寒侵。掩清尊。
多謝梅花，伴我微吟。　　鄰娃已試春妝了，更蜂腰簇翠，
燕股橫金。勾引東風，也知芳思難禁。朱顏那有年年好，
逞豔游、贏取如今。恣登臨。殘雪樓臺，遲日園林。(《全宋
詞》頁 3174)

說明了詞人對年華逝去的驚心悲嘆，對人生苦短的無可奈何。這使得
吾人不禁要問，除夕、元日既為除舊佈新、迎接新歲之時，本該歡欣
鼓舞、大書特書，何以詞人投入書寫的篇幅甚少？根本原因除了學者
所言：「大概在於它們是祭祀天地和祖宗的節日，不太適宜用『小詞』
這種體式來表現比較嚴肅和莊重的情感」外，〔註12〕更重要的一點也
可能是因為此日本該是闔家歡聚，聯繫感情之時，再多的創作只是錦
上添花，文人於是投入天倫之樂的愉悅中，而暫時忘卻抒情言志之
事。由其他相關詞作中的題序，亦可清楚看出這點，如盧炳〈瑞鷓鴣・
除夜，依逆旅主人，寒雨不止，夜酌〉、趙長卿〈水調歌頭・元日客
寧都〉，詞人因隻身在外，不得返家團聚，故全詞由悲涼情緒所縈繞
自然不使人感到意外。

　　至於除夜該有什麼樣的慶祝活動以凝聚家族感情？《夢粱錄》與
《武林舊事》二者皆記之甚詳，大抵在「月窮歲盡之日」，「士庶家不
論大小家，俱灑掃門閭，去塵穢，淨庭戶，換門神，掛鍾馗，釘桃符，
貼春牌，祭祀祖宗。遇夜則備迎神香花供物，以祈新歲之安。」清楚
說明一般百姓為迎接新歲來臨所進行的各類活動；而宮廷內，遇除夜
則呈大驅儺儀，象徵將過去一年的噩運掃去。城市裡的大人們圍爐團
坐，酌酒唱歌，小兒女們則終夕博戲不寐，謂之「守歲」。〔註13〕足
見其熱鬧非凡。而其中飲屠蘇、貼桃符二事之俗仍沿用至今，亦是相

〔註12〕楊海明：《唐宋詞與人生》(石家莊：河北人民出版社，2002 年 5 月)，
　　　　頁 210。
〔註13〕以上資料俱見〔宋〕吳自牧：《夢粱錄》，卷 6〈除夕〉，及〔宋〕周
　　　　密：《武林舊事》，卷 3〈歲晚節物〉。

關詞作中最常出現的歲時節物，如趙師俠〈鷓鴣天‧丁巳除夕〉：

> 爆竹聲中歲又除。頓回和氣滿寰區。春風解綠江南樹，不
> 與人間染白鬚。　　殘蠟燭，舊桃符。寧辭末後飲屠蘇。
> 歸歟幸有園林勝，次第花開可自娛。（《全宋詞》頁2682）

清楚點出桃符、屠蘇等除夕節物於此日中的作用，並抒發詞人於風暖
春回的春日中所感染之歡娛。就連客居旅舍的盧炳，所思所想亦是此
二者，見〈瑞鷓鴣‧除夜，依逆旅主人，寒雨不止，夜酌〉：「冷甚只
多燒木葉，詩成無處寫桃符。強酬節物聊清酌，今歲屠蘇自取疏。」
（《全宋詞》頁2787），實見歲時節物對該節慶的象徵意義之大。

　　此外驅儺儀式、爆竹、門神等除穢驅魔之物亦普遍進入詞中，如
史浩〈感皇恩‧除夜〉：「結柳送窮文，驅儺嚇鬼。爆火薰天漫兒戲。」
（《全宋詞》頁1655）、胡皓然〈送我入門來‧除夕〉：「荼壘安扉，
靈馗掛戶，神儺烈竹轟雷。」（《全宋詞》4472）不只可見人們對歲時
節慶的投入，亦可見人們對去舊迎新，驅儺解厄的期待。

　　至於隔日，「正月朔日，謂之元旦，俗呼爲新年。一歲節序，
此爲之首。官放公私僦屋錢三日，士夫皆交相賀，細民男女亦皆鮮
衣，往來拜節。街坊以食物、動使、冠梳、領抹、緞匹、花朵、玩
具等物沿門歌叫關撲。不論貧富，遊玩琳宮梵宇，竟日不絕。家家
飲宴，笑語喧嘩。」〔註14〕仍是一派富麗喧嘩，足見杭城風俗之侈
靡奢華。不過與元日相關詞作或因受北宋王安石〈元日〉詩：「爆
竹聲中一歲除，春風送暖入屠蘇。千門萬戶瞳瞳日，總把新桃換舊
符。」影響，所寫仍集中於歲時節物及個人襟懷上，如趙長卿〈滿
庭芳‧元日〉：

> 爆竹聲飛，屠蘇香細，華堂歌舞催春。百年消息，經半已
> 凌人。念我功名冷落，又重是、一歲還新。驚心事，安仁
> 華鬢，年少已逡巡。　　明知生似寄，何須苦苦，役慕蹄

〔註14〕〔宋〕吳自牧：《夢粱錄》卷1，〈正月〉，見《東京夢華錄外四種》，
　　　　頁139。

輪。最難忘、通經好學沉淪。況是讀書萬卷，辜負他、此
志難伸。從今去，燈窗勉進，雲路豈無因。（《全宋詞》頁2293）

所寫大抵不脫除夕詞範疇，使得時間相近的二節，詞作內涵幾乎融通
爲一，難以判然二分。不過元日較爲特別之處在於宮中所舉行的「元
旦大朝會」，「元旦侵晨，禁中景陽鐘罷，主上精虔炷天香，爲蒼生祈
百穀於上穹，宰執百僚，待班於宮門之次，猶見疏星繞建章。……百
官皆冠冕朝服，諸州進奏吏各執方物之貢。諸外國正副賀正使隨班入
賀。」〔註15〕有幸躬逢其盛者，自會把握此等良機諂媚逢迎，以示優
寵，見史浩〈瑞鶴仙·元日朝回〉：

霽光春未曉。擁絳蠟攢星，霜蹄輕裊。皇居聳雲杪。靄祥
煙瑞氣，青蔥繚繞。金門羽葆。聽臚唱、千官並到。慶三
朝、雉扇開時，拜舞仰瞻天表。　　榮耀。萬方圖籍，四
裔明王，賚眈珍寶。椒盤頌好。稱壽斝，祝難老。更傳宣
錫坐，鈞天妙樂，聲過行雲縹緲。逗歸來、酒暈生霞，此
恩怎報。（《全宋詞》頁1654）

詞人於此鉅細靡遺地鋪陳朝儀，故將此詞視爲元日宮廷實錄亦不爲
過，加之對朝廷的歌功頌德，儼然是篇成功的宮廷應制詞章。不過並
非所有人皆熱衷此道，如劉辰翁於壽陳靜山詞〈百字令〉所說「祇愁
元日，玉龍催上金驛。」（《全宋詞》頁4089）顯見一樣朝儀兩樣情。

　　總之，若不細論除夕、元日二者的分別，其實二者予人的感受大
抵相同，即歡慶團聚、聯絡感情。在杭州都城這個富庶的環境中，各
個社會階層都能找到屬於自己的愜意生活。

二、元　宵

　　據學者統計，全宋詞中計有元宵詞 330 首。〔註16〕爲各類節慶

〔註15〕〔宋〕吳自牧：《夢粱錄》，卷1，〈元旦大朝會〉，見《東京夢華錄外
　　　　四種》，頁139。

〔註16〕據黃杰統計，《全宋詞》中計有元宵詞330首，其中包括91首無題
　　　　序者，殘句不計。其中又有詠圓子詞4首、蒸繭1首，詠橄欖燈球1
　　　　首，詠轉官球 1 首，因是與元宵節有關的風物詞，也作爲節序詞列

詞之冠，對此情形學者有此一說：認爲正是「恣意狂歡」和「男女同遊」兩種原因，取得向來喜歡用小詞描寫享樂生活和戀情故事的詞人們的青睞，進一步形成宋代詞苑特多元宵詞的現象。〔註17〕然而若以政治操弄的角度觀之，則元宵詞絕非僅代表個人享樂意識的滿足、戀情生活的補償，更有甚者，代表的是統治階級最有意識進行操弄的時序性節慶。觀《夢粱錄》卷一〈元宵〉、《武林舊事》卷二〈元夕〉即可發現眩人耳目的鰲山燈火是用來宣揚國家太平盛世的政治工具，而躬逢其盛的宮廷詞人，更將此視爲歌頌天恩威儀的絕佳時機，如曹勛〈東風第一枝·元夕〉下闋云：

> 眞個好、月燈相映。眞個樂、聖駕游幸。四部簫韶，群仙奏樂，萬光耀境。玉華不夜，向洞天、暖煙回冷。好大家、酒色醺醺，任教漏移花影。（《全宋詞》頁 1574）

一派四海昇平、金吾不禁，圓月燈火交相映，繁華富麗的情景，讀之亦令人醺然欲醉，不覺時間推移。然而城中不唯宮中萬光耀境，玉華不夜，民間更是「家家燈火，處處管弦」，儼然一派昇平和樂之氣象。再者「諸酒庫亦點燈球，喧天鼓吹，設法大賞，妓女群坐喧嘩，勾引風流子弟買笑追歡。諸營班院於法不得與夜遊，各以竹竿出燈球於半空，遠睹若飛星。又有深坊小巷，繡額珠簾，巧製新裝，競誇華麗。公子王孫，五陵年少，更以紗籠喝道，將帶佳人美女，遍地游賞。人都道玉漏頻催，金雞屢唱，興猶未已。甚至飲酒醺醺，倩人扶著，墮翠遺簪，難以枚舉。」孩童們「亦各動笙簧琴瑟，清音嘹亮，最可人聽，攔街嬉耍，竟夕不眠。」〔註18〕全城上至帝王，下至孩童都感染了這等歡欣鼓舞息氣，人間燈火遂使天上月光黯然失色，一如張孝祥

入。相關研究見黃杰：《宋詞與民俗》（北京：商務印書館，2005 年 12 月），頁 27。

〔註17〕楊海明：〈元宵之夜的「人間戲劇」〉，《唐宋詞主題探索》（高雄：麗文文化事業公司，1995 年 10 月），頁 213～214。

〔註18〕〔宋〕吳自牧：《夢粱錄》卷 1〈元宵〉，《東京夢華錄外四種》，頁 140～141。

〈憶秦娥・元夕〉所言：

> 元宵節。鳳樓相對鰲山結。鰲山結。香塵隨步，柳梢微月。
> 多情又把珠簾揭。遊人不放笙歌歇。笙歌歇。曉煙輕散，
> 帝城宮闕。（《全宋詞》頁2215）

燦亮的鰲山燈結使得月華相對失色，多情的王孫公子、五陵年少尋花問柳、尋歡作樂，沉浸在佳節氣氛中的百姓不放笙歌暫歇，整個杭州城瀰漫在喜慶的濃厚色彩中，怎不令人心生嚮往？連續五日不禁金吾，〔註19〕讓還未及由春節歡愉中走出的百姓，旋即又進入了另一波佳節高潮，對杭州人而言，真可謂人間天堂。

此日民間還流傳「占紫姑」之俗，據梁人宗懔記載：「（上元）其夕，迎紫姑，以卜將來蠶桑，並占眾事。」〔註20〕《杭州府志》亦載：「鄉村婦女於十五夜，召紫姑以卜一歲吉凶，並蠶田豐歉。」〔註21〕可知其占卜主要作為農事蠶桑之用。然而到了享樂意識及情愛意識高張的宋代，似乎也加入了新的內涵，成為揣測戀人心意的方式，見胡浩然〈萬年歡・上元〉：

> 燈月交光，漸輕風布暖，先到南國。羅綺嬌容，十里絳籠
> 燭。花豔驚郎醉目。有多少、佳人如玉。春衫袂，整整齊
> 齊，內家新樣妝束。　　歡情未足。更闌謾勾牽舊恨，縈
> 亂心曲。悵望歸期，應是紫姑頻卜。暗想雙眉對蹙。斷絃
> 待、鸞膠重續。休迷戀，野草閒花，鳳簫人在金谷。（《全宋
> 詞》頁4472）

〔註19〕所謂連續五日，指的是宋朝在唐代三夜的基礎上另增正月十七、十八夜設燈，於是十四至十八五夜，都城儼然不夜城。語見《宋大詔令集》，卷144〈典禮〉29，〈遊觀〉之「十七十八夜張燈詔。」南宋臨安繼承之。更有甚者，早於臘月還有所謂「預賞元宵」之舉，見万俟詠〈鳳凰枝令〉題序：「自臘月十五日放燈，縱都人夜遊。」見《全宋詞》，頁1046。

〔註20〕〔南朝梁〕宗懔：《荊楚歲時記及其他七種》（（北京：中華書局，1991年《叢書集成初編》本），冊3025，頁6。

〔註21〕胡樸安：《中華全國風俗志》（台北：文海出版社，1985年），上篇，卷3，〈浙江〉，頁10。

這段於元宵佳節發展出來的愛戀，在佳期過後，兩人面臨離別，昔日的歡情熱愛，已成了不可預知的明天，於是「悵望歸期」之人只好「紫姑頻卜」，昔日因戀情挫敗而死的紫姑，〔註22〕竟也成了熱戀中男女的救贖，著實富有新時代的特質。

　　只是昔日之歡愉，往往容易成為明日之罪愆，在南宋傾覆之後，我們可以看見許多詞人總是在追憶昔日錢塘繁華時，不由自主地寄寓了自己無人傾訴的哀愁。舉宋亡後流落天涯的宮廷琴師汪元量〈傳言玉女・錢塘元夕〉詞為例：

> 一片風流，今夕與誰同樂。月臺花館，慨塵埃漠漠。豪華盪盡，只有青山如洛。錢塘依舊，潮生潮落。　　萬點燈光，羞照舞鈿歌箔。玉梅消瘦，恨東皇命薄。昭君淚流，手撚琵琶絃索。離愁聊寄，畫樓哀角。（《全宋詞》頁4223）

縱有一片風流，卻無人能共，舞榭歌臺，蒙塵殘破。豪華盪盡的錢塘此際只剩潮水依舊，再無萬點燈火襯托昔日歌兒舞女曼妙之身段，精巧之裝束，徒留日漸消瘦的佳人，悵恨大勢已去，日薄西山。宮廷琴人也只能像王昭君一樣，一邊撥弄弦索，一邊為未知的命運而泣，此恨此仇，已不知誰人可寄。其情淒絕幽婉，早已與印象中的杭城元夕大不相同，代表著「亡國之音哀以思」深切的悲痛。

三、寒食、清明、上巳

　　冬至後一百零五日為「寒食節」，〔註23〕寒食後三日為「清明節」，

〔註22〕據〔南朝宋〕劉敬叔：《異苑》記載：「世有紫姑神，古來相傳，云是人家妾，為大婦所嫉，每以穢事相次役。正月十五日感激而死。故世人以其日作其形，夜於廁間或豬欄邊迎之。祝曰：『子胥不在，（是其夫婿名也）。曹姑亦歸，（曹即其大婦也）。小姑可出戲。』投者覺重，便是神來。奠設酒果，亦覺貌輝輝有色，即跳躞不住。能占眾事，卜未來蠶桑。」，見《筆記小說大觀》（台北：新興書局，1988年），第十編（一），卷5，頁40。

〔註23〕據《荊楚歲時記》記載：「去冬節一百五日，即有疾風甚雨，謂之寒食，禁火三日。造餳大麥粥。按曆合在清明前二日，亦有去冬至一百六日者。介子推三月五日為火所焚，國人哀之。每歲春暮，為不

〔註24〕二者皆爲農曆三月初的重要節日，至於時間固定於三月初三的「上巳節」則易與清明、寒食日期多所重複，如張元幹〈好事近〉：「上巳又逢寒食」、史達祖〈蝶戀花〉：「今歲上巳逢清明」、李曾伯〈沁園春・丁酉春陪制垣齊安郡圍曲水之集〉：「那堪上巳，又是清明」，故本節欲以三者合而觀之。

　　今檢索此三者相關詞作，題序言明作於寒食者有二十六筆；作於清明者有三十五首；上巳者有二十七闋，其餘詞文提及此三日，若不計重複者，約有五百餘首，〔註25〕大量見於春季節序的提點中，觀其內容則未必與節慶內容環環相扣，故可作爲節慶旁徵，不必視爲確指。

　　一般而言，寒食節予人禁煙火，吃冷食的印象，〔註26〕但發展至北宋，此種習俗已漸漸消失，「紹聖（1094～1098 宋哲宗年號）年來，江淮之南，寂無此風。」〔註27〕可見寒食習俗既不流行於宋代，更不盛行於南方。另外原本於寒食日舉行的祭掃活動，〔註28〕到了宋

　　　　舉火，謂之禁煙。犯之則雨雹傷田。」見〔南朝梁〕宗懍：《荊楚歲
　　　　時記及其他七種》，頁 7～8。

〔註24〕〔宋〕吳自牧：《夢梁錄》卷 2，〈清明節〉：「清明交三月，節前兩日謂之『寒食』，京師人從冬至後數至一百五日，便是此日。……寒食第三日，即『清明節』。」，《東京夢華錄外四種》，頁 148。

〔註25〕依筆者於《網路展書讀》網站：http://cls.hs.yzu.edu.tw/CSP/W_DB/index.htm，詞文欄輸入「清明」得 306 首、「寒食」得 229 首、上巳得 11 首，扣除其重複之處，約有 502 首。

〔註26〕關於寒食「禁火」的習俗最早始於春秋：「《周禮・司烜氏》：『仲春以木鐸，脩火禁於國中。』……周斐《先賢傳》曰：『太原舊俗云介子推焚骸，一月寒食，莫敢煙爨。』陸翽《鄴中記》曰：『并州俗，冬至後百五日，爲介子推斷火冷食三日，作乾粥，今之糗是也。』」見〔唐〕歐陽詢撰；汪紹楹校：《藝文類聚》（上海：上海古籍出版社，2007 年 8 月），卷 4〈寒食〉條，頁 62。因歷來史書的轉相傳抄，寒食日禁火冷食爲介子推而設，遂成定論。

〔註27〕〔宋〕陳元靚編：《歲時廣記（一）》（台北：新文豐出版社，1984 年 6 月，《叢書集選》本）第 31 冊，引呂原明《歲時雜記》言，卷 15，〈嚴火禁〉條，頁 160。

〔註28〕在宋代以前，上墳祭拜其實是隸屬於寒食日的習俗，如《唐會要》卷 23 載：「寒食上墓，禮經無文，近世相傳，浸以成俗。」柳宗元〈寄許京兆孟容書〉亦言：「近世禮重拜掃，今已闕者四年矣。每遇

代也有所轉變，據《東京夢華錄》記載：「寒食第三節，即清明日矣，凡新墳皆用此日拜掃。……但一百五日（即寒食）最盛。」〔註29〕說明北宋東都的祭掃活動自寒食日始，至清明節終，而三日之內，以寒食日爲最盛；《武林舊事》則言「清明前三日爲寒食節……南北兩山之間，車馬紛然，而野祭者尤多。」〔註30〕保留了寒食節祭掃的前朝舊制；然而《夢粱錄》卻指出清明日「官員士庶，俱出郊省墳，以盡思時之敬。」〔註31〕將掃墓之事歸於清明，雖近於近人印象，卻有別於遠古舊俗。此等典藉記載的淆亂，或許代表著時間相當接近的「寒食」、「清明」二節相關儀式已混然難分。依宋人呂原明說法，或因爲「清明節在寒食第三日，故節物樂事，皆爲寒食所包。」〔註32〕足見時間相近正是導致眾說紛紜之故。

然而不管上述「修火禁煙」或「上墳祭掃」的節物概念，在《全宋詞》相關詞作五百餘首中，皆未見其具體反映。吾人於其中大量可見者反而爲踏青探勝等遊賞娛樂之作：

> 湧金門外小瀛洲。寒食更風流。紅船滿湖歌吹，花外有高樓。　晴日暖，淡煙浮。恣嬉遊。三千粉黛，十二闌干，一片雲頭。（仲殊〈訴衷情・寒食〉，《全宋詞》頁 708）

> 郊原浩蕩，正奪目花光，動人春色。白下長干佳麗最，寒食嬉遊人物。霧捲香輪，風嘶寶騎，雲表歌聲過。歸來燈

寒食，則北向長號，以首頓地。想田野道路，士女遍滿，皀隸傭丐，皆得上父母丘墓，馬醫夏畦之鬼，無不受子孫追養者。」見〔唐〕柳宗元：《柳宗元集》（北京：中華書局，1979 年 10 月），第 3 冊，頁 780。

〔註29〕〔宋〕孟元老：《東京夢華錄》卷 7〈清明節〉條。《東京夢華錄外四種》，頁 39。

〔註30〕〔宋〕周密：《武林舊事》卷 3〈祭掃〉條。《東京夢華錄外四種》，頁 378。

〔註31〕〔宋〕吳自牧：《夢粱錄》卷 2〈清明節〉條。《東京夢華錄外四種》，頁 148。

〔註32〕引自〔宋〕陳元靚編：《歲時廣記（一）》（《叢書集選》本）第 31 冊，卷 17，〈清明〉條，引呂原明《歲時廣記》語，頁 181。

火，不知斗柄西揭。　　六代當日繁華，幕天席地，醉拍江流窄。遊女人人爭唱道，緩緩踏青阡陌。樂事何窮，賞心無限，惟惜年光迫。須臾聚散，人生眞信如客。（沈瀛·〈念奴嬌〉，《全宋詞》頁2133）

對照相關文獻所載：「車馬往來繁盛，塡塞都門。宴於郊者，則就名園芳圃，奇花異木之處；宴於湖者，則彩舟畫舫，款款撐駕，隨處行樂。此日又有龍舟可觀，都人不論貧富，傾城而出，笙歌鼎沸，鼓吹喧天，雖東京金明池未必如此之佳。殢酒貪歡，不覺日晚。紅霞映水，月掛柳梢，歌韻清圓，樂聲嘹亮，此時尙猶未絕。男跨雕鞍，女乘花轎，次第入城。又使童僕挑著木魚、龍船、花籃、鬧竿等物歸家，以饋親朋鄰里。杭城風俗，侈靡相尙，大抵如此。」〔註33〕、「尋芳討勝，極意縱游，隨處各有買賣趕趁等人，野果山花，別有幽趣。蓋輦下驕民，無日不在春風鼓舞中。」〔註34〕則知宋代杭州於祭掃之日春遊之盛，就連野祭者尤多的孤山亦是「正南北高峰，山傳笑響，水泛簫聲。吹散樓臺煙雨，鶯語碎春晴。何地無芳草，惟此青青。」〔註35〕充滿一派春遊逸趣。讓本該是追思先人的哀戚節令，鋪上了暮春色彩，染上了歡愉的節慶氣氛。

　　在本該肅穆哀凄的祭掃之時，宋人卻反逞縱遊享樂之事，對此學者提出「宋人不欲以悲痛影響自己情緒，故以踏青遊樂排遣之」一說。〔註36〕誠然以心境排遣爲由固然不失爲一種解釋方式，然而筆者卻認爲加入上巳節的考量，應可以對春遊此事取得更全面的認知。觀《論語》：「莫春者，春服既成，冠者五六人，童子六七人，浴乎沂，風乎舞雩，詠而歸。」〔註37〕這段記載雖樸實詳和、古風悠悠，但這正是

〔註33〕〔宋〕吳自牧：《夢梁錄》卷2〈清明節〉條。《東京夢華錄外四種》，頁148。
〔註34〕〔宋〕周密：《武林舊事》卷3〈祭掃〉條。《東京夢華錄外四種》，頁378。
〔註35〕〔宋〕羅椅：〈八聲甘州·孤山寒食〉，見《全宋詞》，頁3892。
〔註36〕楊萬里：《宋詞與宋代的城市生活》，頁77。
〔註37〕原文見毛子水：《論語今註今譯》（台北：商務印書館，1975年10月），

早期上巳活動的最佳寫照。唐人杜甫〈麗人行〉所言：「三月三日天氣新，長安水邊多麗人」﹝註38﹞寫的也正是暮春遊賞之事。顯見上巳具有出城郊遊、踏青娛樂之本質，因此將清明、寒食、上巳三者一併考量，然後欣賞宋詞中的相關詞作，當可取得更爲全面的認識，而不必拘泥於相關節物的呈現中。

只是三月既爲暮春，代表著春天的離去，則以哀傷爲基調的詞人於此時亦不忘表現出惜花傷春之愁緒，如辛棄疾〈滿江紅・暮春〉：

> 家住江南，又過了、清明寒食。花徑裡、一番風雨，一番狼藉。流水暗隨紅粉去，園林漸覺清陰密。算年年、落盡刺桐花，寒無力。　庭院靜，空相憶。無説處，閒愁極。怕流鶯乳燕，得知消息。尺素如今何處也，彩雲依舊無蹤跡。謾教人、羞去上層樓，平蕪碧。

雖與整個節序中的歡快氣氛判然有別，卻具體代表著詞人既遊春又傷春的矛盾情緒，在杭州這個朝野多歡的城市，互相追隨與牽引，豐富了杭城的節慶內涵。

四、端　午

五月五日端午節，又稱爲「浴蘭令節」，與春節、中秋節同列爲中國三大節日，據筆者檢索結果，《全宋詞》中涉及端午節者約六十餘首。﹝註39﹞此日因時序近夏，蚊蚋毒蟲叢生，故人們特別注重防疫衛生，尤以氣候潮濕溫熱的江南爲甚：「杭都風俗，自初一日至端午日，家家買桃、柳、葵、榴、蒲葉、伏道，又並市茭、粽、五色水團、時果、五色瘟紙，當門供養。自隔宿及五更，沿門唱賣聲，滿街不絕。以艾

頁 179。其中「莫春」，即「暮春」，代表三月。

﹝註38﹞ 〔唐〕杜甫著：〔清〕楊倫箋注：《杜詩鏡銓》（台北：華正書局，1981年 5 月），頁 58。

﹝註39﹞ 據筆者於網路展書讀：http://cls.hs.yzu.edu.tw/CSP/W_DB/index.htm 題序輸入「端午」得 34 筆資料，輸入「重午」得 18 筆資料，於詞文輸入「端午」者得 22 筆資料，去其重者 6 首，得端午詞 68 首。

與百草縛成天師，懸于門額上，或懸虎頭白澤。」足見杭州市場於重午之日所流通的商品多爲驅邪辟瘟之用。又因時序進入仲夏，「正是葵榴鬥豔，梔艾爭香，角黍包金，菖蒲切玉，以酬佳景」之時，〔註40〕故歲時節物如艾草、菖蒲等防疫之物、葵榴等夏季植物、角黍爲端午所食之粽，皆極具時令特色，觀端午詞中對這類節物風俗的反映者亦多：

> 疏疏數點黃梅雨。殊方又逢重五。角黍包金，菖蒲泛玉，風物依然荊楚。衫裁艾虎。更釵裊朱符，臂纏紅縷。撲粉香綿，喚風綾扇小窗午。(楊無咎〈齊天樂・端午〉上闋，《全宋詞》頁1536)

> 見浴蘭纔罷，拂掠新妝，巧梳雲髻。初試生衣，恰三裁貼體。艾虎宜男，朱符辟惡，好儲祥納吉。金鳳釵頭，應時戴了，千般忙戲。　那更殷勤，再三祝願，鬥巧合歡，彩絲纏臂。刻玉香蒲，泛金觥迎醉。午日熏風，楚詞高詠，度過雲聲脆。赤口白舌，從今消滅，諸餘可意。(趙長卿〈醉蓬萊・端午〉，《全宋詞》頁2310)

詞中所見的歲時節物如角粽、菖蒲、艾虎、纏臂絲線等，〔註41〕皆相當富有荊楚特色。其目的主要在辟邪去瘟，遠離惡月之害，亦在消滅惡毒不祥的「赤口白舌」之語，使人於生理心理皆得到健康與平靜。而杭州端午既多沿襲荊楚舊俗，則戰國楚大夫屈原與端午節之淵源，則普遍成爲詞人筆下之故實：如劉克莊〈賀新郎・端午〉：「靈均標致高如許。憶生平、既紉蘭佩，更懷椒糈。誰信騷魂千載後，波底垂涎

〔註40〕〔元〕吳自牧：《夢梁錄》卷3〈五月重午附〉條。《東京夢華錄外四種》，頁157。

〔註41〕〔南朝梁〕宗懍：《荊楚歲時記》：「五月，俗稱惡月。多禁忌曝牀薦席，及忌蓋屋。」「端午以菰葉裹粘米，謂之角黍。」、「端午刻菖蒲爲人或葫蘆形，帶之辟邪。」、「今人以艾爲虎形，或剪綵爲小虎，粘艾葉以戴之。」、「五日以艾縛一人形，懸於門戶上，以辟邪氣，以五綵絲繫於臂上，辟兵厭鬼，且能令人不染瘟疫。」見〔南朝梁〕宗懍：《荊楚歲時記及其他七種》，頁11。

角黍。又說是、蛟饞龍怒。把似而今醒到了，料當年、醉死差無苦。聊一笑，弔千古。」（《全宋詞》頁 3347）幾乎將整個屈原溺水，百姓競以食物祭之一事作了清楚的交代。而劉辰翁〈摸魚兒・和中齋端午韻〉：「醒復醒、行吟澤畔，焉能忍此終古。招魂過海楓林暝，招得魂歸無處。」（《全宋詞》頁 4112）則於此日抒發個人對屈大夫不幸遭遇的內心感慨。

此外又因此日熱氣蒸騰，轉而遊於湖上者的人們遂多，「是日游舫亦盛，蓋迤邐炎暑，宴遊漸稀故也。」〔註42〕如趙長卿〈醉落魄・重午〉一詞：「淡妝濃抹。西湖人面兩奇絕。菖蒲角黍家家節。水戲魚龍，十里畫簾揭。　　凌波無限生塵襪。冰肌瑩徹香羅雪。遊船且莫催歸楫。遮莫黃昏，天外有新月。」（《全宋詞》頁 2311）說明文人於燠熱難耐的重午，遁入西湖清涼之中，以得避暑之快意，直至黃昏方戴月而歸的雅興閒情。

不過對於擁有一般世俗化興趣的市井百姓而言，靜態的湖面遊泛恐怕未能滿足其享樂之興，於是此日舉行的龍舟競渡便成庶民娛樂之高潮，一如《杭州府志》所言：「端午祀神饗先，畢。各至河干湖上，以觀競渡，龍舟多至數十艘。岸上人如蟻。近日半山龍舟爭盛。俱於朔日奔赴。遊人雜沓不減湖中。」〔註43〕可見其萬人空巷之盛況，相關詞作如蔣捷〈女冠子・競渡〉：「電旋飛舞。雙雙還又爭渡。湘灘雲外，獨醒何在，翠藥紅蘼，芳菲如故。深衷全未語。不似素車白馬，捲潮起怒。」（《全宋詞》頁 4353）、劉過〈沁園春・觀競渡〉：「畫鷁凌風，紅旗翻雪，靈鼉震雷。……謾爭標奪勝，魚龍噴薄，呼聲賈勇，地裂山摧。」（《全宋詞》頁 3762）皆將競渡一事，敘寫得熱烈盛大、精采絕倫。

雖知二月八日祠山聖誕之時有「龍舟六隻，戲於湖中。……其龍

〔註42〕〔宋〕吳自牧：《夢梁錄》卷 3〈五月重午附〉條。《東京夢華錄外四種》，頁 157。
〔註43〕胡樸安：《中華全國風俗志》，上篇，卷 3，〈浙江〉，頁 11。

舟俱呈參州府，令立標竿於湖中，掛其錦彩、銀碗、官楮，犒龍舟，快捷者賞之。」〔註44〕寒食日亦如前述「有龍舟可觀」。〔註45〕然而春季的龍舟競渡，終究不比仲夏端午的西湖競渡能夠給予酷暑難耐、娛樂漸稀，而亟欲尋歡作樂的杭城人更多清涼快意之感、排憂解悶之效。

五、七　夕

　　據黃杰的統計，《全宋詞》及其《補輯》中共有七夕詞 133 首。〔註46〕在眾多普天同慶的時序性節慶中，七月七日七夕節是唯一不予放假的節慶，對此時人莊綽載有一說：「徽宗嘗問近臣：『七夕何以無假？』時王黼爲相，對云：『古今無假。』徽宗喜甚，還語近侍，以黼奏對有格致。」〔註47〕徽宗所謂的「格致」所指即爲柳永〈二郎神〉七夕詞中名句：「須知此景，古今無價。」宰相王黼以無價釋無假，深得文人深致，自然也成功取得文采亦高的徽宗歡心。

　　既知此日全城不予准假，則城市中的娛樂遂於日晚開啟，「其日晚晡時，傾城兒童女子，不論貧富，皆著新衣。富貴之家，於高樓危榭，安排筵會，以賞節序。」全然不減歲時雅興。除富貴人家的酒樓宴會外，此日亦「於廣庭中設香案及酒果，遂令女郎望月，瞻鬥列拜。次乞巧於女、牛。」〔註48〕有「拜月」、「乞巧」之儀。講究女紅技藝

〔註44〕〔宋〕吳自牧：《夢粱錄》卷2〈八月祠山聖誕〉條。《東京夢華錄外四種》，頁 150。

〔註45〕寒食競渡一事，不唯〔元〕吳自牧：《夢粱錄》卷2〈清明節〉條記載。另於〔宋〕周密：《武林舊事》卷3，〈西湖遊幸〉條亦載：「都城自過收燈，貴遊巨室，皆爭先出郊，謂之『探春』，至禁煙爲最盛。龍舟十餘，彩旗疊鼓，交舞曼衍，粲如織錦。」見《東京夢華錄外四種》，頁 376。詞人呂渭老〈齊天樂・觀競渡〉所寫亦即寒食競渡之事，見《全宋詞》，頁 1446。

〔註46〕七夕詞 133 首，不計「七夕前一日」、「七夕後一日」者各四首，另有八個殘句。其中以「七夕」爲題者97首，以「巧夕」爲題者3首，「七夜」爲題者1首，無題者32首。見黃杰：《宋詞與民俗》，頁 47。

〔註47〕〔宋〕莊綽：《雞肋編》（北京：中華書局，1983 年 11 月《唐宋史料筆記叢刊》本），卷 2，頁 127。

〔註48〕以上引文見〔宋〕吳自牧：《夢粱錄》，卷 4〈七夕〉條，《東京夢華

的女子對乞巧一事尤爲愼重：「至夜對月穿針。餖飣杯盤，飲酒爲樂，謂之『乞巧』。及以小蜘蛛貯盒內，以候結網之疏密，爲得巧之多少。」〔註49〕顯見七夕望月、乞巧二事雖不如元宵賞燈、端午競渡等大規模市民活動足以聚攏全城百姓目光、吸引百姓參與，但是這種回歸個人、家庭的小眾娛樂，較之大型盛會所具備的節慶特徵並不因此遜色。在宋詞中，相關的描述亦不計其數，如趙師俠〈鵲橋仙·丁巳七夕〉就幾乎將各類七夕節物一一並舉：

> 明河風細，鵲橋雲淡，秋入庭梧先墜。摩孩羅荷葉傘兒輕，總排列、雙雙對對。　　花瓜應節，蛛絲卜巧，望月穿針樓外。不知誰見女牛忙，謾多少、人間歡會。（《全宋詞》頁2695）

詞中鋪陳秋季的植物有梧桐、瓜果，提及的七夕例行儀式有登樓望月、以蜘蛛結網多寡判斷得巧多少的「乞巧」。還可見市面上流通「極精巧，飾以金珠者，其值不貲。」的小土偶——「摩孩羅（磨喝樂）」。〔註50〕搭配牛郎織女之事典，突顯天上人間，一派歡會。在酷暑將過，涼秋將近的此際，人們無不懷抱著欣快和新鮮之情，

　　七夕慶典揭幕於日落之後，人們習慣於此日拜月觀星，因此對於夐袤浩瀚的宇宙星象有著更多想像，於是七夕詞便成爲宋人馳騁想像的疆場。許多有別於傳統《古詩十九首·迢迢牽牛星》所抒發

錄外四種》，頁 159～160。

〔註49〕〔宋〕周密：《武林舊事》，卷3〈乞巧〉條，《東京夢華錄外四種》，頁 380。

〔註50〕所謂磨喝樂，依據《東京夢華錄》、《武林舊事》、《夢梁錄》、《西湖老人繁勝錄》等書中對摩喝樂的介紹，可知其爲小型土偶，商家爲便於銷售，一般以金珠牙翠鑲嵌，力求高貴精美。而「禁中及貴家與士庶爲時物追陪。」故知其不僅爲一般人家孩子玩耍的玩具，也是皇室貴族孩童的玩具之一。一般雕爲手持荷花或荷葉之胖娃娃人型，穿著紅背心，繫著青紗裙，相貌端莊，十分可愛。一般予人多子的印象，故也作爲婦女乞子時所供的吉祥之物，於七夕時熱賣。更有甚者，亦有「市井兒童，手執新荷葉，效『摩羅』之狀。」可說是昔日缺乏娛樂的孩童們的歲時良伴。

的「會少別多」題材之作，爭相被賦予時代新意。詞人甚至直斥所謂的銀漢天河、牛女相隔只是空談妄想，如劉鎮〈蝶戀花・丁丑七夕〉上闋言：「誰送涼蟾消夜暑。河漢迢迢，牛女何曾渡。」（《全宋詞》頁 3165）展現文人在面對消暑涼風，仰望迢迢銀漢，所出現的理性思考，反駁過去「盈盈一水間，脈脈不得語。」的遐想。而「乞得巧來無用處。世間枉費閒針縷。」更展現詞人劉鎮對煞有介事的「乞巧」一事之輕蔑。一如郭應祥於〈鵲橋仙・甲子七夕〉所言：「羅花列果，拈針弄線，等是紛紛兒戲。巧人自少拙人多，那牛女、何曾管你。」（《全宋詞》頁 2863）於此看出，有關七夕的浪漫想像、時序盛事在文人眼中的無稽荒謬。再次映證了民間風尚不等於文人創作所尚。只是像詞人乩仙〈鵲橋仙・七夕〉這樣的作品，恐怕亦不爲詞人所認同：

> 鸞輿初駕，牛車齊發，隱隱鵲橋咿軋。尤雲殢雨正歡濃，
> 但只怕、來朝初八。　　霞垂彩幔，月明銀燭，馥郁香噴
> 金鴨。年年此際一相逢，未審是、甚時結煞。（《全宋詞》4905）

香艷至無以復加的牛郎織女情事，徹底顛覆了文人的想像，雖在另立新意，突破傳統窠臼上有其創新之處，但在尙雅的南宋詞壇裡難免會引發另一波矯枉過正的詰難。歷來對這樣美麗而哀怨的愛情故事，文人還是習慣於愁上加愁、苦上加苦，抒發自己心中深沉的感觸，如吳文英〈荔枝香近・七夕〉：「睡輕時聞，晚鵲噪庭樹。又說今夕天津，西畔重歡遇。蛛絲暗鎖紅樓，燕子穿簾處。天上、未比人間更情苦。」（《全宋詞》頁 3665）由天上回歸至人間，而群眾回歸至個人，七夕確實是個籠罩著別恨離情，卻又發人深省的節序。以張孝祥〈二郎神・七夕〉：「南國。都會繁盛，依然似昔。聚翠羽明珠三市滿，樓觀湧、參差金碧。乞巧處、家家追樂事，爭要做、豐年七夕。願明年強健，百姓歡娛，還如今日。」（《全宋詞》頁 2187）的祝願爲終，顯見七夕詞在一片繁盛歡娛、家家追樂的時令氛圍中，夾帶著文人的萬般情緒，讓杭州城更顯風情萬種。

六、中　秋

　　全宋詞中收有中秋詞 210 首。〔註 51〕「此日三秋恰半，故謂之『中秋』；此夜月色倍明於常時，又謂之『月夕』。此際金風薦爽，玉露生涼，丹桂香飄，銀蟾光滿。」一派月明秋光，金風涼爽，桂花飄香，正是好時光。於是「王孫公子，富家巨室，莫不登危樓，臨軒玩月，或開廣榭，玳筵羅列，琴瑟鏗鏘，酌酒高歌，以卜竟夕之歡。至如鋪席之家，亦登小小月臺，安排家宴，團子女，以酬佳節。雖陋巷貧窶之人，解衣市酒，勉強迎歡，不肯虛度。此夜天街賣買，直至五鼓，玩月遊人，婆娑於市，至曉不絕。蓋金吾不禁故也。」〔註 52〕由《夢粱錄》這段記載可看出時序進入中秋，城中的王孫富室無不開席設宴，把酒言歡；普通百姓亦開小宴，團圓賞月；甚至是樓居陋巷的窮苦人家縱使經濟拮据，亦不肯虛度佳節。整座城市浸潤在節慶歡樂的氣氛中。御街上的經營買賣，直至天亮。天上皎潔的月光與地上燦亮的燈火相映，整座城市儼然不夜。感染了此際濃厚佳節氛圍的文人，自然有感而發地寫下大量中秋詞作。縱觀所有中秋詞，有些或直敘中秋景色，旁佐文人玩月之歡；有些或直抒月下之情，以盡賞月之興，幾乎所有作品都涉及了該節序的風俗行為，也強化了該節慶的娛樂性和文化意味。如：

> 玉為樓觀銀為地。秋到中分際。淡金光襯水晶毬，上碧虛、千萬里。　　香風浩蕩吹蟾桂。影落澄波底。揭天簫鼓要詩成，任驚覺、魚龍睡。(張鎡〈折丹桂‧中秋南湖賞月〉，《全宋詞》頁 2743)

> 此夕醉江月，猶記濯纓秋。濯纓又去如水，安得主人留。舊日登樓長笑，此日新亭對泣，禿鬢冷颼颼。木落下極浦，漁唱發中洲。　　芙蓉闕，鴛鴦閣，鳳凰樓。夜深白露紛

〔註 51〕中秋詞 210 首中，其中標「中秋」者 178 首，標「月夕」者 3 首，無題序者 29 首。相關研究成果見黃杰：《宋詞與民俗》，頁 54。

〔註 52〕〔宋〕吳自牧：《夢粱錄》卷 4〈中秋〉條。《東京夢華錄外四種》，頁 161。

> 下，誰見泂螢流。自有此生有客，但恨有魚無酒，不了一
> 生浮。重省看潮去，今夕是杭州。（劉辰翁〈水調歌頭‧丙申中
> 秋，兩道人出示四十年前濯纓樓賞月水調。臞仙和，意已盡，明日又
> 續之〉，《全宋詞》頁 4098）

二者皆抒中秋賞月雅興，然因富家巨室與南宋遺民的身世之別，故二人雖皆居臨安，對待中秋月夕所傳達出來的情感卻截然不同。前者胸懷豪壯，後者語露悲涼；前者色彩濃麗，後者愁苦黯淡。

　　而與七夕同屬夜色醉人遠勝白日的中秋佳節，在宋詞中同樣出現詞人對人間天上的綺麗幻想與理性思考，以時人辛棄疾的話來說，大抵遵循的是自屈原以降的「天問」傳統，見辛棄疾〈木蘭花慢‧中秋飲酒，將旦，客謂前人詩詞有賦待月無送月者，因用天問體賦〉）：

> 可憐今夕月，向何處、去悠悠。是別有人間，那邊纔見，
> 光影東頭。是天外空汗漫，但長風、浩浩送中秋。飛鏡無
> 根誰繫，嫦娥不嫁誰留。　　謂海洋底問無由。恍惚使人
> 愁。怕萬里長鯨，縱橫觸破，玉殿瓊樓。蝦蟆故堪浴水，
> 問云何、玉兔解沈浮。若道都齊無恙，云何漸漸如鈎。（《全
> 宋詞》頁 2467）

全文充滿詞人對不可解自然的理性設想，較被譽為「中秋詞自東坡〈水調歌頭〉一出，餘詞盡廢」〔註53〕的「明月幾時有？把酒問青天。不知天上宮闕，今夕是何年？」更進一步地馳騁想像。詞句開頭對月亮繞著地球旋轉的設想，所謂這邊月落，那邊月昇的情況，已接近今日科學定律。然而無法進一步解釋月亮行進原因的詞人，遂以秋夜長風作為動力，營造理性與浪漫的懷想。繼而提及月宮上的嫦娥、玉兔、玉蟾等物，思考其會否受天明以後遁入海底的情況影響？那身長萬里的長鯨會否撞破姮娥所居的玉宇瓊樓，深諳水性的蟾蜍固然可適性自得，但不解浮沉的玉兔又該如何自處？詞人以其天馬行空的想像，描繪出月宮人物可能遭遇到的困頓，並以此對月圓月缺提出自己的解

〔註53〕〔宋〕胡仔：《苕溪漁隱叢話》後集卷 39。

釋。全詞一氣呵成，緊湊連貫，讀來勢如破竹。詞人視野的廣闊、構思的新穎、想像的豐富，不僅標舉著浪漫色彩，亦隱含著科學邏輯的發想，盡道前人所未道，想前人所未想，其境界自然比傳統直敘中秋之景、直抒月下之情者，如陳德武〈水調歌頭・詠愛月夜眠遲〉所言：「三五嫦娥月，夜色正嬋娟。自從竊藥歸去，天上幾千年。試問廣寒高處，爲甚缺多圓少，此理孰爲權。弦望知天定，離合可人憐。」（《全宋詞》頁4370）技高一籌。

此外「此夕浙江放『一點紅』羊皮小水燈數十萬盞，浮滿水面，爛如繁星，有足現者。或謂此乃江神所喜，非徒事觀美也。」〔註54〕之事雖未見於詞人創作中，但也代表著浙地節慶背後攙雜的宗教色彩，將杭城的各類節慶妝點得更爲斑斕。

七、重　陽

與清明寒食詞作情形相近的重陽詞，單以題序關鍵字檢索可得一百一十七首，然若以詞文檢索並去其重，則可得近三百之結果。〔註55〕若前述清明、寒食詞代表的是文人惜春傷春之情；重陽詞則可視爲文人於秋日登高悲懷之代表，繼承了中國文學一貫「傷春悲秋」的優良傳統。不唯詩體「春秋多佳日，登高賦新詩。」〔註56〕在宋詞領域亦復如此。大抵中國節序文學創作皆依循著陸機所言：「遵四時以嘆逝，瞻萬物而思紛。悲落葉於勁秋，喜柔調於芳春。」〔註57〕的感發道路

〔註54〕〔宋〕周密：《武林舊事》，卷3〈中秋〉條。《東京夢華錄外四種》，頁381。

〔註55〕據筆者於網路展書讀：http://cls.hs.yzu.edu.tw/CSP/W_DB/index.htm 題序輸入「重陽」得52筆資料，輸入「重九」得65筆資料。然於詞文欄輸入「重陽」則得216筆資料；「重九」者得61筆，概去其重者，約可得重陽詞300餘首。

〔註56〕〔晉〕陶潛〈移居〉詩二首之二：「春秋多佳日，登高賦新詩。過門更相呼，有酒斟酌之。農務各自歸，閒暇輒相思。相思則披衣，言笑無厭時。此理將不勝，無爲乎去茲。衣食當須紀，力耕不吾欺。」見袁行霈：《陶淵明集箋注》（北京：中華書局，2003年4月），頁133。

〔註57〕語出〔西晉〕陸機〈文賦〉，見〔晉〕陸機著；劉運好校注整理：《陸

而起。故地方特色出現得少，個人情感展露得多。

　　據相關文獻記載，杭城人民於重陽日「以菊花、茱萸，浮於酒飲之，蓋茱萸名『辟邪翁』，菊花爲『延壽客』，故假此兩物服之，以消陽九之厄。」〔註58〕宮廷亦「例於八日作重九排當，於慶端殿分列萬菊，燦然眩眼，且點菊燈，略如元夕。」〔註59〕頗有與元夕爭勝，歌頌太平之意。是以茱萸、菊花二種時序植物大量出現於重陽詞作中：

　　菊黃茱紫，近重陽、天氣秋光如洗。（黃人傑〈念奴嬌〉，《全宋詞》頁 5037）

　　臂上茱囊懸已滿。杯中菊蕊浮無限。（洪皓〈漁家傲·重九良辰，翻成感愴，因用前韻，少豁旅情〉，《全宋詞》頁 1302）

　　茱實嫩紅，菊團餘馥，付與佳人，比妍爭嗅。（王之道〈醉蓬萊·追和東坡重九呈彥時兄〉，《全宋詞》頁 1487）

所謂茱萸、金菊、黃花幾成重陽秋日最佳代表。然而光是鋪陳歲時節物還不夠，習慣於此日登高飲酒、對景抒懷的騷人墨客更有意識使用「是日孟嘉登龍山落帽，淵明向東籬賞菊，正是故事。」〔註60〕之典，擴充重陽詞境。所謂孟嘉落帽於龍山、〔註61〕陶潛賞菊於東籬，〔註62〕

士衡文集校注》（南京：鳳凰出版社，2007 年 12 月），頁 6。

〔註58〕〔宋〕吳自牧：《夢粱錄》卷 5〈九月重九附〉條。《東京夢華錄外四種》，頁 164。

〔註59〕〔宋〕周密：《武林舊事》卷 3〈重九〉。《東京夢華錄外四種》，頁 382。

〔註60〕〔宋〕吳自牧：《夢粱錄》卷 5〈九月重九附〉條。《東京夢華錄外四種》，頁 164。

〔註61〕據《晉書·桓溫列傳》附孟嘉事蹟可知：「孟嘉，字萬年，江夏鄂人，吳司空宗曾孫也。嘉少知名……後爲征西桓溫參軍，溫甚重之。九月九日，溫燕龍山，僚佐畢集。時佐吏並著戎服，有風至，吹嘉帽墮落，嘉不之覺。溫使左右勿言，欲觀其舉止。嘉良久如廁，溫令取還之，命孫盛作文嘲嘉，著嘉坐處。嘉還之，即答之，其文甚美，四坐嗟嘆。」自此孟嘉成爲飲多不亂的象徵人物，而「龍山落帽」亦成重陽登高飲酒之風流雅事代稱。語見〔唐〕房玄齡等著：《晉書》（台北：藝文印書館，，1973 年《二十五史》本），卷 98，頁 1691。

〔註62〕據唐人歐陽詢所著《藝文類聚》〈九月九日〉條轉引《續晉陽秋》曰：「陶潛嘗九月九日無酒，宅邊菊叢中，摘菊盈把，坐其側久，望見

都成爲文人風流儒雅之代表，故宋代詞人在重陽詞文創作中皆有意識地融舊典釋新愁：

> 曉來煙露重，爲重陽、增勝致。記一年好處，無似此天氣。東籬白衣至，南陌芳筵啓。風流曾未遠，登臨都在眼底。　人生如寄。謾把茱萸看子細。擊節聽高歌，痛飲莫辭醉。烏帽任教，顛倒風裡墜，黃花明日，縱好無情味。(揚無咎〈倒垂柳・重九〉，《全宋詞》頁 1544)

> 長嘯躡高寒，回首萬山，空翠零亂。渺渺清秋，與斜陽天遠。引光祿、清吟興動，憶龍山、舊游夢斷。袂衣初試，破帽多情，自笑霜蓬短。　黃花長好在，一俯仰、節物驚換。紫蟹青橙，覓東籬幽伴。感今古、風淒霜冷，想關河、煙昏月淡。舉杯相屬，殷勤更把茱萸看。(趙以夫〈尾犯・重九和劉隨如〉，《全宋詞》頁 3398)

以上二詞皆巧妙化用了孟嘉、陶潛之典，說明詞人於蕭颯清冷的素秋天氣，登高望遠，發抒「人生如寄」、「痛飲莫辭醉」、「一俯仰，節物驚換」的悲秋情結，展現對秋去冬來，時序變換的無可奈何，象徵著對宋玉以降「悲哉秋之爲氣」的傳統繼承。是以類似於「都人是月飲新酒，泛萸簪菊。且各以菊糕爲饋，以糖肉秫麵雜糅爲之，上縷肉絲鴨餅，綴以榴顆，標以彩旗。」〔註 63〕的杭城庶民熱鬧場景未能見於文人詞作中。所謂詞中所反映的地方特色又不若蜀郡成都於重陽舉辦的藥市鮮明。〔註 64〕大抵暗示文人爲蕭瑟秋氣所役之悶鬱，登高飲酒

白衣至，乃王弘送酒也，即便就酌，醉而後歸。」成爲重陽佳日「白衣送酒」之典。語見〔唐〕歐陽詢撰；汪紹楹校：《藝文類聚》，卷四〈九月九日〉條，頁 81。陶潛〈飲酒〉詩十二首之六亦自言：「採菊東籬下，悠然見南山。」全詩見袁行霈：《陶淵明集箋注》，頁 247。

〔註 63〕〔宋〕周密：《武林舊事》卷三〈重九〉條。《東京夢華錄外四種》，頁 382。

〔註 64〕〔宋〕莊綽：《雞肋編》：載：「(成都) 重九藥市，於譙門外至玉局化五門，設肆以貨百藥，犀麝之類皆堆積。府尹、監司，皆武行以閱。又於五門之下設大尊，容數十斛，置杯杓，凡名道人者，皆恣飲。如是者五日。云亦間有異人奇詭之事。」，見於《唐宋史料筆記叢刊》本，

帶給文人的哀感傷懷遂成爲重陽詞中的基本心理定勢，如吳文英〈惜秋華‧重九〉：

> 細響殘蛩，傍燈前、似說深秋懷抱。怕上翠微，傷心亂煙殘照。西湖鏡掩塵沙，翳曉影、秦鬟雲擾。新鴻，喚淒涼、漸入紅萸烏帽。　　江上故人老。視東籬秀色，依然娟好。晚夢趁、鄰杵斷，乍將愁到。秋娘淚溼黃昏，又滿城、雨輕風小。聞了。看芙蓉、畫船多少。（《全宋詞》頁 3691）

就連美景宜人的西湖也染上哀愁的情感。在詞人的筆下，天地萬物籠罩於秋去冬來的悵然中，情懷自然不同於認定「西湖天下景，朝昏晴雨，四序總宜，杭人亦無時而不遊。」〔註65〕的一般庶民。

　　總結上述杭州城各類時序性節慶的詞體創作，若強欲分類則承載「傷春悲秋」傳統的寒食清明、重九可對照相參。因神話或故事點綴而賦予節慶深刻內涵的端午、七夕、中秋則可視爲一類。不過大致而言，所有的節序性節慶詞都有著詞人張炎所說的弊病：「昔人詠節序，不惟不多，附之歌喉者，率是類俗，不過爲應時納祜之聲耳。」〔註66〕具有類俗、急就章、應時納祜的缺點，如寫端午必援屈原投江之例；如寫七夕必提牛郎織女的浪漫戀情；如寫重陽則好酒恬靜的陶潛形象必躍然紙上。大抵爲應時序之樂，而未見眞實感情，這種對節序風俗活動所形成的情感定勢，吾人或許可稱之爲一種「節序情結」，使得數量甚多的文人詞作，或因應制而作，或爲交付歌妓勸酒助觴，或因語典、事典陳陳相因而在文學價値上有所減弱。但總總相關記載，在展現杭州都城地方特色上，仍有値得參考的地方。

　　卷一，頁 21。《全宋詞》中對成都重九藥市的反應作品亦不少，如〔宋〕京鏜即有〈雨中花‧重陽〉、〈木蘭花慢‧重九〉、〈洞仙歌‧重九藥市〉三首對重九藥市的具體反映。〔宋〕陸游於〈漢宮秋‧初自南鄭來成都作〉亦提及重陽藥市，地方色彩於詞中的反映甚多。

〔註65〕〔宋〕周密：《武林舊事》，卷 3〈西湖遊幸〉條，《東京夢華錄外四種》，頁 376。

〔註66〕〔宋〕張炎：《詞源》，唐圭璋彙刊：《詞話叢編》（台北：新文豐出版公司，1988 年 2 月），第 1 冊，頁 262。

第二節　政治性節慶

　　作爲杭州城中一個特殊存在的場所，並享有政治經濟等特權的南宋宮廷，是杭州城另一個生氣蓬勃的文化場域。上述歲時的節慶，足以吸引一向標舉「與民同樂」與沉醉於臨安湖山勝景中的皇室成員共襄盛舉。然而光是按部就班地跟隨時序節慶，並不足以突出皇室在城市中的特殊存在，於是前朝已有的政治性節慶，在南宋臨安仍成爲文武百官投入的盛會之一。所謂「政治性節慶」包括宮廷中大大小小的祭祀慶典，如三年一次的「南郊大禮」，〔註 67〕吸引宮廷文人曹勛寫下〈鳳簫吟・郊祀慶成〉一詞，極力頌揚皇帝親祠之舉：「肇禋三歲禮，聖天子爲民，致福穰穰。」（《全宋詞》頁 1581）不過這類宮廷祭典，因其繁文縟節及行禮如儀的凝固特性，並不足以作爲文人馳騁翰墨的場域。就現存政治性節慶詞觀之，文人描摹最力的題材還是在於慶祝帝王后妃誕辰的「聖節」。〔註 68〕在鋪張華麗的漢代賦體不復爲社會風尚的宋代，文人選擇新興的文學工具——「詞」對皇帝后妃誕辰極盡所能地歌頌稱揚。即便在偏安一隅，復國無望的臨安，逸樂成風的詞人仍愼重其事。翻檢《全宋詞》，有關高宗朝（西元 1127～1162 年）聖節的「天申節」詞作，計有九首，前六首出自宮廷文人曹勛之手，後三者由錢塘人姚述堯創作；〔註69〕而孝宗朝（西元 1163

〔註67〕根據禮制規定，每年冬至皇室須於首都南郊祭祀昊天上帝。而每隔三年，皇帝須親自參加祭典，稱爲「親祠」，是當時最受重視的大典之一。詳細內容可參李春棠：《坊牆倒塌之後——宋代城市生活長卷》（長沙：湖南人民出版社，2006 年 5 月），頁 71～74。

〔註68〕宋代「聖節」的建制起於宋太祖，明訂二宋歷朝諸帝后的誕辰爲「聖節」，彰顯各皇室成員神聖的地位，進而鞏固宋室的統治地位。爲方便行文論述，現依繼位先後說明南宋帝王聖節日期：高宗天申節（5.21）；孝宗會慶節（10.22）；光宗重明節（9.4）；寧宗瑞慶節（10.19）；理宗天基節（1.5）；度宗乾會節（4.9）；恭帝天瑞節（9.28）。至於兩宋完整后妃聖節日期可參閱〔元〕脫脫等撰《宋史》卷 112，〈聖節〉（楊家駱主編：《新校宋史并附編三種》，台北：鼎文書局，1983 年 11 月），頁 2671～2680。

〔註69〕曹勛〈玉連環・天申壽詞〉、〈夏雲峰・聖節〉、〈鳳凰台上憶吹簫・

～1189 年）──「會慶節」有二首；〔註70〕其後光宗朝（西元 1190
～1194 年）──「重明節」計有三首，皆爲趙師俠所作；〔註71〕再
次寧宗朝（西元 1195～1224 年）──「瑞慶節」計有二首。〔註72〕
不計其他后妃聖節書寫，共有十六首。〔註73〕

　　與之參看的相關方志記載可見《武林舊事》、《夢粱錄》等書。
前者載孝宗事親之事，旁及高宗天申聖節及孝宗會慶聖節，並專立
一節介紹理宗天基聖節；〔註74〕後者則載時代較後的理宗朝（西元
1225～1264 年）謝皇后聖節、度宗朝（西元 1265～1274 年）乾會
節。〔註75〕其中對朝儀的描述早在《東京夢華錄》中已論之甚詳，
誠如《武林舊事》所言：「若錫宴節次，大率如《夢華》所載，茲
不贅書。」〔註76〕說明南宋對北宋宮廷慶典儀式的移植，有其鮮明

聖節〉、〈安平樂・聖節〉、〈夜合花・聖節〉、〈綠頭鴨・聖節〉，見《全
宋詞》，頁 1571～1572。姚述堯〈減字木蘭花・聖節鼓子詞〉二首、
〈滿庭芳・賜坐再賦〉，見《全宋詞》頁 2015、2005。

〔註70〕曹勛〈水龍吟・會慶節〉、陳亮〈點絳唇・聖節〉。見《全宋詞》頁
1573、2710。後者並未點明其壽聖對象爲誰，然考其生平，大抵活
躍於孝宗朝，故繫之於孝宗下。

〔註71〕趙師俠〈萬年歡〉、〈永遇樂・重明節〉、〈醉蓬萊・重明節丙辰長汝〉，
見《全宋詞》頁 2672、2678、2688。

〔註72〕郭應祥〈萬年歡・瑞慶節〉，見《全宋詞》，頁 2852、趙以夫〈萬年
歡・慶元聖節〉，見《全宋詞》，頁 3388，「慶元」爲宋寧宗年號（西
元 1195～1200 年）。

〔註73〕〔南宋〕袁長吉〈瑞鶴仙・壽南康錢正月初六〉雖提及理宗朝（西
元 1225～1264 年）「天基」，然旨不在賀聖，僅提及「天基佳節後。」
故不列入參考範圍。

〔註74〕前者見〔宋〕周密：《武林舊事》卷7，〈乾淳奉親〉條，後者見卷一
〈聖節〉條。

〔註75〕二者俱見於〔元〕吳自牧《夢粱錄》，卷3，前者有〈皇太后聖節〉
條，頁 152，文中提及：「初八日，壽和聖福皇太后聖節。」查《宋
史》卷 243〈后妃傳〉載謝理宗皇后：「理宗崩，度宗立。咸淳三年，
尊爲皇太后，號壽和聖福。」載於楊家駱主編：《新校宋史并附編三
種》，頁 8659。則知《夢粱錄》中所言「皇太后」爲謝皇后。後者度
宗聖節則有同卷〈皇帝初九聖節〉條可參，見《夢粱錄》頁 155。

〔註76〕〔宋〕周密：《武林舊事》，卷1〈聖節〉，《東京夢華錄外四種》，頁
348。

的前朝色彩和政治性。以下遂結合史料及文人詞作，分二點說明此類節慶賀詞的特色：

一、政治操弄上的正面作用

宋室受金人侵擾，於靖康之難後，倉皇南渡至地理位置相對安全、城市經濟相對發達、水陸交通相對便利、山光水色相對優美的杭州。但對宋室而言，此等狼狽的逃竄過程：「城中百姓皆以布被蒙體而走，士大夫以綺羅錦繡易貧民衲襖布褲，以藏婦女提攜童稚於泥雪中走。惶急棄河者無數，自縊投井者動萬人，嚎哭之聲，上徹穹蒼。官吏、將士、百姓踰城，由萬勝門、同子門出，計十餘萬人。城外爲番兵殺死者居半。」〔註77〕造成「王侯之族，婉冶之姿，盡流異域。官府案牘，悉爲煨燼，片紙不留。上至乘輿服御，盡皆委棄。兩府侍從之家，或身死兵刃，或父母妻子離散、兄弟不相保。自古及今，未有此境界！」〔註78〕之局。是以岳飛念茲在茲的「靖康恥，猶未雪」此等強烈情緒，亦成爲所有南渡詞人共同的感受。而加入倉皇南渡行列，且於臨安倉卒登基的宋高宗當務之急，除安頓初逢巨變的臣心，還必須緩解當國家遭受巨大外力侵擾且將行土崩瓦解之際，可能產生的廣大人民起義。是以安頓政局成了一個棘手的問題，在風雨飄搖，百廢待興之際，宋室最先選擇在命名上著力，於是美則美矣的杭州城，僅被視之爲「行在所」──〔註79〕一個暫時安置的地方：「臨安」。

縱然在安定民心上，宋高宗巧妙地以「臨安」之名，暗示故都汴京仍是宋室最終的想望，以平息民間對執政者懦弱無能的反對聲浪。然而，只在命名上略施小計仍是不夠的。對宋代統治者而言，他們需

〔註77〕〔宋〕夏少曾撰：《朝野僉言》，或名《靖康朝野僉言》，是書記欽宗靖康初年間事，可補史書之闕。收錄於朱易安、傅璇琮等主編：《全宋筆記》（鄭州：大象出版社，2008 年 1 月），第三編（四），頁 262。

〔註78〕不著撰人：《建炎維揚遺錄》，四川大學圖書館編：《中國野史集成》（成都：巴蜀書社，1993 年 11 月），第 5 冊，頁 574。

〔註79〕〔宋〕吳自牧：《夢梁錄》，卷 7，〈杭州〉條：「高廟於紹興歲南渡，駐蹕於此，遂稱爲『行在所』。」《東京夢華錄外四種》，頁 183。

要的是更多足以折服迷信大眾的神蹟。從古至今的統治者總是相信唯有強化人民對「君權神授」的崇拜和迷信，才足以鞏固搖搖欲墜的政權。而在眾多時日裡，最適合出現神蹟的時候，莫過於與統治者密切相關的「政治性節慶」：

> 飛龍利見。前夜君王方錫宴。（時天申節宴後二日）今日相逢。卻向南陽起臥龍。　　果爲霖雨。洗盡蒼生炎夏苦。喜氣匆匆。好向尊前醉晚風。（姚述堯〈減字木蘭花・厲萬頃生日，時久旱得雨〉，《全宋詞》頁 2015）
>
> 聞道彤庭森寶仗，霜風逐雨驅雲。六龍扶輦下青冥。香隨鸞扇遠，日射赭袍明。　　簾卷天街人隘路，滿城喜望清塵。歡聲催起嶺梅春。欲知天意好，昨夜月華新。（張掄〈臨江仙・車駕朝饗景靈宮，久雨，一夕開霽〉，《全宋詞》頁 1825）

前者極言帝王聖節爲久旱未雨的蒼生帶來霖雨與生機，不僅洗盡蒼生炎夏之苦，也緩解了旱災的威脅，作爲聖節座上嘉賓的文人自然對此天降甘霖的神蹟感到欣喜，並樂於與其同僚厲萬頃共享其歡喜之情。後者描述的則是與前者全然相異的天候異象，據《武林舊事》卷七載咸淳六年九月十五日，孝帝將於奉祭祖宗衣冠的景靈宮舉行明堂大禮，朝廷陸續安排了一連串的祭祀儀式。然而從十三日起卻連日大雨，致使祀事不易。正當聖上爲陰雨泥濘決定採取改易措施之時，卻於十四日黃昏後出現雨止月明的清明之景，隔日（十五日）「晴色甚佳，車駕自太廟乘輅還內，日映御袍，天顏甚喜，都民皆讚嘆聖德。」這一切奇蹟都是因爲「太上皇帝誠心感格。」〔註80〕人們於此莫不讚揚宋室皇帝呼風喚雨的神力，既能久旱得雨，又能感動天地，一夕開霽，怎不令升斗小民心生畏懼，進而產生誠惶誠恐之情？詞人張掄顯然參與了此次祭祀活動，在十六日回宮後鋪張誇耀地寫道：「彤廷森寶仗，霜風逐雨驅雲」、「滿城喜望清塵」等涉及天降神蹟的詞句。今

〔註80〕〔宋〕周密：《武林舊事》卷 7，〈咸淳奉親〉條，《東京夢華錄外四種》，頁 467。

日觀之，其作用不只在於媚上，亦在於惑下。無知的老百姓見其鋪敘，只得讚嘆聖德之無疆。雖說此類詞句在今日看來過份誇大其辭、荒誕不經，但在政局飄搖的當時，確實可收穩固政權、穩定民心之效。

又據《武林舊事》所言：宋孝宗「壽皇聖孝，冠絕古今，承顏兩宮，以天下養，一時盛事，莫大於壽慶之典。」遇其父宋高宗及吳太后之聖節皆聚「百官拜表稱賀於文德殿，四方萬姓，不遠千里，快睹盛事。」並取得「都民垂白之老，喜極有至泣下者。」〔註81〕孝感動天之情。宋人周密於《武林舊事》更進一步稱孝宗「奉親之事，其一時承顏養志之娛，燕閒文物之盛，使觀之者錫類之心，油然而生，其於世教民彝，豈小補哉！」〔註82〕足見孝道在南宋朝所受的推尊，有幸參與咸淳孝親儀式的文人更積極對此提出頌揚，以下以姚述堯〈減字木蘭花·聖節鼓子詞〉為例：

> 薰風解慍。手握乾符躬揖遜。廊廟無為。天子親傳萬壽卮。
> 恩覃湛露。和氣歡聲均海宇。嵩嶽三呼。父子唐虞今古無。
> 琴堂無事。滿酌金罍承帝祉。樂奏簫韶。更與封人共祝堯。
> 君王萬歲。歲歲今朝歌既醉。主聖臣賢。從此鴻圖萬萬年。

（《全宋詞》頁2015）

詞中除鋪張當朝政事之清明，更無視時常擾邊的外患威脅，歡喜說道「和氣歡聲均海宇」以粉飾太平。此詞寫於孝宗為早早退位的高宗祝壽之時，則稱揚父賢子孝的場面絕對少不了：「天子親傳萬壽卮」、「父子唐虞今古無」，一場祝壽活動，成為令人愜意舒暢，煩惱盡消的盛宴。更成為其後文人津津樂道之事，如光宗朝趙師俠寫於重明節的〈萬年歡〉：

> 電繞神樞，華渚流虹，誕彌良用佳辰。萬宇謳歌歸舞，寶曆增新。四七年間盛事，皇威暢、邊鄙無塵。仁恩被，華夏咸安，太平極治歡聲。　　重華道隆德茂，亙古今希有，揖遜重聞。聖子三宮歡聚，兩世慈親。辛際千秋聖旦，靄

〔註81〕〔宋〕周密：《武林舊事》卷1，〈慶壽冊寶〉條，《東京夢華錄外四種》，頁333。

〔註82〕同註81。

鎬宴、普率惟均。封人祝，億萬斯年，壽皇尊並高眞。(《全宋詞》頁 2672)

大抵皇室一系繼承了事親至孝的優良傳統，詞人趙師俠在此不忘將光宗治績與高、孝二宗締造的四十七年盛世相提並論，同樣未見叩邊外患，只見「聖子三公歡聚，兩世慈親」的盛大場面。吾人或可由此推論，傳統儒家宣揚的三綱五常，此際或許也成穩定政局之工具，透過「君臣」、「父子」綱常的發揚，孝道在此得到大力的標榜與確立，進一步箝制民心，藉以穩定動盪不安的時局。

　　透過詞人創作的政治性節慶詞，吾人可以看見「神蹟」以及「孝道」的發揚，以取得媚惑百姓之效。而南宋上下臣民對政令風行草偃的結果是此後的百年安治，形成叩邊外敵侵擾雖不斷，內患卻寥寥無幾之政局。在詞體的實用意義之上，取得了遠遠超過抒情、社交、娛樂的政治教化功能。

二、文學價值上的負面影響

　　寫作政治性節慶詞，有其爲迎合上意，阿諛逢迎的原始動機，一如在文學發展道路上，吾人可見各朝開國之際，均出現大量歌功頌德之文學作品，南宋初亦不例外。對這些文人而言，寫作此類作品不僅可以取得躬逢其盛的快意，還可以穩固自身獨特的創作地位。畢竟投入政治性節慶的詞文創作者較之於他者，有其先天的侷限性，詞人若非御前應制的宮廷文人，就是有著宮廷生活經驗的文人，才足以適時適地，鋪陳美善以上達天聽。這種個人閱歷的侷限，造成大量的宮廷詞創作集中於少部分文人之手，多數的文人在此領域的創作付之闕如，呈現極端分布之情形，這與時序性節慶賀詞，足以散及不同時期、不同文人間仍具有普遍性與通俗性的特色有著天壤之別。

　　然而，正是這種身分上具有的獨特性，讓文人視寫作此類詞文爲一種尊榮不凡的象徵。縱使遠離杭州宮廷，出任他郡官職的文人，在這

舉國歡騰的佳節亦須寫作壽聖詞曲，以示天下太平之意。〔註83〕但身處天涯之遙畢竟不比御前應制來得尊貴。此種心態上的糾結具體見於前述曾經參與壽聖大典的詞人姚述堯身上，當他不得不遠離宮廷，遠離家鄉，任官州郡時，對昔日的盛世的美好追憶促使他寫下〈太平歡・聖節賜宴〉：「遙想帝里繁華，慶父堯子舜，虞歌胥悅。」（《全宋詞》頁2005）此等感傷詞句，詞人對昔日的掛念仍強烈鮮明。可見在宮廷與州郡、廟堂與江湖之間，文人自有高下優劣的分判，對失去獨特身分的詞人而言，悵恨之情在所必然，此中心境轉折亦值得細細品味。

　　承上所論，若以個人身分而言，創作此類詞體的文人地位相對崇高。然而若以整體創作所塑造出來的文學價值及文學風格而論，此類詞體則因創作主體的相對侷限、創作眼界的相對狹隘，僅聚焦於禁中描述而顯格局卑弱。加上對聖節的書寫不過是對特殊族群——即皇室成員寫成的祝壽之詞，既知寫作壽詞之難：「倘盡言富貴則塵俗，盡言功名則諛佞，盡言神仙則迂闊虛誕。」〔註84〕但為討主上歡心，詞人又不得不如此矯揉作態。於是面對宮廷文學一味粉飾諛艷、富貴祥和的要求，詞人們仍致力於鏤采擒文上，致使「億萬斯年祈聖壽。」〔註85〕的期許見於各朝聖節中，如曹勛寫於宋高宗天申節的「祝無疆御曆萬萬年」（〈玉連環・天申壽詞〉）、姚述堯所寫的：「君王萬歲。歲歲今朝歌既醉。主聖臣賢。從此鴻圖萬萬年。」（〈減字木蘭花・聖節鼓子詞〉）；趙師俠寫於宋光宗重明節的「封人祝，億萬斯年，壽黃耈並高真。」（〈萬年歡〉）大抵在祝賀聖上享南山之壽、北海之尊。內容適用於任何一個皇帝的聖節，反而缺乏了個體的獨特性。

　　若僅論詞文內容，這類政治性節慶詞亦顯得乏善可陳，所見盡是

〔註83〕〔宋〕周密：《齊東野語》，卷10〈字舞〉：「州郡遇聖節錫宴，率命猥妓數十群舞於庭，作『天下太平』字，殊為不經。」見北京：中華書局，1983年11月出版《唐宋史料筆記叢刊》本，頁189。

〔註84〕〔宋〕張炎：《詞源》，《詞話叢編》本，第1冊，頁266。

〔註85〕〔宋〕曹勛：〈玉樓春・後宴詞〉，見於《全宋詞》，頁1599。

描摹宮廷宴饗之豐盛、外在景物之清明、四海寰宇之歸順、中興聖化之昌明、皇宮苑囿之和氣，了無新意。雖可以滿足皇室貴族的享樂意識和虛幻不實的長生欲望，卻仍改變不了整體風格的卑弱。一如學者所言：「祝壽應制。渲染太平盛世氣象的另一個重要方面就是大興祝壽之風，在一片觥籌交錯和頌揚聲中體驗一種天下大治的感覺。……祝壽之文詞乃應景虛文，務為華美歌頌且須表達熱鬧氣氛。而詞體正符合此美學要求。」〔註86〕正是這些應景虛文，務為華美的美學要求，加上受限的創作主體、狹隘的生活閱歷，文人又有意識企圖去符應「壽聖詞」外鑠的中正和平此等美學要求的結果，造成個人視界及真實情感的缺乏，形成「千篇一律」的風格趨同性。受削弱詞人個性、有意識的政治操弄、相對狹隘的題材等侷限，都影響了文學上政治性節慶詞的總體評價。

第三節　宗教性節慶

　　杭州城市生活中，除了隨時節推移而漸次登場的時序性節日以及有其特殊考量的政治性節日外，屬於下層市民精神寄託的宗教性節慶，也以其鑼鼓喧天、熱鬧非凡的慶賀方式，在城市的脈動中粉墨登場。宣告著佛教、道教在杭城高度發展的真實情形。誠如《咸淳臨安志》所言：「今浮屠、老氏之宮遍天下，而在錢塘為尤眾。二氏之教莫盛於錢塘。」〔註87〕又如《夢粱錄》所言：「釋老之教遍天下，而杭郡為甚。」皆可見杭州宗教信仰風氣之盛，非他郡可比。較之《東京夢華錄》中北宋朝宗教性節慶的記載，南宋臨安宗教節日的慶祝、道觀僧寺的建置更為多元富麗，〔註88〕釋、道二教之間的較量亦更加

〔註86〕楊萬里：《宋詞與宋代的城市生活》，頁49。
〔註87〕〔宋〕潛說友撰：《咸淳臨安志》（台北：台灣商務印書館，1986年3月《景印文淵閣四庫全書》本），冊490，卷75〈寺觀〉，頁763。
〔註88〕孟元老所撰《東京孟華錄》僅載〈四月八日〉佛誕、〈六月六日崔府君生日二十四日神保觀神生日〉、〈中元節〉、〈十二月〉臘八浴佛，等幾種宗教性節慶，不若《夢粱錄》之詳實。

明顯。縱使《夢粱錄》直指「二教之中，莫盛於釋，故老氏之廬，十不及一。」，〔註89〕《宋史・地理志》亦言其地：「人性柔慧，尚浮屠之教。」〔註90〕皆說明杭人事佛較勤，但在宗教慶典上仍可見二者亟欲分庭抗禮之跡。如三月初三，不只爲道教北極祐聖眞君生日，亦爲佛教眞積菩薩誕辰；而七月十五不只爲佛徒之盂蘭盆節，亦爲道教之中元節。姑且不論前朝歷史之積澱、時間上的巧合，或是二者宗教寓意之契合，〔註91〕釋、道二者有意識的追相附和，都在杭州這宗教風氣興盛之處，得到了廣大市民的支持，也擴大了宗教生活的範圍。

據學者研究，南宋臨安城一系列的宗教節日，除各教經常性的例行齋會外，屬於佛教慶典者還有二月十五日舉行的佛涅盤盛會、四月初八的佛誕節、十二月八日臘八節；屬於道教慶典者則有二月初八祠山聖誕、三月初三北極佑聖眞君生日、三月二十八東嶽帝王生日、六月初六磁州崔府君生日等節日。〔註92〕各以其特殊的宗教訴求，吸引信眾投入祭祀活動，爲南宋城市織就更爲細密豐富的生活文化之網。

然而熱烈投入宗教節慶中的是虔誠的信眾，是兜售祭祀用品的商賈，在商品經濟高度發展的宋代裡，即便宗教性節日的商業化和娛樂化趨向已十分明顯，不純爲宗教目的，在市民生活中也的確造成了巨大的影響。但這股歡欣鼓舞的風氣，卻吹不到士大夫的眼底，翻遍《全宋詞》，涉及宗教節慶題材的描述者寥寥無幾，相關文學創作付之闕如，無論是佛教抑或道教皆然，以下遂舉二教二節簡述其情形。

〔註89〕 以上所引《夢粱錄》之言，皆見於〔宋〕吳自牧：《夢粱錄》，卷15，〈城內外諸宮觀〉。《東京夢華錄外四種》，頁256。

〔註90〕 〔元〕脫脫等撰：《宋史・地理志》（楊家駱主編：《新校宋史并附編三種》本），頁2177。

〔註91〕 無論是佛教的盂蘭盆會或是道教中元節的宗教寓意都在追薦死去的親人，宗教「孝親」的色彩十分濃烈。詳情可參楊倩描：《南宋宗教史》（北京：人民出版社，2008年11月），頁364～365。

〔註92〕 其他釋道節慶，可進一步參考李春棠：《坊牆倒塌以後——宋代城市生活長卷》（長沙：湖南人民出版社，2006年5月），頁139～140。

一、佛教——四月八日佛誕節

　　據《西湖老人繁勝錄》、《夢梁錄》、《武林舊事》等相關文獻的記載，代表佛祖誕生之日的四月八日確爲杭州城的重要節日，該日不僅「諸寺院各有浴佛會，僧尼輩競以小盆貯銅像，浸以糖水，覆以花棚，鐃鈸交迎，遍往邸第富室，以小杓澆灌，以求施利。」進行「浴佛」儀式。亦於西湖「作放生會，舟楫甚盛，略如春時小舟，競買龜魚螺蚌放生。」〔註93〕而其中「放生」儀式前朝已有，「元祐東坡請浚西湖，謂每歲四月八日，邦人數萬，集於湖上，所活羽毛鱗介以百萬數，皆西北向稽首祝萬歲。」旨在爲人主祈福。南渡後臨安府民仍襲前制：「紹興以鑾輿駐蹕，尤宜涵養，以示渥澤，仍以西湖爲放生池，禁勿採捕，遂建堂區『德生』。」〔註94〕可見其發展淵源及傳承之跡。

　　至於此日「浴佛」一事，則不論在形式上或是意圖上，皆可見南宋對前朝儀式的承襲，只是在時間上略有更動。前朝北宋不僅於「四月八日佛生日，十大禪院各有浴沸齋會，煎香藥糖水相遺，名日『浴佛水』。」〔註95〕於十二初八佛祖悟道之日，亦可見「街巷中有僧尼三五人，作隊念佛，以銀銅沙羅或好盆器，坐一金銅或木佛像，浸以香水，楊枝灑浴，排門教化。諸大寺作浴佛會，並送七寶五味粥與門徒，謂之『臘八粥』。」〔註96〕此事引發筆者好奇，何以宗教慶典大量沿襲前朝舊制且有過之而無不及，加以事佛更勤的南宋臨安，卻獨漏臘月浴佛之儀？這或許是治南宋宗教史學者值得思考的問題。

〔註93〕〔宋〕周密：《武林舊事》，卷3，〈浴佛〉條。《東京夢華錄外四種》，頁378。

〔註94〕〔宋〕吳自牧：《夢梁錄》，卷12〈西湖〉條。《東京夢華錄外四種》，頁230。

〔註95〕〔宋〕孟元老：《東京夢華錄》，卷8〈四月八日〉。《東京夢華錄外四種》，頁47。

〔註96〕其事可見〔宋〕孟元老：《東京夢華錄》，卷10〈十二月〉。《東京夢華錄外四種》，頁61。〔北宋〕蘇軾有詞〈南歌子・黃州臘八日飲懷民小閣〉言：「烘暖燒香閣，輕寒浴佛天。」可證。詞見《全宋詞》，頁379。

上述具有傳承淵源的佛教儀式，不論是放生或是浴佛，皆傳達著佛徒「我佛慈悲」、「普渡眾生」的教義，代表著信眾對佛門宗旨的具體實踐。然考諸相關文人詞作，卻僅有史浩〈南浦・四月八日〉上闋對此有較具體的描述：

> 天氣正清和，慶西乾、釋迦如來出世。毓質向金盆，祥雲布、層霄九龍噴水。東傳震旦，正令此日人人記。露盤百卉擁金容，香湯爭來拂洗。（《全宋詞》頁1650）

詞中直言「佛誕」與「浴佛」二事，可與相關文獻記載參看。其他如劉克莊〈沁園春・癸卯佛生翼日，將曉，夢中有作。既醒，但易數字〉一詞，不過藉佛誕一事抒發一己之哲思：「有個頭陀，形等枯株，心猶死灰。幸春山筍賤，無人爭吃，夜爐芋美，與客同煨。」〔註97〕而與實際節慶儀式無涉。更別提只是將此日視為時間推演依據的石孝友〈念奴嬌〉：「浴佛生朝初過也，還數佳辰三日。」、黃昇〈鷓鴣天〉：「天氣清和僅兩旬，一旬前是佛生辰」。前者題序說明其為「上德安王文甫生辰」，後者雖未言明其為祝壽之用，但由詞文「山翁何以祝龜齡」，亦可看出其為祝壽之詞。佛祖生辰於是成為文人筆下有意識的時間標的，用以祝壽更顯祥瑞之意。只是其他廣大市民熱中參與的宗教儀式，仍不入士人筆底，舟楫上兜售龜魚螺蚌以便放生的叫賣聲，也只是文人歡遊的背景聲音：「日正遲遲人正酒，畫簾外，一聲聲，賣放生。」〔註98〕顯見士庶逸趣追求的差異。

二、道教——三月三日北極佑聖真君誕辰

吳自牧《夢粱錄》卷二：「三月三日上巳之辰，曲水流觴故事，起於晉時。……兼之此日正遇北極佑聖真君聖誕之日，佑聖觀侍奉香火，其觀係屬御前去處，內侍提舉觀中事務，當日降賜御香，修崇醮

〔註97〕此詞作於宋理宗淳祐三年（西元1243年），時作者57歲，全詞見《全宋詞》，頁3312。
〔註98〕〔南宋〕陳允平：〈西湖明月引・壽雲谷謝右司〉，全詞見《全宋詞》，頁3939。

錄，午時朝賀，排列威儀，奏天樂於墀下，羽流整肅，謹朝謁於陛前，
吟詠洞章陳禮。士庶燒香，紛集殿庭。諸宮道宇，俱設醮事，上祈國
泰，下保民安。諸軍寨及殿司衙奉侍香火者，皆安排社會，結縛臺閣，
迎列於道，觀睹者紛紛。貴家士庶，亦設醮祈恩。貧者酌水獻花。杭
城事聖之虔，他郡所無也。」〔註99〕直言此日全杭上至御前，下至士
庶，皆事聖至虔，一連串的慶祝儀式亦洋洋灑灑，紛繁羅列，無有能
置身事外者。若未紛集殿庭，亦必設醮祈恩的文人，理當對此事有所
闡述。然遍翻《全宋詞》，詳細記載此道教節慶者僅夏元鼎〈水調歌
頭〉一闋，遠不及同日節慶「上巳」之數。〔註100〕其詞序言：「三月
三日，佑聖降誕。胡節幹季轍，捧香設醴，願以今日聞窮理盡性之道。
顧方爲世唾棄，曷能明子貢不傳之旨。荷來誠既切，竟以誕聖於北方
壬癸之位，爲水調一詞以謝，并呈鄉人趙撫幹季清、周提幹達道，幸
反求之，有餘師矣。」極言北極佑聖眞君之地位，並說明此詞創作動
機，其詞文爲：

> 三三乾妙畫，佑聖誕彌辰。北方壬癸，水生於坎産元精。
> 一數先天有象，元始化生相應，靈氣屬陽神。壽永齊天地，
> 萬物盡回春。　　說龜蛇，名黑殺，蘊深仁。陰中陽長，
> 要知害裡卻生恩。此意宜參造化，正是金丹大道，不在嚥
> 精津。富貴公方逼，肯問出人倫。（《全宋詞》頁 3452）

考諸詞人夏元鼎生平，因「屢試不第，寶慶中爲小校武官，棄官入道」，
〔註101〕揭示其爲道士之身分，由其特殊身分出發所創作出的詞作，
自然與所謂的文學創作相去甚遠，綜觀全詞，籠罩著「以詞宣教」之
意。一來無由得見詞人心志，二來未見市民生活之反映，僅說明了三

〔註99〕〔宋〕吳自牧：《夢粱錄》，卷 2，〈三月佑聖眞君誕辰附〉。《東京夢
　　　　華錄外四種》，頁 146。
〔註100〕於《網路展書讀──唐宋詞檢索系統》（http://cls.hs.yzu.edu.tw/
　　　　CSP/W_DB/index.htm36），於詞題、詞文欄目分別輸入「上巳」，
　　　　可得 36 筆資料。遠較「佑聖」爲多。
〔註101〕見《全宋詞》，頁 3347，卷前所附詞人夏元鼎小傳。

月三日爲佑聖眞君誕辰之實，但這已是全宋詞中僅見完整的道教節慶書寫。

再觀語涉「中元節」書寫的詞作，一如佛誕之日，同樣乏善可陳地成了時間標的，用來計數時序推移。如楊無咎〈醉蓬萊〉：「正才過七夕，又近中元，素秋時候。月皎風高，漸涼生襟袖。」未見節序背後的生民活動。更有甚者，亦有無名氏的一組壽詞，寫於七月初十的〈臨江仙〉，詞文直言：「中元前五日，七夕後三朝。」；寫於七月十一的〈千秋歲〉：「四日中元到」；七月十二的〈水調歌〉：「三日是中元」；七月十四的〈臨江仙〉：「明日是中元」，〔註 102〕徹徹底底將時序的推移，詳實記述於詞文中，淪爲一種簡單幼稚的推算，而全盤喪失了節日內蘊的深意。

由以上二種宗教性節慶之介紹說明，吾人可以推斷出宋代從事詞體創作者，寧可讓釋道節慶作爲一種時間標的，也不願下筆記述節慶背後的行動及意義。此種現象固然可以「詞」作爲一種文學載體，所背負的敘事能力與他者不同的特點進行說明，但更值得細究的是隱藏在此種思維背後的詞人心態。對一般的信眾而言：「宗教生活似爲一種潛在的，未曾言宣的不安之情所縈繞。」人們「懍於天地失序、山海易位、四時失調，宇宙頓成洪荒的可能，各類宗教儀式的舉行乃在於祈求避免此類自然界異象的發生。」〔註 103〕庶民因無知而產生的敬畏本是無可厚非，但對有著重理性傳統的士大夫而言，〔註 104〕這種世俗的迷信只配得到輕蔑的訕笑，是以士人是不敢也不願在此多加

〔註 102〕 以上壽詞，俱見於《全宋詞》，頁 4816。

〔註 103〕 〔法〕謝和耐（Jacques Gernet）原著；馬德程譯：《南宋社會生活史》（台北：中國文化大學出版社，1987 年），頁 160。

〔註 104〕 早在荀子〈天論〉中，已提出「雩而雨，何也？曰：『無他也。猶不雩而雨也。』」反對迷信，鼓吹「不爲而成，不求而得」的「天職」觀念，自此成爲中國知識份子一直以來尚智反迷信的思想反映。語見〔唐〕楊倞注；〔清〕王先謙集解：《荀子集解》（台北：世界書局，1991 年 11 月）頁 2045～213。

著墨的，才形成此類作品在民間有著蓬勃生氣，而在文學領域缺席的情形。

第四節　杭州節慶詞特色歸納

透過以上對時序性節慶、政治性節慶、宗教性節慶的論述，吾人可以發現，宋代是一個大量生產和加工節日的時代：人們一方面繼承舊的節日，並因應商業文化需求進行必要的加工和修補；一方面又源源不斷開發出新的節日，賦予新世紀的時代內涵。縱使這些節日隨著宋元易代而有所改變，但對其進行回溯與重建仍不失為一條研究宋代文化的絕佳道路。透過上述分析研究，筆者認為初具現代商業化城市內涵的南宋都城臨安在節日慶祝上至少有三個卓著的特點：

一、前朝移植的痕跡隨處可見

杭州，美其名雖為高宗駐蹕，暫行安置之所，實則宋金對立的社會現況，已使宋室回歸汴都之路迢遙無期。然而儘管朝野面對著偏安一隅，國力與氣象早已不能與北宋相比的羞赧困境，卻依舊遵守著開國皇帝趙匡胤的「基本國策」：「人生駒過隙爾，不如多積金、市田宅以遺子孫，歌兒舞女以終天年。」〔註105〕更有甚者，早早退位移居德壽宮，投身山水逸樂中的宋高宗，竟也鼓勵在位的孝宗：「學取老爹年紀，早早還京。」〔註106〕可見都城杭州這個繁華富庶的「銷金鍋兒」充分滿足了宋人高張的享樂意識。而節慶，正是一個又一個冠冕堂皇的理由，可以讓享樂意識擴充至極，於是昔日汴都的各種節日慶典，全被有意識地移植進杭州城這個「快活土壤」裡。

在相關史料記載中，隨處可見北宋東都和南宋臨安慶典儀式的相

〔註105〕〔元〕脫脫等撰：《宋史》，卷250〈石守信傳〉（楊家駱主編：《新校宋史并附編三種》本），頁8810。

〔註106〕〔宋〕周密：《武林舊事》，卷7〈乾淳奉親〉條，《東京夢華錄外四種》，頁470。

似之處，不唯翻檢相關著作，如專載東京事宜的《東京夢華錄》，與特寫杭州風情的《夢梁錄》、《武林舊事》，可以發現其前後相承的蛛絲馬跡，僅僅透過《武林舊事》對某些特殊節慶的說明，亦可輕易地發現端倪：如寫皇帝聖節「若錫宴節次，大率如《夢華》所載，茲不贅書。」可知北宋與南宋帝王歡慶誕辰的方式並無二致，其他時序性節慶的慶祝方式亦然，如寫除夕送舊：「禁中以臘月二十四日爲小節夜，三十日爲大節夜，呈女童驅儺，裝六丁、六甲、六神之類，大率如《夢華》所載。」、除夕夜「飲屠蘇、百事吉……等事，率多東都之遺風焉。」〔註107〕他如「守歲」〔註108〕、「乞巧」〔註109〕等儀式，皆傳自東都，具體說明南宋對北宋慶典儀式的全盤移植。導致節日風俗在南北宋之交時尚存差異的汴京與臨安，〔註110〕到了南宋晚期已混同難辨：

> 余嘗過汴，見士庶家門屏及坊肆闤扇一如武林，心竊怪之。比讀《東京夢華錄》所載，貴家士女小較不垂簾幕，端陽賣葵蒲、艾葉，七夕食油麥糖蜜煎果，重九插糕上以剪彩小旗，季冬廿四日祀竈，及貧人妝鬼神逐祟，悉與今武林同俗，乃悟皆南渡風尚所漸也。至其謂勾欄爲瓦肆，置酒

〔註107〕 以上引文分別見於〔南宋〕周密：《武林舊事》，卷1〈聖節〉、卷3〈歲除〉、卷3〈歲晚節物〉。見《東京夢華錄外四種》，頁348、383、384。

〔註108〕 據孟元老《東京夢華錄》卷10，〈除夕〉條記載：「是夜禁中爆竹山呼，聲聞於外。士庶之家，圍爐團坐，達旦不寐，謂之守歲。」《東京夢華錄外四種》，頁62。顯見守歲一事，爲東都舊俗，北宋朝已有。

〔註109〕 〔宋〕金盈之撰；周曉薇校點：《新編醉翁談錄》（瀋陽：遼寧教育出版社，1998年12月），卷4，頁15，〈七夕〉條：「其夜婦女以七孔針於月下穿之，其實此針不可用也，針褊而孔大。其餘乞巧，南人多仿之。」

〔註110〕 宋人孫緯於《雞肋編》一書〈近時婚喪禮文亡闕〉條尚言：「南方之俗，尤異於中原故習。」見〔宋〕孫緯《雞肋編》（北京：中華書局，1983年11月出版《唐宋史料筆記叢刊》本），卷上，頁8。

> 有四司等人，食店諸品名稱，武林今雖不然，及檢《古杭
> 夢遊錄》往往多與懸合。〔註111〕

明人沈士龍的疑惑，同時也代表了後世許多人們心中共同的疑問，這證明了臨安在自我的江南本色上，還吸收了前朝汴京色彩，發展出多元蘊藉的特殊文化，不僅可以撫慰前朝人民的心靈，也可以豐富當朝市民的生活。而其成功的文化融合與重塑，亦代表著政治的驚人影響力。朝廷有意識全盤移植前朝文化，風行草偃的結果是文人亦積極參與。此等上行下效的結果，竟導致南宋末期「偏安日久，民間視爲定居，『行在』之名，習而忘焉。」〔註112〕無怪乎宋人林昇詩句：「山外青山樓外樓，西湖歌舞幾時休？暖風薰得遊人醉，直把杭州作汴州。」成爲宋人心中最美麗的哀愁。

二、社會階級的取捨各異其趣

分析上述三種節慶的熱烈追隨者，我們可以發現不同的節慶各自有著不同的社會階層簇擁。大抵來說，宮廷及其代表文人所熱烈吹捧的是第二類政治性節慶，原因無它，其代表的只是一種政治性需求，是以思想最爲平板，文字最爲富麗卻也最了無新意，不具深刻內涵，與杭州城的關連性亦是最小。而文人熱情投入筆墨書寫者，則屬第一類時序性節慶，詞人或受自然外物或內心激憤促動，寫下切合時節又足以表彰心意的詞作，因具備了自我個性及感情，且言之有物，故成就最高、影響最深。至於一般市民階層則獨鍾第三類宗教性節慶，在相關詞作中數量最少，卻代表著廣大中下階層的普遍興趣。對於此三

〔註111〕　〔明〕沈士龍：〈東京夢華錄〉跋，載於：〔宋〕孟元老原著；姜漢椿譯注：《東京夢華錄全譯》（貴陽：貴州人民出版社，1998年7月），頁268。據《元史・藝文志》記載，宋人灌園耐得翁所著書有《古杭夢遊錄》一卷、《清略錄》六卷，其中《古杭夢遊錄》即指《都城紀勝》。

〔註112〕　孫毓修：《涵芬樓秘笈本西湖老人繁勝錄》跋。《東京夢華錄外四種》，頁127。

類節慶，文人實際投入相關詞作的情形判若雲泥，以下說法或可作爲
參考說明：

> （宮廷）祭典正適合一般士大夫的要求，他們一向注重祭
> 祀，及祭祀所具有的象徵意義、宗教效果，和對廣大庶民
> 所投射的心理影響。這些士大夫正是蒙泰尼（Montaigne）
> 筆下所描繪的「注重形式的繁文縟節而非內心的虔誠膜
> 拜。」在士大夫們的心目中，宗教與滿足個人內心秘密傾
> 吐的意願無關，他的目的在確定天地秩序，事實上也就是
> 皇帝和其臣子所加諸於庶民的政治秩序，從更高的層次來
> 看二者實爲一體，這足以說明士大夫階層爲何對任何不符
> 合正統標準的宗教情緒常懷以敵意。而統治階層則經常感
> 到需要將國內的各種宗教生活加以管理，並使其併入官方
> 祭典的模式之中。〔註113〕

此段引文同樣可分爲宮廷、士大夫、庶民三部份進行分析。簡言之，宮
廷對節慶的設置，意識形態上的操弄意圖遠大於娛樂效果，是以他們一
方面制定一套行禮如儀的標準以掌控、攏絡士大夫，一方面又對民間各
種宗教生活加以管理，並將其納入官方祭典計畫中，巧妙地讓人民對君
主的崇敬，提升至與天地鬼神同一、凜然不可侵犯的信仰領域，視各式
節慶爲進行「政治洗腦」的絕佳時機。睿智的士大夫顯然對此了然於心，
但作爲國家機器中的菁英，他們所關注的只是天地秩序的確立，即各式
節慶背後隱涵的象徵意義、宗教效果。他們確信，唯有透過皇帝和士大
夫階層所加諸於廣大庶民的政治秩序，才足以確保自己現階段的安全無
虞。至於那些對儀式的追隨附和，目的也只是爲了對社會大眾建立正確
的心理影響，以鞏固自己的既得利益。是以在相關的政治性節慶詞中，
自然無法發自肺腑，流露真心，對宗教性節慶更是不屑一顧、嗤之以鼻。
至於普遍受擺佈的庶民，也只能毫無選擇地接受來自宮廷、士大夫有意
識的思想改造。三者之間，各自有其影響力和重要性。

〔註113〕　〔法〕謝和耐（Jacques Gernet）原著；馬德程譯：《南宋社會生
活史》，頁 165。

　　只是值得慶幸的是，權力最大的宮廷，持續的時間最爲短暫，隨著朝廷的崩解旋即消失於無形。至於被壓抑被掌控的平民，雖然生活在由皇族和官僚秩序建立的穩定性環境裡，還是有能力創造出一些富有抵抗性的庶民傳統，以挑戰正統觀念加諸於己的理所當然、命中注定。並藉由節日的狂歡，得到生理上的鬆弛與精神上的快慰，更進一步感受到自我存在的價值。不過三者中，最具優勢的階層非文人莫屬，因爲他們具有書寫時代的能力，故其影響力較之其他二者深遠，加以他們所具有的解釋權力，讓他們也有能力控制著同時代，甚至後代的文字創作活動。其權力和利益可說是各行之首。而杭州城正因爲有宮廷進駐、文人輔佐、庶民參與，三方擇己所需，逞能競技，才更顯得意義卓著、熱鬧非凡。

三、商業文化的色彩富麗濃厚

　　侈靡已甚的杭州，加之坊市合一，儼然已成爲具有現代意義的商業都市，生活於此的居民無不密切投入各式商業貿易活動之中。觀杭州都城林立的酒肆食店、勾欄瓦舍、客邸旅店，即可窺知其高度商業化的社會實情。早在蘇軾仕杭時，已觀察出此等社會現況，正是「三吳風俗，自古浮薄，而錢塘爲甚。雖室宇華好，被服粲然，而家無宿春之儲。」〔註114〕足見杭州市民在奢侈享受上的極端講究。

　　其後宋室南渡，挾其政治上的作用力，加上激增的前朝南渡人口，使得這種只重表面工夫的情況變本加厲，尤其體現在歡欣鼓舞的節慶當中，時逢端午，則「市人門首各設大盆，雜植艾蒲葵花，上掛五色紙錢，排釘果粽，雖貧者亦然。」各類活動「不特富家巨室爲然，雖貧乏之人，亦且對時行樂也。」讓侈靡成性的杭州人更有鋪張奢華的理由，因「尋常無花供養，卻不相笑，惟重午不可無花供養。」〔註115〕

〔註114〕　語出〔宋〕蘇軾：〈上呂僕射論浙西災傷書〉，見〔宋〕蘇軾撰；孔凡禮點校：《蘇軾文集》（北京：中華書局，1996 年 2 月），頁 1402。
〔註115〕　〔宋〕西湖老人：《西湖老人繁勝錄》，《東京夢華錄外四種》，

足見杭人在派頭上角逐爭勝之意識。至於七夕則「傾城兒童女子，不論貧富，皆著新衣。」中秋亦「雖陋巷貧窶之人，解衣市酒，勉強迎歡，不肯虛度。」〔註116〕顯而易見的是商業貿易之風，吹遍杭城上下，形成一個爭奇鬥豔、世俗娛樂取向凌駕道德需求的感官世界。

誠如生活在宋末元初動盪的杭州社會中之文人戴表元的印象：「三吳之州，莫大於杭，其地山穠水妍，其人機慧疏秀而清明，其俗通商美宦，安娛樂而多驅馳。」〔註117〕傳統為四民之末的商賈，早已搖身一變，成為社會重要的支柱。而耽溺於歲時娛樂，自外於政治困境中的杭人，則代表著一個獨立的市民階層，正式登上了歷史舞台，成為不可忽視的社會力量。配合杭州城大大小小輪番上陣的節慶而論，我們可以這段話作結：「隨著宋代城市經濟的發展，傳統節日帶上了商業色彩。宋代無月無節，有時一月數節，城市商人充分利用這些節日，形成了一個個節日特色市場，從另一個側面也反映出商業觀念深入人心。」〔註118〕映證了義大利旅行家馬可波羅所言：杭州「為世界最富麗名貴之城。」〔註119〕實非浪得虛名。

頁118。

〔註116〕 七夕引文見〔宋〕吳自牧：《夢梁錄》，卷4〈七夕〉，《東京夢華錄外四種》頁159；中秋引文則見同書同卷〈中秋〉條，頁161。

〔註117〕 〔元〕戴表元：〈學古齋記〉，見〔元〕戴表元著；辛夢霞點校：《戴表元集》（長春：吉林文史出版社，2008年12月），頁31。

〔註118〕 楊萬里：《宋詞與宋代的城市生活》，頁60。

〔註119〕 根據元代旅行世界各地的義大利旅行家馬可波羅（Marco Polo），於獄中向獄友魯思梯謙（Rusticien）口述的東方見聞：「行在（杭州）云者，法蘭西語猶言『天城』……請言其極燦爛華麗之狀，蓋其狀實足言也。謂其為世界最富麗名貴之城，良非偽語。」可窺元時的杭州風貌，其語見〔法〕沙海昂（A.J.H.Charignon）注；馮承鈞譯：《馬可波羅行紀》（台北：商務印書館，1962年9月），頁570。

第五章　宋詞與杭人生活

　　破除舊時坊市制度的宋代杭州城市，是由大量市民所構築而成的繽紛世界。整個杭州城市無處不提供人們歡聚嬉遊的絕佳場地：城市中有美不勝收的自然勝景，供市民遊冶賞玩、流連忘返；亦有身懷絕技的賣藝之人，大量輸送前所未見的娛樂技藝；普及林立的酒樓茶肆則有助人們交換資訊、聯繫感情；蕩漾於西湖江上的畫舫輕舟，鎮日靜待人們去尋歡取樂。正是這樣一幅紛繁多彩的城市景象，孕育著現代資本社會的雛形，同時也點染了文人墨客的雅興詩意，更深化了城市豐富的內蘊。如此極具現代意義的城市在中原舊土上異軍突起，無不使得今人產生「仰之彌高，鑽之彌堅」〔註1〕的澎湃之情。然而，這一切，若抽離了城市中大量的人為活動，恐怕不復存在，本節遂將關注焦點置於杭州城市市民及其日常活動之上，以期進一步探究市民活動背後所隱藏的文化意蘊及城市風情。

　　廣義的杭州市民不以里籍為限，包含了世居於此與僑居於此，基於各種原因先後來到這片樂土，並生活於其中感受城市動能的人民。

〔註1〕語出《論語》，〈子罕篇〉，原為孔子弟子顏淵讚嘆孔子學問瞻仰愈久，愈覺其崇高；鑽研愈深，愈覺其堅實。今借以表示宋時城市文化的博大精深，值得研究者細心探究。語見毛子水：《論語今註今譯》（台北：商務印書館，1975 年 10 月），頁 133。

以社會身分而論,則有南渡避難的南宋皇室以及仕宦於此的二宋文人,更有從事手工業、商業,甚至是工業、農業的廣大庶民。各種階層的人們,在城市之風的薰息濡染之中,無不以自身的「小傳統」,補充著杭州城市所獨具的「大傳統」,二者相映成趣。

欲論杭州城市有何特出之處,得以在中國經濟發展史上得到如此高度的關注,主要意義還是來自於其對中國歷代政權首次「政治」與「經濟」中心結合的宣告。南宋宗室定都「臨安」,昭告了過去「南糧北運」這類以南方為經濟重心,而與治權分離的統治策略開始轉變,杭州遂擺脫政治邊陲的疆界,以其高度的經濟發展力躍上宋代的舞台。只不過,存在著統治與被統治二元對立的社會,自然免不了階級高下之別。若將享有財富與權力的皇親貴戚視為城市中特殊的獨立存在,再將以勞力換取城市生活資本的庶民暫置不談,宋代杭州城市中,確實存在著一類極為特殊的士人階層,以其智力和相對優越的仕宦身分,對整個城市輸送一種名為「社會精英」的特殊存在,縱使其財富、權勢遠遜於皇室巨賈,其謀生技能遠不及普羅大眾,但士人階層仍舊以其特殊的身分,享有生活於城市相對優越的便利與快意。

若以西方學術「精英理論」觀察生活於宋代杭州的城市市民,幾乎人人皆可因其在城市中提供的各類貢獻得到特殊定位。擁有得天獨厚尊寵禮遇的皇室成員,可劃入社會中「規範的精英」範疇,代表著制度的建立,權力的操控;輸送智慧與藝術的文人雅士則可納入「批判的精英」範圍,代表城市決策的參與、皇室與平民的中介;至於在城市中提供大量勞動,以確保城市順利運作的庶民階級,則可納入「技術的精英」領域,以其勞力及技藝的輸出,維持其地位之不墜。〔註2〕

〔註2〕 相關論述見〔英〕戴維‧賈奇、〔英〕格里‧斯托克、〔美〕哈羅德‧沃爾曼編;劉曄譯:《城市政治學理論》(上海:上海人民出版社,2009 年 8 月),第三章〈精英理論與增長機器〉,頁 44~45。唯其對西方精英的理論劃分,內涵與中國文化略有不同,本處僅援引其分類作為說明,無意更動原書對「精英理論」的內涵區分,旨在使其內容更適於宋代城市生活的現況。

由此觀之，則生活於城市中的人們，無一不是具有足以左右世局影響力的社會精英。

若「在我們所瞭解的精英理論的幾個趨勢中，政治學家趨向於將他們的注意力狹窄地集中在與政府機器有關的精英形成上，而社會學家則將政治領袖看成是一個更加廣泛的精英概念中的一個因素。真正的精英還包括軍事和商界中的領袖。」〔註3〕可知各類研究者會因其立論重點互異，而對精英領域提出不同的闡述與關注。因此身為文學研究者，自然亦可將所謂的社會精英聚焦於文化藝術領域，將「文以載道」，具有匡正時局能力的文人，視為忙碌庸俗的城市生活中不可或缺的「社會精英」。以下遂以城市精英——文人，所寫下的城市生活記錄——宋詞，作為探討宋代杭州城市生活的絕佳利器。透過文人對城市娛樂活動、婚喪喜慶、食衣住行等層面的紀錄，勾勒精英階層眼中的城市人文風景，考察其或樂與民同的平易性，或有意識地與庶民文化保持客觀審美距離，皆有助於我們認識城市中如此特殊的一個群體。以下遂由「食衣住行育樂」等生活要項，分立飲食風尚、城市娛樂、良時吉慶、衣飾、居所等細項進行文人與城市文化交會激盪的討論。

第一節　飲食風尚

以農立國的中國文化，深信「民以食為天」，因而在漫長的歷史進程中，各地均發展出極為特殊的飲食文化。又因中國疆域幅員廣大，各地氣候、物產殊異，亦演生出各具地域特色的飲食習慣，以二宋為例，可由宋人筆記中略見端倪。由《東京夢華錄》所載汴京「小甜水巷，巷內南食店甚盛。」〔註4〕可推知北宋時期，南北之間的飲食似乎還存在著相當的差異，才為南食店取得獨立存在的契機，其間差距或許不只在於我們對「南稻北麥」的客觀認知，還在於烹飪方式、

〔註3〕同前註，頁46。
〔註4〕〔宋〕孟元老：《東京夢華錄》，卷3，〈寺東門街巷〉條，《東京夢華錄外四種》，頁20。

口味料理之間的不同。

　　不過，這樣南北分立的局面，降及南宋，隨著北方移民的大量南遷，人口流動愈發頻繁，南北飲食的交流更為密切，竟也逐步拉近了南北飲食的差距，誠如《夢粱錄》所言：「向者汴京開南食麵店，川飯分茶，以備江南往來士夫，謂其不便北食故耳。南渡以來，幾二百餘年，則水土既慣，飲食混淆，無南北之分矣。」〔註5〕顯見杭州市民的飲食文化，在北朝移民的大量南來情況之下，產生了更為多元的交流與刺激，自然也豐富了城市飲食的內涵。較之今日琳瑯滿目的各式料理選擇，宋代美食的豐富程度恐怕不遑多讓。以下遂以城市中最為普及的醇酒、佳茗以及存在於歲時節日中的特殊飲食，分析宋時庶民的飲食重點，突顯文人雅詞格外貼近生活的一面。

一、醇　酒

　　由夏人杜康釀出的「秫酒」，據傳是中國歷史上最早有文字可徵的造酒紀錄。自殷商以來，人們耽溺於飲酒尋歡之事亦時有所聞。酒與人浪漫的邂逅，更造就古往今來諸多纏綿悱惻或壯志凌雲的佳話美談。無論是歡快的節日氣氛，抑或是哀淒憂愁的離別場面，人們無不借醇酒渲染情感，幾至「無酒不成禮、無酒不成歡」之境地。因此在浪漫之風大興的宋朝，醇酒的誘惑同樣令人無從抗拒，遂有文人佳士記錄有酒相伴的每一刻感動，存於今日可見的大量詞體創作中，幾乎與個人生命情志相為始終。是以興之所至，人們無不借酒以助歡、藉酒以澆愁，直是無一刻能脫離其召喚，一如詞人曹勛於〈索酒〉詞題序中所言：「四時景物須酒之意」，其詞文載：

> 乍喜惠風初到，上林翠紅，競開時候。四吹花香撲鼻，露栽煙染，天地如繡。漸覺南薰，總冰綃紗扇避煩晝。共游涼亭消暑，細酌輕謳須酒。　　江楓裝錦雁橫秋，正皓月

瑩空，翠闌侵斗。況素商霜曉，對徑菊、金玉芙蓉爭秀。
萬里彤雲，散飛霙，鑪中焰紅歔。便須點水傍邊，最宜著
酒。（《全宋詞》頁 1581）

依詞人之意，則不論身處惠風曉暢、繁花競放、天地如繡的春季；薰風拂面、酷暑難耐、遊亭納涼的夏季；楓落雁過、皓月當空、黃花爭秀的秋季；萬里彤雲、當鑪取暖的冬季，此四時佳景，皆宜著酒。彷彿一醅在手，即可得「與爾同銷萬古愁」〔註6〕之快意豪情。於是勸酒之舉，遂成文人於各類大小佳會點綴歡情的即席作品，〔註7〕無論是送別、迎賓、閒聚、議事，都少不了杯中物相伴，如史浩〈臨江仙‧勸酒〉一詞：

自古聖賢皆寂寞，只教飲者留名。萬花叢裡酒如澠。池臺仍
舊貫，歌管有新聲。　欲識醉鄉眞樂地，全勝方丈蓬瀛。
是非榮辱不關情。百杯須痛飲，一枕拚春醒。（《全宋詞》頁 1656）

詞人巧妙化用嗜酒詩人李白之語，直說「自古聖賢皆寂寞，只教飲者留名。」〔註8〕已將勸酒之目的具體展露無遺，復說醉鄉眞是人間樂土，遠勝蓬萊瀛洲等仙島神地，更將飲酒之快意徹底彰顯。百杯痛飲，直教人忘卻是非榮辱，縱使醒後大醒亦在所不惜。這類勸酒詞實是文人席上佐興之良伴，如此百飲只拚一醉，何嘗不帶有宋人豪壯之風采？

　　此外，南宋詞人張掄亦有詠酒詞十首，通篇皆以「人間何處難忘酒」爲起首，書寫芳春、夏日、中秋、重九、冬日、山行、田村、登高、幽居等十類不可「離酒索居」的情景，〔註9〕可見詞人對飲酒一事之沉

〔註6〕語出李白樂府作品〈將進酒〉，見〔唐〕李白著；〔清〕王琦注：《李太白全集》（北京：中華書局，1990 年 7 月），卷 3，頁 180。
〔註7〕如於唐宋詞全文資料庫（http://cls.hs.yzu.edu.tw/CSP/W_DB/index.htm）題序一欄輸入「勸酒」一詞，可得 33 筆檢索結果。顯示勸酒之舉，於文人之間是極爲普遍之舉。曾任南宋宰相一職的詞人史浩更是有大量勸酒詞作，如〈清平樂‧代窘執勸趙丞相酒〉、〈滿庭芳‧勸鄉老眾賓酒〉，散見於其詞作中。
〔註8〕化用唐人李白樂府作品〈將進酒〉，原文爲「古來聖賢皆寂寞，惟有飲者留其名」，其出處同注6。
〔註9〕其詞見《全宋詞》頁 1838～1840，本處依其先後順序排列，唯十之

溺，同樣也可代表大多數嗜酒之徒的心情。於是元日飲屠蘇、端午飲菖
蒲、重陽飲菊花，「但將酩酊酬佳節」，〔註10〕促成各類歲時美酒在人們
年復一年的日常生活中，承先啓後，豐富美化了城市生活內容。

　　加以杭州酒樓以其富麗高大的繁榮景象，一如第三章第三節所
述，繁華酒樓遂成城市市民最高宴饗勝地之代表。不僅有極爲精美昂
貴的酒器，〔註11〕又有溫婉多情、技藝超群的歌舞名妓在席間點綴歡
情。整個宋代，自開國君主趙匡胤以「杯酒釋兵權」，對功臣石守信
灌輸以「個人享樂」爲最高生活指導原則後，文武百官莫不風行草偃，
並且變本加厲地身體力行。於是由「重文輕武」國策衍生而出的宋代
文人集團，遂成龐大又別具雅興之群體，在整個社會上「醇酒」、「美
女」、「歌舞」三者合一的文化習俗浸染之中，更進一步確立宋詞在「淺
斟低唱」的歌筵席上，足供風流雅玩、且賓客盡歡的娛樂內涵。

　　在政治作用與商業之風的吹拂影響之下，宋代釀酒業因此進入了
前所未有的發展高峰，其中又以杭州城市爲最：「載全國各地天聖、
熙寧商稅酒曲稅額，杭居第一，汴都猶在其次。」〔註12〕蘇軾亦稱「天
下酒稅之盛，未有如杭者，歲課二十餘萬緡。」〔註13〕可見飲酒之事

　　七漏字甚多，無從得知其作於何種時空背景下，本處遂僅提出九類
　　須有酒相伴的場景。
〔註10〕語出〔唐〕杜牧：〈九日齊安登高〉詩，全詩爲「江涵秋影雁初飛，
　　與客攜壺上翠微。塵世難逢開口笑，菊花須插滿頭歸。但將酩酊酬
　　佳節，不用登臨歎落暉。古往今來只如此，牛山何必淚霑衣。」見
　　清聖祖御製：《全唐詩》（台北：明倫出版社，1971年5月），第8冊，
　　頁5966。
〔註11〕〔宋〕吳自牧：《夢粱錄》，卷16〈酒肆〉條即載：「曩者東京楊樓、
　　白礬、八仙樓等處酒樓，盛於今日，其富貴又可知矣。且杭都如康、
　　沈、施廚等酒樓店，及薦橋豐禾坊王家酒店、閘門外鄭廚分茶酒肆，
　　俱用全桌銀皿沽賣，更有碗頭店一二處，亦有銀臺碗沽賣，於他
　　郡卻無之。」可知酒肆器皿之昂貴精美。見《東京夢華錄外四種》，
　　頁264。若商家不幸遇賊，恐損失慘重。
〔註12〕〔清〕徐松輯：《宋會要輯稿》（臺北：新文豐出版公司，1976年）
〔註13〕語出宋人蘇軾〈乞開杭州西湖狀〉，見〔宋〕蘇軾撰：孔凡禮點校：
　　〈蘇軾文集〉（北京：中華書局，1999年7月），第3冊，頁864。

已全面性地普及於杭州城市之中，醇酒香氣遂飄蕩於城市商業興盛、遊人如織的熱鬧氛圍之中。

二、佳　茗

　　不唯美酒在宋代各類歌筵酒席上極爲普遍，飲茶之風在宋代統治者與文人之間亦相當普及。宋人李覯對此現象曾提出說明：「茶，非古也。源於江左，流於天下，浸淫於近代，君子小人靡不嗜也，富貴貧賤靡不用也。」〔註14〕是以宋季市民，無論身分階層、富貴貧賤，皆嗜茶、愛茶。如果說性格剛烈如火的酒，鮮明、熱情、外放，使人激動亢奮，能毫無顧忌將一腔眞情宣洩而出，且在酩酊之中將人帶往神奇的世界，產生豐富的想像；則淡雅恬靜的茶反而以其清幽、儒雅、雋永，引導人從紛繁的塵世回歸自然，體會大自然本身的眞淳，亦使人在冷靜中對現實產生反思，在沉思中產生聯想。二者同樣予人不發不快的強烈創作情感，是以探討宋人茶詞，同樣有助於對宋代文化取得進一步的認識。

　　據宋時文獻所說，「客至則設茶，欲去則設湯，不知起於何時。然上自官府，下至閭里，莫之或廢。」〔註15〕點出「茶」做爲一種席上宴客的飲品，在宋季已有不可或缺的必要性，多用於彰顯主人待客之禮，期在予客賓至如歸之感。此中所謂的「湯」，不同於今人認知，在宋時是「取藥材甘香者屑之，或溫或涼，未有不用甘草者，此俗遍天下。」〔註16〕大抵亦是一類爽口溫潤之飲品，用於席上款待佳客，

〔註14〕語出宋人李覯〈富國策・第十〉，見〔宋〕李覯著；王國軒校點：《李覯集》（北京：中華書局，1981年8月），卷16，頁149。

〔註15〕語出〔宋〕不著撰人：《南窗記談》，見於〔清〕鮑廷博輯：《知不足齋叢書》（北京：中華書局，1999年6月），第6冊，頁390。

〔註16〕〔宋〕朱彧：《萍洲可談》，卷1對飲茶習慣有極爲詳盡之介紹，其書載：「茶，見於唐時，味苦而轉甘；晚採者爲茗。今世俗客至則啜茶，去則啜湯。湯，取藥材甘香屑之，或溫或涼，未有不用甘草者，此俗遍天下。先公使遼，遼人相見，其俗先點湯，後點茶，至飲會亦先水飲，然後品味以進。」此文獻不僅可作爲「客至則設茶，欲

以示主人的深情厚意。詞人程垓即以〈朝中措〉寫下「茶詞」、「湯詞」
二首，以示盛筵之禮：

> 華筵飲散撤芳尊。人影亂紛紛。且約玉驄留住，細將團鳳
> 平分。　　　一甌看取，招回酒興，爽徹詩魂。歌罷清風兩
> 腋，歸來明月千門。（〈朝中措‧茶詞〉《全宋詞》頁 2577）

> 龍團分罷覺芳滋。歌徹碧雲詞。翠袖且留纖玉，沈香載捧
> 冰坭。　　　一聲清唱，半甌輕啜，愁緒如絲。記取臨分餘
> 味，圖教歸後相思。（〈朝中措‧湯詞〉，《全宋詞》頁 2577）

「茶」在筵上用以招回酒興，爽徹詩魂，予人兩腋清風的清涼之感；
「湯」則用於筵席尾聲，用以輕喚佳客別後相思之意，各有其用意目
的。〔註17〕顯見宋時佳筵宴會，主客之間因飲食交流而產生的殷切感
情。儘管設置茶湯、演唱茶詞皆為席上侍女、歌女之事，然賓客盡歡、
和樂融融之景，終究源自於主人設宴的巧心，於是這類作於席上的茶
詞，幾可作為宋時佳宴與文人雅聚的代表。關於茶詞於筵上所具備的
實用功能，論者劉尊明就曾提出用以「勸酒與解酒」、「留客與送客」
二大類。〔註18〕詞人史浩〈畫堂春‧茶詞〉所書寫的：「小槽春釀香
紅。良辰飛蓋相從。主人著意在金鐘。茗椀作先容。欲到醉鄉深處，
應須仗、兩腋香風。獻酬高興渺無窮。歸騎莫匆匆。」（《全宋詞》，
頁 1663）表達的大抵亦是這類用以勸酒與送客之情。

去則設湯。」的佐證，亦說明遼人的飲食之風，大抵亦受漢俗影響，
雖順序略有先後，然其對禮俗的展現毫無二致。見《筆記小說大觀
（19）》（台北：新興書局，1977 年 8 月），第 3 冊，頁 1607。

〔註17〕宋代詞人同時作〈茶詞〉、〈湯詞〉者除程垓外，亦有程珌、黃庭堅、
李處全、曹冠、楊無咎、周紫芝、吳文英等人，顯見茶、湯在宴客
禮儀中不可或缺且並存的重要地位。

〔註18〕見〈酒詞、茶詞：唐宋詞的社會文化功能之二〉一文，劉尊明：《唐
宋詞社會文化學研究》，頁 235～240。同書更提出「詞人創作酒詞，
歌妓歌以佐酒，是宴集活動的『主題曲』，而『酒闌更喜團茶苦』，
歌妓歌茶詞佐客解酒和留客、送客，則是飲散後的『尾聲』。」對宋
時飲食風尚背後存在的社會功能有頗為精詳的說解，以突出文人涉
入城市飲食文化的重大意義。

　　至於啜飲佳茗所取得的心曠神怡之感，於宋人詞作中亦多有抒發，如劉過〈臨江仙・茶詞〉稱「飲罷清風生兩腋，餘香齒頰猶存。」（全宋詞，頁2771）、李處全〈柳稍青・茶〉言「殷勤春露，餘甘齒頰。」（《全宋詞》，頁 2239），其書寫皆著重於啜飲茶湯可得清甜爽口、齒餘茶香之口感，以及清風生兩腋的快意。

　　是以詞人不僅在私人居所中品味佳茗，城市大街亦茶肆林立，如《夢梁錄》所載：「杭城茶肆亦如之，插四時花，掛名人畫，裝點店面。」、「今之茶肆，列花架，安頓奇松異檜等物於其上，裝飾店面。」〔註19〕不同於前述侈靡奢華的酒樓，杭州茶肆顯然力求清淡素雅，以四時鮮花及文人字畫作爲門面點綴，頗能吸引文雅市民到訪。至於杭州茶肆「四時賣奇茶異湯，冬月添賣七寶擂茶、饊子、蔥茶，或賣鹽豉湯，暑天添賣雪泡梅花酒，或縮脾飲暑藥之屬。」〔註20〕的多元化經營，則由另一個側面突出城市貿易之風的興盛。加以其費用較名樓酒肆低廉，遂成杭州市民普遍造訪的城市樂土。更有甚者，竟連當時位極人臣的宰相秦檜孫女愛貓走失，亦張貼其畫像於茶肆中待尋。〔註21〕無不顯示茶肆已成當時最爲重要的公共場所，且具有極大影響力。

三、美　食

　　杭州城市的飲食文化內涵相當豐富，除去稻、黍、稷、麥、豆等主食之外，充斥於日常生活中的副食、佳餚數量亦極爲可觀，杭州市民

〔註19〕〔宋〕吳自牧：《夢梁錄》，卷 16，〈茶肆〉，《東京夢華錄外四種》，頁 262。

〔註20〕同前註。

〔註21〕其事見宋人陸游《老學庵筆記》一書，載「秦檜之初賜居第時，……其孫女封崇國夫人者，謂之童夫人，蓋小名也。愛一獅貓，忽亡之，立限令臨安府訪求。及期，貓不獲，府爲捕繫鄰居民家，且欲劾兵官。兵官惶恐，步行求貓。凡獅貓悉捕致，而皆非也。乃賂入宅老卒，詢其狀，圖百本，於茶肆張之。」此語同時暗示秦相的專橫霸道，亦展現茶肆於杭州城市普及的情形。見〔宋〕陸游撰；楊立英校注：《老學庵筆記》（西安：三秦出版社，2004 年 5 月），卷 3，頁 91。

若欲食鮮蔬，則有「薹心矮菜、矮黃、大白頭、夏菘、黃芽、芥菜、生菜⋯⋯」等諸多選項；如欲食鮮果，亦有「橘、橙、梅、桃、李、杏、柿、梨、棗、瓜、藕、菱⋯⋯」〔註22〕等多重選擇；如欲清涼消暑，市場上亦有「甘豆湯、椰子酒、鹿梨漿、豆兒水、滷梅水⋯⋯」〔註23〕等「涼水」可供飲用。足見城市生活的優厚，確保市民可以用財物換取一切日常生活的享受。杭州城市商業貿易風氣之盛，如以副食豬肉市場爲例，則「肉市上紛紛，賣者聽其分寸，略無錯誤。至飯前，所掛之肉骨已盡矣。蓋人煙稠密，食之者眾故也。」〔註24〕亦可窺見龐大的城市消費人口和高度的飲食享樂之風，皆爲杭州城市帶來蓬勃可觀的商機。

在商人因時趨利、市民欣然響應的情況下，更爲杭州城市發展出多元豐富的節日美食內涵，如春節年糕、餃子；元宵吃元宵、立春食春餅、寒食與寒具、端午日粽子、七夕巧果、重陽花糕、臘日臘八粥、祭灶用灶糖等⋯⋯，〔註25〕都是城市節慶與歲時美食不可分割的重要代表，與人們日常飲食相互補充輝映，豐富了城市生活的飲食文化。導致生活於城市中的文人雅士亦不能自外於節日推移，遂於相關詞作中，出現大量與飲食相關的詠物佳作。如以節食「圓子」爲例，據時人記載，「京人以綠豆粉爲科斗羹，煮糯爲丸，糖爲臛，謂之圓子。」〔註26〕、「秫粉包糖，香湯浴之」、「團團秫粉，點點蔗霜，浴以沉水，清甘且香」〔註27〕皆對節物食品——「圓子」做出詳實的紀錄。其「煮

〔註22〕以上分見宋人吳自牧《夢粱錄》，卷18，〈物產〉條所載〈菜之品〉、〈果之品〉，出《東京夢華錄外四種》，頁283。
〔註23〕見〔宋〕周密：《武林舊事》，卷6，〈涼水〉，《東京夢華錄外四種》，頁447。
〔註24〕〔宋〕吳自牧：《夢粱錄》，卷16，〈肉鋪〉條。《東京夢華錄外四種》，頁270。
〔註25〕以上節日美食的介紹，可見李志慧：《中國社會生活叢書，飲食篇——終歲醇釀味不移》（西安：三秦出版社，1999年2月），頁264～273。
〔註26〕語出〔宋〕陳元靚編：《歲時廣記（一）》（台北：新文豐出版社，1984年6月，《叢書集選》本）第31冊，卷11，〈賣節食〉條，頁117。
〔註27〕以上引文，引自〔宋〕陳達叟撰：《本心齋蔬食譜》（台北：藝文印書館，1967年出版《原刻景印百部叢書集成》本），第60冊，〈水團〉

糯爲丸」，復以糖霜包覆之，以甜湯浸浴之的料理方式，大致與今的認知相應，見於文人詞作，則又是另一番光景，如寫於元宵佳節的趙師俠〈南鄉子·尹先之索淨圓子詞〉：

> 元夜景尤殊。萬斛金蓮照九衢。鎚拍豉湯都賣得，爭如。甘露盃中萬顆珠。　　應是著工夫。腦麝濃薰賢小廚。不比七夕黃蠟做，知無。要底圓兒糖上浮。（《全宋詞》頁 2701）

詞中點出「圓子」作爲元宵歲時節物的特殊身分，「甘露盃中萬顆珠」、「要底圓兒糖上浮」忠實呈現詞人眼中所見，如珍珠纖巧，如甘露澄淨的圓子，同時予人視覺與味覺上的極佳感受。詞人史浩〈人月圓·詠圓子〉一詞，亦集中於視覺「佳人纖手，霎時造化，珠走盤中。」與味覺「香浮蘭麝，寒消齒頰，粉臉生紅。」（《全宋詞》頁 1647）的感官刺激上進行歌詠。大抵圓子小巧精圓的形象及其名稱，與中國文化所追求的團圓、圓滿之意象不謀而合，詞人筆下遂多有將其與「珍珠」、「琥珀」等美玉比附之作：

> 玉屑輕盈，鮫綃霎時鋪遍。看仙娥、騁些神變。呬嗟間，如撒下、眞珠一串。火方然，湯初滾、盡浮鍋面。　　歌樓酒壚，今宵任伊索喚。那佳人、怎生得見。更添糖，拚折本、供他幾碗。浪兒門，得我這些方便。（史浩〈粉蝶兒·詠圓子，《全宋詞》頁 1647）

> 翠杓銀鍋饗夜遊。萬燈初上月當樓。溶溶琥珀流匙滑，璨璨蠙珠著面浮。　　香入手，煖生甌。依然京國舊風流。翠娥且放杯行緩，甘味雖濃欲少留。（王千秋〈鷓鴣天·圓子〉，《全宋詞》頁 1909）

這類歲時節物因與庶民文化多有靠攏，大量呈現市井文化樂觀開朗的一面，故這類文人詞大多帶有市民輕鬆的調笑意味。詞人於此只管視覺、味覺上的饜足，其餘要事皆可暫置不論。寫於重陽佳節的節物菊花糕詞亦同，見王邁〈南歌子·謝送菊花糕〉：

> 家裡逢重九，新篘熟濁醪。弟兄乘興共登高。右手茱盃、

條，頁2。

左手笑持螯。　　官裡逢重九，歸心切大刀。美人痛飲讀
離騷。因感秋英、餉我菊花糕。（《全宋詞》頁 3227）

可見城市庶民文化生氣蓬勃，又有登高取興、飲讀〈離騷〉這類附庸風
雅之閒情。總括而言，城市食俗背後反映的是內蘊更爲豐富多彩的社會
文化，同時也是庶民生活實際情狀的再現。飲食風尚，作爲一種文化事
項，若未取得民眾廣泛的認可，並進一步得到廣大的市民支持與實踐，
都是難以爲繼的。慶幸的是，在享樂、商業之風盛行的杭州城市，人們
無不爭先恐後地將之發揚光大，一方面繼承南方舊俗、融會前朝風情；
一方面發展自身特色城市文化，遂使得宋人對美食的極致追求，在奢靡
逸樂成風的城市中取得前所未有的大幅躍進。

第二節　衣飾居所

延續上節對飲食風尚這類文化風俗的討論，本文將焦點轉向市
民的服飾與居所，由民俗學的角度出發，以求完備地探討杭州城市
中涉及「食衣住行育樂」等各大生活要項的城市風情。民俗學觀點
之所以不容小覷，在於「無論人們來自哪個階級，抑或社會身分與
地位存在巨大差異，他們都自覺或不自覺地遵循著某種約定俗成的
慣例。」〔註 28〕擁有廣大的普及性，而這類約定俗成的社會慣例，
正是杭州城市文化獨異於他者的原因。加上「城市的中心地位和核
心作用，使得城市天生具有積留聚合、選擇發展文化的優越功能，
成爲人類文化發展的加速器。」〔註 29〕杭州城市遂在市民有意識的
積聚擇取之下，後出轉精地打敗舊都汴京，成爲當時世界上最美麗
華貴的富庶之城，無論在服飾妝樣、園林帝苑方面都烙上了時代富

〔註 28〕語出民俗學者鍾敬文對「民俗學」（Folklore）的定義，見鍾敬文主
　　　　編；游彪等著：《中國民俗史——宋遼金元卷》（北京：人民出版社，
　　　　2008 年 3 月），〈導言〉，頁 1。
〔註 29〕劉尊明：《唐宋詞與唐代文化》（南京：鳳凰出版社，2009 年 4 月），
　　　　頁 107。

麗的刻印，以下逐分庶民服飾、城市居所二點對宋代民俗之風提出
說明。

一、庶民服飾

在文明社會中，衣物不僅僅是遮身蔽體、防暑禦寒的工具，同時
也是社會角色和等級身分的標記。作為古代禮制的重要組成成分，歷
代正史中多立〈輿服志〉一節，明令社會不同階層所應遵從的乘輿、
服飾規範，時至宋代亦不例外。《宋史・輿服志》即分六卷提出完整
說明，前三卷依序介紹天子、后妃車輿服飾之規定，四、五卷則明定
諸臣服及士庶人服所應遵從的規範。〔註 30〕大抵乘輿車騎、服飾器
玩，各有定制，皇室、官員、百姓皆不得僭越犯禮，以便於維護上下
尊卑的倫理秩序，進而加強趙宋王朝統治的便利。

然而，在城市商業之風大興的宋代城市，隨著坊牆的倒塌，個人
享樂意識的興起，無一不使過去用以標誌身分地位的服飾，面臨了庶
民和周圍強勢國家的挑戰。在此情況下，舊有定制的服儀遂也產生了
二類極大的變化：第一，等級嚴格的古代服制不再被恪遵嚴守；第二，
宋代服飾多受少數民族影響。有鑑於此，以下遂以宮樣衣妝、番俗習
染二點進行宋代服儀特色說明。

（一）宮樣衣妝

生活於瞬息萬變的城市中，最能「春江水暖鴨先知」地洞察時尚
風氣者，非后妃仕女莫屬。歷來堅信「女為悅己者容」的愛美女性，對
服飾風尚多有敏銳的洞察力及高度的模仿能力。為了攫取異性戀慕的眼
光，城市女性對於服飾妝容的求新求變更是不遺餘力。據時人周煇所
載，自其孩提「見婦女裝束數歲即一變，況乎數十百年前，樣製自應不
同。如高冠長梳，猶及見之，當時名『大梳裏』，非盛禮不用。若施於

〔註30〕詳見《宋史》，卷 149～154〈輿服志〉所載。見於〔元〕脫脫等著：
　　　《宋史》（台北：藝文印書館，1973 年出版《二十五史》本），第 31
　　　冊，頁 1687～1764。

今日，未必不誇為新奇，但非時所尚而不售。」〔註31〕即可清楚見到城市婦女務為新奇艷麗的追求。流風所至，遂得大盛於天下的流行，必然引來婦人仕女的爭相模仿效顰，若依筆者歸納，衣飾風尚的遍佈流行大概是沿著「宮中妃嬪→歌妓舞女→城市婦女」這條路徑前行。

開時尚風氣之先的宮中妃嬪，總是以其高貴典雅又脫俗吸睛的服飾新變，吸引市井女子的爭相效仿，在風行草偃地吸收模仿之下，遂蔚然為城市大觀。如宋人袁褧於《楓窗小牘》中所載：「汴京閨閣粧抹凡數變。崇寧間少嘗記憶作大髻方額；政宣之際，又尚急把垂肩。宣和以後，多梳雲尖巧，額鬢撐金鳳，小家至為剪紙襯髮。高木芳香，花輲弓屐，窮極金翠。一襪一領，費至千錢。」〔註32〕袁氏回憶，正是當時服飾流行多變又爭相比美、極盡奢華的真實寫照。在此風氣的吹拂之下，必須憑藉個人姿色技藝以取得維生資產的歌妓舞女，遂亦有意在宮樣梳妝上求新求變，以作為文人席上賞心悅目的保證。事實證明，當文人流連舞榭歌臺，對「眼細眉長，宮樣梳妝」、「學畫宮眉細細長」〔註33〕的歌兒舞女，確實無不投注欣賞與愛憐的眼光：

> 嫩臉修蛾，淡勻輕掃。最愛學、宮體梳妝，偏能做、文人談笑。綺筵前、舞燕歌雲，別有輕妙。（柳永〈兩同心〉上闋，
> 《全宋詞》頁 24）

> 相並細腰身。時樣宮妝一樣新。曲項胡琴魚尾撥，離人。入塞絃聲水上聞。（張先〈南鄉子・送客過餘溪，聽天隱二玉鼓胡琴〉上闋，《全宋詞》頁 93）

> 芳蓮九蕊開新艷。輕紅淡白勻雙臉。一朵近華堂。學人宮樣妝。（晏殊〈菩薩蠻〉上闋，全宋詞，頁 133）

〔註31〕〔宋〕周煇撰；劉永翔校注：《清波雜志校注》（北京：中華書局，1997 年 12 月《唐宋史料筆記叢刊》本），卷 8，〈垂肩冠〉條，頁 338。

〔註32〕〔宋〕袁褧：《楓窗小牘》（成都：巴蜀書社，1993 年 11 月，《中國野史集成》本）。卷上，頁 364。

〔註33〕二句皆出於宋人歐陽修詞作，前者見〈好女兒令〉後者見〈鷓鴣天〉詞，分別收錄於《全宋詞》，頁 196、188。

大量文獻記錄著「學作宮樣妝」的歌妓於文人席上，確實予人極佳的視覺印象與娛樂效果，這也就難怪市井女子爭先恐後地效仿宮中妃嬪。如此上行下效，遂使城市流行之風逐漸定型，並瀰漫於城市空氣之中。這就不能不使生活其間的婦女，自然而然地受其感召，並也開始模仿。這種良性的滲透濡染，正是筆者將城市流行風尚總結爲「宮中妃嬪至歌妓舞女再至城市婦女」此一線性發展的原因。

另外值得一提的是，城市婦女於衣著穿戴上，一方面受制於城市流行風氣，一方面亦跟隨著城市節日的脈動前進，於是其衣飾妝容，亦大量地呼應歲時風情，如時人陸游所見：「京師織帛及婦人首飾衣服，皆備四時。如節物則春幡、燈球、競渡、艾虎、雲月之類。花則桃、杏、荷花、菊花、梅花皆並爲一景，謂之一年景。」〔註34〕仕女有意地在裝扮上與時節相互呼應，見諸於外，自然也稱得上城市的人文勝景。

因此，任憑文人朱熹指責當世「衣服無章，上下混淆。」〔註35〕偶見「士農工商，諸行百戶衣巾裝著，皆有等差」的杭州市肆，出現「一等晚年後生，不體舊規，裹奇巾異服，三五爲群，鬥美誇麗，殊令人厭見，非復舊時淳樸矣。」〔註36〕仍抵擋不了服飾文化相互濡染的實情。而對多愁善感的宋代文人而言，無論士女宮裝僭越與否，皆是鮮明的時代印記，總能勾起文人對故國往事無限的懷想，如於宋欽宗靖康二年（西元 1127 年）奉命使金，卻被金人留而不遣的南宋詞人吳激，見同是天涯淪落人的宋代宮嬪著舊時宮髻，竟難掩「同是天涯淪落人」的思國憶家之情，寫道：「恍然一夢，仙肌勝雪，宮鬢堆鴉。江州司馬，青衫淚濕，同是天涯。」〔註37〕降至南宋亡國詞人劉

〔註34〕〔宋〕陸游撰；楊立英校注：《老學庵筆記》（西安：三秦出版社，2004 年 5 月），卷 2，頁 83。

〔註35〕見〔宋〕黎靖德輯：《朱子語類》（北京：商務印書館，2006 年第一版《文津閣四庫全書》本），第 702 冊，卷 91，頁 569。

〔註36〕此事見〔宋〕吳自牧：《夢粱錄》，卷 18，〈民俗〉條。《東京夢華錄外四種》，頁 281。

〔註37〕由宋入金的南宋詞人吳激〈人月圓〉一詞，原題〈宴張侍御家有感〉，

辰翁於〈卜算子・元宵〉一詞中，所寫之元宵燈節情景：「不是重看燈，重見河邊女。長是蛾兒作隊行，路轉風吹去。十載廢元宵，滿耳番腔鼓。欲識尊前太守誰，起向尊前舞。」（《全宋詞》頁 4042）亦可見文人雅士的多所感嘆。而這一切，皆與舊時宮制流落離散，遂勾起詞人不能自已之愁情有關。

（二）番俗習染

除都民服飾僭越宋禮，爭相模仿效顰之外，宋時的民俗風氣亦受鄰邊強權影響，胡漢融合、相互濡染之習遂再次進入發展巔峰。縱使早在魏晉南北朝之時，「中國衣冠，自北齊以來，乃全用胡服。窄袖緋綠，短衣，長靿靴，有蹀躞帶，皆胡服也。窄袖利於馳射，短衣長靿，皆便於涉草。」〔註38〕降至宋代，隨著城市商品經濟的發展，加上宋代國力轉弱，多受鄰國外患叩邊擾境，彼此的文化交流遂在頻繁的互動下大幅增加，服飾胡漢融合的情形亦愈來愈普及，甚至引起統治者的關切，如北宋仁宗於慶曆八年（西元 1048 年）即出詔令，禁止「士庶傚契丹服及乘騎鞍轡、婦人衣銅綠兔褐」〔註39〕以遏阻遼宋互染的情形。此類記載於正史中出現，其實也暗示了違禁者極多，才使得政府必須干涉介入的社會實情。因此，研究者更不能忽略異族文化對中原傳統有著沛然莫之能禦的影響力。如南宋詞人袁綯〈傳言玉女〉詞即有相關說明：

> 眉黛輕分，慣學玉真梳掠。豔容可畫，那精神怎貌。鮫綃

根據金朝劉祁《歸潛志》記載，此詞作於吳激與宇文虛中等人，在張侍御家中的一次飲酒會宴。席間偶遇一位佐酒歌妓，本為大宋宗室之後，此際卻流落異鄉，淪為歌姬。這讓同樣由宋入金、身仕異朝的座中文人勾起去國懷鄉的萬千感慨。其事見〔金〕劉祁撰；崔文印點校：《歸潛志》（北京：中華書局，1997 年 12 月出版《元明史料筆記叢刊》本），卷 8，頁 83～84。

〔註38〕語出宋人沈括所撰《夢溪筆談》，見〔宋〕沈括撰；胡道靜校證：《夢溪筆談校證》（上海：上海古籍出版社，1987 年 9 月），卷 1，頁 23。

〔註39〕語出〔元〕脫脫等著：《宋史》（藝文印書館出版《二十五史》本），第 31 冊，卷 153，〈輿服志〉頁 1734，。

映玉，鈿帶雙穿纓絡。歌音清麗，舞腰柔弱。　　宴罷瑤
池，御風跨皓鶴。鳳凰臺上，有蕭郎共約。一面笑開，向
月斜裹珠箔。東園無限，好花羞落。（《全宋詞》頁1281）

首句「眉黛輕分，慣學玉眞梳掠。」又作「女眞梳掠」，大抵表現了
宋人服飾妝容前後受契丹、女眞等異族影響之情形。降及南宋已是「臨
安府士庶服飾亂常，聲音亂雅……又有效習蕃裝，兼音樂雜以女眞，
有亂風化。」〔註40〕因而產生南宋詞人吳文英〈玉樓春・京市舞女〉
這類別具異國風情之詞，亦令人不感意外：

茸茸狸帽遮梅額。金蟬羅翦胡衫窄。乘肩爭看小腰身，倦
態強隨閒鼓笛。　　問稱家住城東陌。欲買千金應不惜。
歸來困頓殢春眠，猶夢婆娑斜趁拍。（《全宋詞》，頁3670）

京市舞女「茸茸狸帽遮梅額。金蟬羅翦胡衫窄。」故作奇異的外族裝
束，伴隨羌笛番鼓，在城市中翩然起舞，吸引市民熱烈夾道爭看，縱
使原有倦意疲態，亦全數煙消雲散，甚至令人產生了「欲買千金應不
惜」的激情，來自於胡俗漢制相互融合影響的新奇。由城市市民「歸
來困頓殢春眠，猶夢婆娑斜趁拍。」一語亦可看出市民意猶未盡的熱
情。詞人吳氏生於南宋行將覆亡之時，對京城娛樂，胡俗合一情景的
記載，正可作爲杭州庶民對異國娛樂風情，享有極大包容性與接受力
的證明。

　　總結以上二節對宋時服飾衣裝的說明，大抵證實了學者所言：
「在有關服飾規定的問題上，沒有哪一類特權不是遭到了類似的命
運。無論它是頭飾還是別的什麼。富商們的傲慢與日俱增，造成了
一種主要的破壞因素，直接或間接地導致了有關禮儀細節之規範的
瓦解。」〔註41〕說明城市服飾妝束的多元華麗，一者來自城市商業
之風發展的便利：人民可藉由財物換取任何足以表彰自身身分、增

〔註40〕〔清〕徐松輯：《宋會要輯稿》（北京：中華書局，2006年2月），第
　　　　8冊，〈兵15之12〉條，頁7022。

〔註41〕鍾敬文主編：游彪等著：《中國民俗史——宋遼金元卷》（北京：人
　　　　民出版社，2008年3月），頁115。

加自身認同與尊敬的商品。一者來自庶民意識的抬頭：大量宋朝政府對民間服飾的政策禁令，往往不敵市民既有的穿著習慣。對積極投入城市各行各業的百姓而言，便於從事生產且與日常生活習習相關的服飾，才是人們最習以爲常且樂於響應的穿著習慣。於是，儘管以帝王爲首的朝廷官制強化了日常穿著的「禮」。但對更講求實用性、舒適性、便利性的城市庶民而言，其關注的卻是更多與庶民密切相關的「俗」。宋代文人，作爲代朝廷發聲的精英階層，因而於其詞作中少見語涉民間衣著的「通俗」，反而多見捍衛皇室「禮儀」的內容，自然也成不難理解的文化現象。

整個宋時民俗文化的發展，大致如王安石所言：「聖人之化，自近及遠，由內及外。是以京師者，風俗之樞機也，四方之所面向而依仿也。加之士民富庶、財物畢會，難以儉率，易以奢變。至於發一端，作一事，衣冠車馬之奇，器物服玩之具，且更奇制，夕染諸夏。……富者競以自勝，貧者恥其不若。」〔註42〕點出宋時文化的高速發展，終須歸功於「城市」，這個「四方之所面向而依仿也」，提供各類新變生發的樞機要地。加上城市市民經濟富庶，一旦財物兼具，即易流於奢華，是以人人競逐衣冠車馬之奇、器物服玩之新，亦是宋時城市引人入勝的一類庶民風情。

二、市民居所

關於前述衣著梳妝，市民大抵能依時尚所趨進行效法模仿。然而生活於「居大不易」的首善之都，要能於居住的品質上亦步亦趨地追隨流行腳步，若財力不及，恐怕有實行上的困難。有鑑於杭州城市社會同樣存在貧富與雅俗追求情志互異的差距，本處遂分名園佳苑、客舍塌房二類極端的日常居所，探討生活於城市中的雅士、庶民，如何感受彼此與他者截然不同的生活情狀。

〔註42〕見〔宋〕王安石著；唐武標校：《王文公文集》（上海：上海人民出版社，1974 年 7 月），上冊，卷 32，〈風俗〉，頁 380。

（一）名園佳囿

對追求個人高度享樂的宋代士人而言，尋覓官場失意或致仕歸鄉後，足以樂享生活的庭園佳囿，已成普及於文人階層的共同目標。北宋文臣陳堯臣與權相蔡京所精心營造的私人園林已如前述。時序降至南宋，雖朝廷偏安一隅，但王公貴人築園建室，力求豪華奢靡一事，較之前朝直是變本加厲。政治環境的偏安與士人的無能爲力，反倒促成南宋文人享樂苟安、逃避現實的思想蔓延滋長。〔註43〕遂得「南渡駐蹕，王公貴人園池競建。」〔註44〕此一特殊社會風氣。

據時人吳自牧《夢粱錄》記載，這些私人園池多享有「俯瞰西湖，高挹兩峰，亭館台榭，藏歌貯舞，四時之景不同，而樂亦無窮矣。」〔註45〕此等優越的自然條件，能將杭州城市江山勝景盡收眼底，四時娛樂亦可囊括於自身的小天地之間。私人園林內部昂貴精美的器物用品、典雅合宜的人工造景、豐富多元的娛樂活動，更令世俗之人羨慕不已。於是這些「在其作爲士大夫之時，往往只能扮演一個『俗吏』的社會角色；而當他們回歸自己的私人園池，與其身邊的花草樹木、月影鳥聲作『對話』時，他們頓時又變成了一批蕭然塵外的風雅文人。」〔註46〕文人之間無不以高雅脫俗相互標舉，在自己營造的名園芳囿中，與三五好友共享奇花異木之美景、共享脫離塵俗的雅興。這類文人雅聚，正是酬觴賦詩、以樂其志的天賜良機。這正是今日可見大量文人涉及雅緻園林書寫之作品的原因。如坐擁南湖別墅的臨安詞人張

〔註43〕論者楊海明認爲：「南宋地處江南半壁江山，基本維持著一種偏安和苟安的政治局勢，對外敵採屈辱求合之態，對內部抗戰派愛國人士實行壓制的政策，促使部分原本就不關心國家命運的人士越發滋長享樂苟安和逃避現實的思想傾向。」見楊海明：《唐宋詞與人生》（石家莊：河北人民出版社，2002年5月），頁237。

〔註44〕語出〔宋〕戴埴：《鼠璞》（台北：藝文印書館，1967年出版《原刻景印百部叢書集成》本），第27冊，〈臨安金魚〉條，頁39。

〔註45〕〔宋〕吳自牧：《夢粱錄》，卷19，〈園囿〉，《東京夢華錄外四種》，頁295。

〔註46〕楊海明：《唐宋詞與人生》，頁248。

鎡，每於自家園池進行「雅玩」之時，即有雅興之作，如有〈燭影搖紅‧燈夕玉照堂梅花正開〉、〈折丹桂‧中秋南湖賞月〉二闋詞分寫元宵賞梅、中秋賞月之閒情：

> 宿雨初乾，舞梢煙瘦金絲嫋。嫩雲扶日破新晴，舊碧尋芳草。幽徑蘭芽尚小。怪今年、春歸太早。柳塘花院，萬朵紅蓮，一宵開了。　梅雪翻空，忍教輕趁東風老。粉圍香陣擁詩仙，戰退春寒峭。現樂歌彈鬧曉。宴親賓、團圝同笑。醉歸時候，月過珠樓，參橫蓬島。（《全宋詞》頁 2753）

> 玉爲樓觀銀爲地。秋到中分際。淡金光襯水晶毬，上碧虛、千萬里。　香風浩蕩吹蟾桂。影落澄波底。揭天簫鼓要詩成，任驚覺、魚龍睡。（《全宋詞》頁 2743）

其詞大抵流露雍容華貴之富貴氣象，所寫之佳景亦多帶素淨典雅之況味。雖顏色豔麗，卻渾然天成，絕無濃麗庸俗之氣，作爲詞人日常生活的眞實寫照，直是一派富貴愜意。此外，由詞人於首闋詞下自注「柳塘、花院、現樂，皆家中堂名也。」〔註47〕更可見其園林的體制宏大、鋪張奢華。作爲「園池、聲妓、服玩之麗甲天下」的豪奢代表，張鎡果然名不虛傳，其雅興遊賞俱見於其《玉照堂詞》詞集之中，足以作爲城市中有權有勢，賞心樂事不假外求的最佳典範。

　　然而，現實無情，縱然再美的宮室亦難逃覆亡的命運，惹人發出「舊時王謝堂前燕，飛入尋常百姓家」的感慨。極盡豪奢的詞人張鎡曾孫——張炎，亦曾過著承平貴公子的愜意生活，其後卻不敵南宋政權傾覆的命運，於宋亡後，輾轉流落他鄉異縣，最後終於回到臨安，卻只見一片荒蕪淒涼，遂興〈憶舊遊‧過故園有感〉：

> 記凝妝倚扇，笑眼窺簾，曾款芳尊。步屧交枝徑，引生香不斷，流水中分。忘了牡丹名字，和露撥花根。甚杜牧重來，買栽無地，都是消魂。　空存。斷腸草，伴幾摺眉痕，幾點啼痕。鏡裡芙蓉老，問如今何處，綰綠梳雲。怕

〔註47〕〔宋〕張鎡：〈燭影搖紅‧燈夕玉照堂梅花正開〉詞下自注，見於《全宋詞》，頁 2753。

　　有舊時歸燕，猶自識黃昏。待說與羈愁，遙知路隔楊柳門。

（《全宋詞》頁 4401）

怎奈上片的舊遊歡情，盡成下片的羈愁悵恨。名園佳囿固然提供文人雅士雅遊賞玩之歡愉，但面對時代離亂、物事人非，反而更添文人之愁情，顯見過猶不及，皆當有所分際。由此可見，再怎麼提供源源不絕的享樂素材的城市，對市民而言，所能得到的歡愉仍建築在國泰民安、內外無事的政治、經濟基礎之上。

（二）客舍塌房

　　杭州，作為大量人口匯入的都會之地，有著「人煙稠密，戶口浩繁，與他州外郡不同。」〔註 48〕的人口特性。對宋時杭州而言，「自高廟車駕由建康幸杭，駐蹕幾近二百餘年，戶口蕃息，近百萬餘家。杭城之外城，南溪東北各數十里，人煙生聚，民物阜蕃，市井坊陌，鋪席駢盛，數日經行不盡，各可比外路一州郡，足見杭城繁盛矣。」〔註 49〕透過大量時人的文獻記載，皆可見杭州吸引大批人口湧入的拉力，主要在於其提供了絕佳的商業環境，加上此地貴為南宋科舉考場的特殊用地，遂在二宋數百年間，吸引了大量人口前來創業、逐夢。因其需求特殊，提供外來者借宿的城市商機遂應運而起。這類客舍旅店在當時稱為「塌房」，《夢粱錄》對此有詳細記載：

　　　　慈元殿及富豪內侍諸司等人家於水次起造塌房數十所，為
　　　　屋數千間，專以假賃與市郭間鋪席宅舍、及客旅寄藏物貨，
　　　　並動具等物，四面皆水，不惟可避風燭，亦可免偷盜，極
　　　　為利便。蓋置塌房家，月月取索假賃者管巡廊錢會，顧養
　　　　人力，遇夜巡警，不致疏虞。〔註 50〕

〔註 48〕〔宋〕吳自牧：《夢粱錄》，卷 18，〈戶口〉，《東京夢華錄外四種》，
　　　　頁 281。

〔註 49〕〔宋〕吳自牧：《夢粱錄》，卷 19，〈塌房〉，《東京夢華錄外四種》，
　　　　頁 299。

〔註 50〕〔宋〕吳自牧：《夢粱錄》，卷 19，〈塌房〉，《東京夢華錄外四種》，
　　　　頁 299。

　　大抵點出塌房老闆身分及其所在，加上數量、租賃對象的說明，及其提供的具體服務，附加安全設施的高度考量，宋時塌房與今日旅社概念已極為接近。而最為吳自牧盛讚者，在於其對偷盜、火災、治安問題的注意，已有助於其永續經營與給予客戶信心。這類數量頗豐，幾成杭州城市特殊服務事項的商業塌房，遂以其安全無虞，挑戰了「安土重遷」的傳統思想，提供一個廣納市民自由流動的地方。

　　然而，縱然在時人眼裡，客舍塌房此類特殊的城市建設，帶來的全是新奇和便利，但客居他鄉的羈旅行役之情，終究是文人不吐不快的文學內蘊，見南宋由蜀入杭的詞人程垓〈鳳棲梧・客臨安，連日愁霖，旅枕無寐，起作〉一詞，即可見其雖處臨安，但卻歸心似箭的強烈情感：

> 九月江南煙雨裡。客枕淒涼，到曉渾無寐。起上小樓觀海氣。昏昏半約漁樵市。　　斷雁西邊家萬里。料得秋來，笑我歸無計。劍在床頭書在几。未甘分付黃花淚。（《全宋詞》頁 2575）

因客枕淒涼，惹得詞人一夜不寐，逕上小樓觀景思鄉。詞人於暗夜裡雖可見杭州漁樵之市透顯出來的微弱燈光，但是這個高度商業的城市美則美矣，卻絕非詞人想望的那一端。那大雁南飛而去的方向，才是詞人的故鄉。如今卻因事淹留，無計歸鄉，怎不使得詞人泫然欲泣？由此可窺知困於功名未就，不得富貴還鄉的文人其愁腸百結之情。詞人程垓於同一詞調亦寫道「有客錢塘江上住。十日齋居，九日愁風雨。」、「蜀客望鄉歸不去」（《全宋詞》頁 2575）這類坐困愁城之情，思鄉未得歸鄉之情。這就與論者楊萬里對這類滯留京師以求取功名的考生心理有所差異：

> 在南宋，考生最多時，杭州城裡集中著十萬考生。這些時代精英屬純粹消費人口，出入歌樓酒館，偎紅倚翠，情之所至，錦章繡句，脫口而出，飄落花間尊前，又經朱唇皓齒傳唱，流遍大江南北。〔註51〕

〔註51〕楊萬里：《宋詞與宋代的城市生活》，頁 8。

只能說一種情境萬般情，對極度纖細善感的文人而言，表現時光的流逝、內心的失意、無處可解的離愁，才是較爲適切的主題。因此，即便是置身於與自然美景、娛樂場所極爲靠近的塌房，揮之不去的仍是文人深沉憂愁的頹靡之氣，而全然未見民物阜蕃，市井坊陌，鋪席駢盛的城市場景。

第三節　城市娛樂

南宋皇室因對杭州山水勝景的愛不忍釋，導致南宋朝廷終宋之世偏安杭州，爲國勢帶來極大損害。然而，若能平心而論對南宋宗室作出公允的判斷，則政治上的挫折完全不等於經濟、文化上的挫敗。因爲，縱使對外戰役屢戰屢敗的南宋，卻未曾於帝國末期遭受如漢室黃巾之亂、唐室黃巢之亂這類沛然莫之能禦的民間力量重挫打擊。究其原因，或許與首善城市——杭州有關。或許正因溫柔婉約的西湖之水，撫慰了人民的不安；雄肆豪壯的錢塘江潮，弛放了人們緊繃的胸懷；活力充沛的城市生活，攫住了多數人的目光。於是在這享樂之風高漲的城市之中，人們忘卻了一切現實的煩憂。鎮日徜徉於城市、自然的山明水秀之中，開暇時亦可前往酒肆歌樓前尋歡作樂。高度商業化的城市，給予人們高度娛樂的保障，城市娛樂遂成杭州城市文化燦亮的明珠，照亮臨安的夜空，使人不覺夜深，亦不察國之將亡。以下遂分賞心樂事、早肆夜市、平康里巷三點說明城市庶民如何在遍布娛樂事項的杭州城市，欣然扮演稱職的杭州市民，並享受隨之而來的歡愉愜意。

一、賞心樂事

大量存在於杭州城市中的賞心樂事，不唯集中在「春則花柳爭妍，夏則荷榴競放，秋則桂子飄香，冬則梅花破玉，瑞雪飛瑤。四時之景不同，而賞心樂事者亦與之無窮矣。」〔註52〕的西湖江上。對懂

〔註52〕〔宋〕吳自牧：《夢梁錄》，卷 12，〈西湖〉，《東京夢華錄外四種》，頁 230。

得享受生活的文人雅士而言，偌大的杭州城市，無一處不是絕佳的處歡作樂之所。若以生活於臨安，且於當世極具影響力的張鎡為例，觀周密於《武林舊事》一書中將張氏四時賞心樂事分為十二部份，並詳實紀錄了「掃軌林局，不知衰老，節物變遷，花鳥泉石，領會無餘。」〔註53〕的雅士張鎡於十二月份之間的燕遊要項，正可見其雅意生活的閒趣，如「正月孟春」，即有「歲節家宴、立春日迎春春盤、人日煎餅會、玉照堂賞梅、天街觀燈、諸館賞燈、叢奎閣賞山茶、湖山尋梅、攬月橋看新柳、安閒堂掃雪。」〔註54〕其餘十一月份同樣豐富精采。這類鉅細靡遺的城市生活娛樂單，幾乎已集全宋文人雅士賞心樂事之大成。這樣有錢有閒的閒適生活，對廣大庶民而言，實是雖不能至，亦心嚮往之。

　　衡諸普通庶民所能負擔的遊賞範圍，大抵有芳春嬉遊、炎夏避暑、秋時觀潮、冬日賞雪等四時樂事。春日嬉遊、秋日觀潮活動及相關詞文人詞作已概如前述，此處不再細論。其餘夏日避暑、冬日賞雪，這類因時制宜的城市娛樂活動，作為宋代杭州市民生活娛樂的要項，同樣精彩可期，如伏月漵暑，上至皇室成員「內殿朝參之際，命翰林司供給冰雪，賜禁衛殿直觀從，以解暑氣。」下至士人庶民「登舟泛湖，為避暑之遊。……蓋入夏則遊船不復入裡湖，多佔蒲深柳密寬涼之地，披襟釣水，月上始還。或好事者則敞大舫，設蘄簟高枕取涼，櫛髮快浴，惟取適意。哉留宿湖心，竟夕而歸。」〔註55〕皆是避暑活動的具體展現。整個杭州都城，於暑氣蒸騰的六月，大抵皆呈「湖中

〔註53〕語出〔宋〕周密：《武林舊事》，卷10，〈張約齋賞心樂事並序〉，此為其序，見《東京夢華錄外四種》，頁512。

〔註54〕宋人張鎡由正月孟春至十二月季冬的遊賞樂事均鉅細靡遺地記在於〔宋〕周密：《武林舊事》，卷10，〈張約齋賞心樂事並序〉條，頁513～516。

〔註55〕以上引文，俱見於〔宋〕吳自牧：《夢粱錄》，卷4，〈六月〉，《東京夢華錄外四種》，頁159。另外關於皇室避暑活動，亦可見〔宋〕周密：《武林舊事》，卷3，〈禁中納涼〉條，頁379～380。

畫舫，俱艤堤邊，納涼避暑，恣眠柳影，飽挹荷香，散髮披襟，浮瓜沉李，或酌酒以狂歌，或圍棋而垂釣，遊情寓意，不一而足。蓋此時爍石流金，無可為玩，姑借此以行樂耳。」〔註56〕如此精彩多元、悠閒寫意之景。對抗令人精神散漫，燠熱發慌，卻又無事可玩的酷暑，人們選擇走避湖上，直至夕陽西下，方才緩慢歸家，亦不失市民閒情逸趣的發揮。如南宋詞人趙必（王象）〈蘇幕遮・錢塘避暑憶舊用美成韻〉上闋正是此類盛夏樂事的表現：

> 遠迎風，回避暑。人似荷花，笑隔荷花語。無限情雲并意
> 雨。驚散鴛鴦，蘭棹波心舉。（《全宋詞》頁 4278）

由句中「荷花」、「鴛鴦」、「蘭棹」之語，可推知詞人錢塘避暑之舉必發生於江水湖面之上。此等予人清涼之感的湖水，對杭州庶民而言，不啻為天生地設，絕佳的避暑勝地。於此鑠石流金、浮瓜沉李又無可為玩的溽暑，艤聚堤邊納涼避暑、恣眠柳影、飽挹荷香，仍可不失其快意，足見杭州市民取樂自娛之能力。

　　若時序脫離炎夏，進入暮冬，富貴人家每遇「天降瑞雪，則開筵飲宴，（土素）雪獅，裝雪山，以會親朋，淺斟低唱，倚玉偎香；或乘騎出湖邊，看湖山雪景，瑤林瓊樹，翠峰似玉，畫亦不如。」〔註57〕在在顯示文人雅士，無懼四時風候的變幻無常，生活於其間，簡直是無一刻不聚友為歡、乘騎嬉遊，徹底表現豪華都會所能提供的多樣娛樂性。具體見於文人詞作中，亦有曾覿〈憶秦娥・賞雪席上〉之作：

> 暮雲甓。小亭帶雪斟醽醁。斟醽醁。一聲羌管，落梅蔌蔌。
> 舞衣旋趁霓裳曲。倚闌相對人如玉。人如玉。錦屏羅幌，
> 看成不足。（《全宋詞》頁 1710）

其詞旨不在賞雪所得之感動，而在友人設宴，款待親朋之溫暖情意，以及歌女於旁淺斟低唱、倚玉偎香之快意。縱使瑞雪紛飛，氣溫驟降，

〔註56〕〔宋〕吳自牧：《夢粱錄》，卷 4，〈六月〉，《東京夢華錄外四種》，頁159。

〔註57〕〔宋〕吳自牧：《夢粱錄》，卷 6，〈十二月〉，《東京夢華錄外四種》，頁 181。

文人雅士於此仍不減四時遊賞之快意，借美酒佳餚驅趕寒意。那麼，賞雪席上未設杯酒佳筵款待賓客，足以惹人恚怒，產生受辱之感，自然也不令人感到意外。〔註58〕畢竟在四時樂事的背後，隱藏的還是文人雅趣的抒發，豈可無酒、無食、無妓相伴？足見城市市民不唯求取娛樂活動的數量，亦期待賞心樂事的高度質感，由此得知杭城市民對逸樂品質的高度追求，根植於沃腴豐厚的城市土壤之上。

二、集肆夜市

　　告別坊市分離且嚴守住屋、坊市界限的唐代，推倒坊牆的宋代城市開始了坊間設市、市間有坊的坊市合一型態，促成了宋代商品經濟的高度發展。其商業活動更令人驚異的是，降至宋世，不受限制的營業時間。從此，城市裡所有通衢小巷都成了金吾不禁的喧鬧市場。晨時商店「聞鐘而起，賣早市點心。」、「早市供膳物件甚多，不能盡舉。自內後門至觀橋下，大街小巷，在在有之，不論晴雨霜雪皆然也。」，〔註59〕直至飯前方罷的早市結束營業後，又有夜市接力繼起，整個杭城大街，「買賣晝夜不絕，夜交三四鼓，遊人始稀；五鼓鐘鳴，賣早市者又開店矣。」〔註60〕商業活動從早到晚，幾乎馬不停蹄，豐富了杭州城市娛樂與高度商業化的內涵。其店號鋪席亦往專業化分工發展，藥材、胭脂、扇子、肉鋪、饅頭、乾果皆為鋪席專賣，顯見其行

〔註58〕其事見宋人周密筆記《癸辛雜識》，〈萬天民賞雪〉條載：「萬天民字無懷……居西湖上，一時所交皆勝士。……一日，天大雪，方擁爐煎茶，忽有皂衣者闖戶，將大璫張知省之命，招之至總宜園。清坐高談竟日，雪甚寒劇，且覺腹餒甚，亦不設杯酒，直至晚，一揖而散。天民大恚，步歸，以為無故為閹人所辱。至家則見庭戶間羅列奩籩數十，紅布囊亦數十，凡楮幣、薪米、酒殽，甚至香茶適用之物，無所不具。蓋此璫故令先怒而後喜，戲之耳。」見〔宋〕周密：《癸辛雜識》（北京：中華書局，1997年12月《唐宋史料筆記叢刊》本），頁226。
〔註59〕〔宋〕吳自牧：《夢粱錄》，卷13，〈天曉諸人出市〉，《東京夢華錄外四種》，頁241～242。
〔註60〕〔宋〕吳自牧：《夢粱錄》，卷13，〈夜市〉，《東京夢華錄外四種》，頁242。

業分工之細密。當時店肆亦多以其名號作爲廣告招牌，如曾受宋高宗欽點的「宋五嫂魚羹，嘗經御賞，人所共趨，遂成富媼。」〔註61〕可見市民對名牌鋪號的趨之若鶩、情有獨鍾。此類一夕之間靠著經商致富的傳奇事蹟，更加深了市民商賈投入商業活動的熱情。各類專門化市集遂隨之而起，如藥市、花市、、蠶市、花市、酒市，於宋人詞作多有所論及。〔註62〕詞人周邦彥所憶之錢唐，亦有「酒旗漁市」之景。〔註63〕生活於貿易之風大盛的杭州城市，不得不使標榜脫離世俗，追求物外雅趣的文人作品亦多少沾染上商業痕跡，實是杭州城市高度商業化的證明。

　　然而對宋代文人士庶而言，各類城市商業活動中，最令人驚喜者，非打破營業時間限制的夜市莫屬。論者楊萬里認爲：

　　　夜市作爲城市生活的特徵之一，他與農村那種日出而作，日落而息的生活方式有著本質的差異。宋人已覺察到其非常意義，故在詩文筆記小説中頻頻提到它。夜市擴大了人的活動範圍和時間，而且在燈紅酒綠的夜景裡，人與人的感覺與白天迥異……這是一種宋以前人很難體會到的新感覺，他是中國文學的新質。〔註64〕

〔註61〕語出〔宋〕周密：《武林舊事》，卷3，〈西湖遊幸〉條，《東京夢華錄外四種》，頁375。

〔註62〕宋詞中對專業集市的反映，如藥市、花市、蠶市這類與民俗節日密切相關的季節性集市，可見於蘇軾〈河滿子·湖州作〉：「莫負花溪縱賞，何妨藥市微行。」、毛滂〈浣溪紗〉：「花市東風卷笑聲。」、柳永〈一寸金〉：「蠶市繁華。」；至於漁市、酒市這類以謀求商業利益爲主的集市，亦可見於蘇軾〈水龍吟〉：「漁樵早市。」、吳文英〈聲聲慢〉：「酒市漁鄉。」等詞，皆爲詞人記錄城市商業之風的資料。

〔註63〕見〔宋〕周邦彥：〈滿庭芳·憶錢唐〉詞：「山崦籠春，江城吹雨，暮天煙淡雲昏。酒旗漁市，冷落杏花村。蘇小當年秀骨，縈蔓草、空想羅裙。潮聲起，高樓噴笛，五兩了無聞。淒涼，懷故國，朝鐘暮鼓，十載紅塵。似夢魂迢遞，長到吳門。聞道花開陌上，歌舊曲、愁殺王孫。何時見、□□喚酒，同倒寶頭春。」收錄於《全宋詞》，頁801。

〔註64〕楊萬里：《宋詞與宋代的城市生活》（上海：華東師範大學出版社，2006年6月），頁143。

是以文人墨客無不前仆後繼投入此等新體驗之書寫。唯一需要說明的是，儘管杭州大街上的夜市全年無休，文人亦不時可抒發感受，但在詞人筆下，對夜市的書寫往往源於特定節日的感召方才進行。而在各類歲時節慶中，最吸引詞人投入書寫者，當推享樂意識高張的元宵燈節，與闔家團圓賞月的中秋佳節：

> 帝城三五。燈光花市盈路。天街遊處。此時方信，鳳闕都民，奢華豪富。紗籠繞過處。喝道轉身，一壁小來且住。見許多、才子豔質，攜手並肩低語。　東來西往誰家女。買玉梅爭戴，緩步香風度。北觀南顧。見畫燭影裡，神仙無數。引人魂似醉，不如趁早，步月歸去。這一雙情眼，怎生禁得，許多胡覷。(李郃〈女冠子·上元〉，《全宋詞》頁1233)

> 最好中秋秋夜月，常時易雨多陰。難逢此夜更無雲。玉輪飛碧落，銀幕換層城。　桂子香濃凝瑞露，中興氣象分明。酒樓燈市管絃聲。今宵誰肯睡，醉看曉參橫。(朱敦儒〈臨江仙〉，《全宋詞》頁1089)

除去詞中專屬於節慶的歡遊事項，全然聚焦於二詞所書寫的城市夜深冶遊之意，皆可見文人夜深不寐、城市縱遊的快意。李詞著重於元宵燈夜男女交遊之情事，此夕，詞人不僅「見許多、才子豔質，攜手並肩低語」，更「見畫燭影裡，神仙無數。引人魂似醉，不如趁早，步月歸去。」儼然是對夜市男女狎邪之遊的具體刻畫。至於朱詞，則於賞月閒情之外，高舉「酒樓燈市管絃聲。今宵誰肯睡，醉看曉參橫。」的酒肆尋歡之趣。大抵而言，這類大量書寫燈紅酒綠的杭城夜景之詞，多了歌兒舞女的穠麗艷情，少了農村田野的靜夜佳趣，讓人在閱讀之際，亦可從中感受到一種放縱的慾望和歡情，因而此類作品正可作爲杭州城市逐步邁向繁華富庶大城的證明。

三、平康里巷

本處所指「平康里」者，本爲東都汴京諸妓所居之地，〔註65〕

〔註65〕據宋人金盈之於《醉翁談錄》中所載：「平康里，乃東京諸妓所居之

此處借以稱呼杭州城市情色娛樂進行的主要場所。多數文人雖對此有
所顧忌，怕遭人譏評指責，遂不欲展露其流連忘返，沉醉耽溺之情，
但這類提供溫柔服務的歌館茶坊，仍是宋代杭州市民生活不可或缺的
一部份。對此，宋人周密於《武林舊事》中有詳細的記載：

> 平康諸坊，如上下抱劍營、漆器牆、沙皮巷、清河坊、融和
> 坊……皆群花所聚之地。外此諸處茶肆，清樂茶坊、八仙茶
> 坊，珠子茶坊……及金波橋等兩河以至瓦市，各有差等，莫
> 不靚妝迎門，爭妍賣笑，朝歌暮絃，搖蕩心目。〔註66〕

此語不僅具體點明杭州市民尋花問柳的冶遊之地，亦勾勒出歌妓「靚
妝迎門，爭妍賣笑」以搖蕩市民心目之實情。能於其中神態自若、坦
蕩自陳歡情者，大概只有因流連歡場，遂飽受譏評的北宋詞人柳永，
其樂在其中的心情，見之於下列作品：

> 戀帝里，金谷園林，平康巷陌，觸處繁華，連日疏狂，未
> 嘗輕負，寸心雙眼。況佳人、盡天外行雲，掌上飛燕。向
> 玳筵、一一皆妙選。長是因酒沈迷，被花縈絆。（〈鳳歸雲〉
> 詞上闋，《全宋詞》頁39。）

> 小樓深巷狂遊遍，羅綺成叢。就中堪人屬意，最是蟲蟲。
> 有畫難描雅態，無花可比芳容。幾回飲散良宵永，鴛衾暖、
> 鳳枕香濃。算得人間天上，惟有兩心同。（〈集賢賓〉詞上闋，
> 《全宋詞》頁39。）

或許正因柳氏肆無忌憚地對個人感情生活、冶遊樂事的詳盡描述，

地也。自城北門而入，東回三曲。妓中最勝者多在南曲。其曲中居
處皆堂宇寬靜，各有三四廳事，前後多植荡卉，或有怪石盆池、左
經右史、小室垂簾、茵榻帷幌之類。凡舉子及新進士、三司幕府，
但未通朝籍、未直館殿者，咸可就遊。不吝所費，則下車水陸備矣。
其中諸妓多能文詞、善談吐、亦評品人物，應對有度。」詳細點明
妓館之陳設、入幕之賓之身分、諸妓迷人之處。見〔宋〕金盈之撰；
周曉薇校點：《新編醉翁談錄》（瀋陽：遼寧教育出版社，1998年12
月），卷7，〈平康巷陌〉條，頁31。
〔註66〕〔宋〕周密：《武林舊事》，卷6，〈歌館〉條，《東京夢華錄外四種》，
頁443。

有違士大夫以天下國家爲己任的期許，竟爲其帶來落第不仕的悲慘命運。〔註67〕加上南宋爲「理學盛行之際，出言多有禁忌，世風日益淳謹，且南宋起，詞壇尚雅之風盛行，俗艷之物事不易入詞。」〔註68〕以上關於當世創作實況的描述，大抵能爲南宋狹邪之詞不如北宋直露，且首都杭州少見語涉歡場冶遊之作，此二種創作異相提出說明。

　　至於有王婆這類「爲頭是做媒，又會做牙婆；也會抱腰，也會收小的，也會說風情，也會做『馬泊六』。」〔註69〕茶肆主人多元化經營的茶坊，更令杭州士人避之唯恐不及。對於「樓上專安著妓女」的「花茶坊」，〔註70〕南宋文人袁采即直言：「市井街巷茶坊、酒肆，皆小人雜處之地。吾輩或有經由，須當嚴重其辭貌，則遠輕侮之患。或有狂醉之人，宜即回避，不必與之較可也。」〔註71〕在文士有意排擠的情況之下，未見相關文人詞作產生自然也是時勢所趨。在爲數眾多文人詞中，涉及「茶詞」書寫者，大抵來自文士於自家雅園裡，與三五佳客歡聚、品茶啜茗以示其風雅閒情的席上。至於別有用心的風情茶坊，則留給普羅大眾去品嚐，絕非君子駐足之地。

　　同理可證，同樣盛行於當世的瓦舍勾欄，亦因其「招集妓樂，以爲軍卒暇日娛戲之地。今貴家子弟郎君，因此蕩游，破壞尤甚於汴都

〔註67〕宋人吳曾《能改齋漫錄》，載有柳永軼事一則：「仁宗留意儒雅，務本理道，深斥浮艷虛薄之文。初，進士柳三變，好爲淫冶謳歌之曲，傳播四方。嘗有〈鶴沖天〉詞云：『忍把浮名，換了淺斟低唱。』及臨軒放榜，特落之，曰：『且去淺斟低唱，何要浮名！』」見〔宋〕吳曾：《能改齋漫錄》（台北：廣文書局，1970年12月），卷16，頁10。

〔註68〕楊萬里：《宋詞與宋代的城市生活》，頁30。

〔註69〕王婆爲小說《水滸傳》一角，主要從事茶坊經營，其事見〔明〕施耐庵：《水滸傳》（台北：桂冠圖書股份有限公司，1987年1月），第23回，頁323。

〔註70〕〔宋〕吳自牧：《夢粱錄》，卷16，〈茶肆〉，《東京夢華錄外四種》，頁262。

〔註71〕〔宋〕袁采撰：《袁氏世範》（台北：台灣商務印書館，1975年《四庫全書珍本別輯》本），第406冊，卷中，頁17。

也。」〔註72〕遂不得文人之青睞，自然也不無道理。這類對廣大庶民極具吸引力的歡遊之所，竟成文人絕口不提的禁忌，多少亦突顯了宋代市民因階層志趣不同，而產生截然不同的享樂取徑。畢竟因共同利益或興趣所結合而成的士大夫集團，其文學素養和藝術趣味、行為舉止多高雅有禮，加上他們掌握大量的城市娛樂資源，無一不使他們有意無意地與一般百姓畫出涇渭分明的界線。彰顯著市民於城市娛樂的取捨當中，同樣隱含了旨趣不同、親疏有別的差異性。

第四節 良時吉慶

在杭州城市市民生活中，除了隸屬於社會大眾，足以產生普天同慶效果的歲時節慶外，亦存在著個人生活領域層出不窮的小驚喜，諸如得子、嫁娶、新居、及第等私人喜事吉慶，於宋詞中俱有大量記載。因其緊扣市民生活的特性，本節遂概分幾類喜慶樂事，簡述其背後隱含的吉慶意義，並試圖勾勒其所欲突出說明的禮俗文化內涵，以期展現文人生活與庶民文化更為貼近的一面。

一、新 婚

婚姻大事作為人生重要分水嶺，象徵個體即將成為成人，一肩扛起持家濟世的責任，因而在各類賀詞中，其數量甚多，祝賀對象亦較為廣泛，如於《全宋詞》中所收錄無名氏的大量賀詞，則不僅有賀人新婚、娶婦等題材，亦有「賀人再娶」、「送人出贅」、「賀友人娶寵」等豐富的慶賀內容，〔註73〕顯見宋時婚俗禮儀的活潑多元。關於詞人對嫁娶細節的詳加描述，可見廖行之〈點絳唇·賀四十五舅授室四闋〉：

〔註72〕〔宋〕吳自牧：《夢粱錄》，卷19，〈瓦舍〉，《東京夢華錄外四種》，頁298。
〔註73〕無名氏〈水調歌頭·賀人再娶〉、〈鷓鴣天·送人出贅〉、〈青玉案·送劉置寵〉、〈踏莎行·賀友人娶寵〉，詞文內容可見《全宋詞》頁4779～4780。

年少清新，襟裾那受紅塵汙。還他禮數。莫遣衣冠粗。　　擬倩東風，西逐輪蹄去。泠然御。飄飄仙趣。直到驂鸞處。

此去何之，駢闐車馬朝來起。揚鞭西指。意氣眉間是。　　閭里兒童，競矚秦蕭史。歸時幾。快瞻行李。還看如雲喜。

玳席華筵，嘉賓環集三千履。蘭膏芬芷。一簇紅蓮裡。　　花覆玉郎，苒苒青衫嫩。咸傾企。小登科第。有底新桃李。

玉樹芝蘭，冰清況有閨房秀。畫堂如畫。相對傾醇酎。　　合卺同牢，二姓歡佳耦。憑誰手。鬢絲同紐。共祝齊眉壽。（以上四闋見《全宋詞》頁 2378）

其一言迎娶前男方回贈精美的衣冠予女方之禮；其二言新郎前去迎娶，閭里小兒爭相觀看的熱鬧場景；其三則轉入婚宴席上，寫其豪奢華麗情形，並將新郎意氣風發之態點出，一如「小登科第」般欣喜；最後一闋詞則將視角由席上轉入新房，言洞房花燭夜，新郎新娘二人喝交杯酒，行同牢合卺之禮，接著又寫二人結髮，象徵結爲連理，並且舉杯向對方祝壽以示婚俗完成等繁複之禮。詞人以四闋篇幅，對婚俗過程詳加描述，大抵是文人作品中，對嫁娶一事描摹最力的作品。至於城市中實際嫁娶禮儀的進行，讀者亦可逕參宋人孟元老、吳自牧之作品，可取得對婚俗禮儀更爲全面的認識與理解。〔註74〕

　　然而，存在於上層文人宗室之間的婚嫁本質，實際上並非如各類婚詞中恭賀他人喜事臨門的純粹。縱使隨著宋時社會經濟的高度發展，人們已不再受制於舊時門閥制度控制，對婚姻嫁娶一事極力要求「門當互對」，但這類婚嫁傳統的隱性作用畢竟不容小覷。隨著社會重利風氣興起，「求財」竟也成爲宋人締結連理的一項實用目的，遂得北宋中葉的文人蔡襄對此事的殷切提醒：「娶婦何爲？欲以傳嗣，豈爲財也？觀今之俗，娶其妻，不顧門戶，直求資財，隨其貧富，未

〔註74〕〔宋〕孟元老：《東京夢華錄》，卷 5〈娶婦〉，及〔宋〕吳自牧：《夢梁錄》，卷 20〈嫁娶〉，對二宋婚俗禮儀皆有相當詳細的描述，亦有助於人們對宋時婚姻禮節的認識，見《東京夢華錄外四種》，頁 30～32、304～307。

有婚姻之家不爲怨怒。」〔註75〕南宋文人袁采亦提出「男女議親不可貪其閥閱之高，資產之厚。苟人物不相當，則子女終身抱恨，況又不和，而生他事者乎。」〔註76〕的呼籲，但仍抵擋不了時人因利結合的風氣。如無名氏〈鵲橋仙・賀王姓人新婚〉一詞：

> 風流仙客，文章逸少。復見當年佳婿。夤緣端不數瓊姬，向林下、親逢道氣。　　屏開金雀，床鋪繡褥，多羨豪家深意。憑誰說阿戎，剩覓取、纏頭利市。（《全宋詞》頁4775）

詞人筆下的婚姻，顯然就帶有追求利益、錢財的實用目的，遂使男女因愛結合的婚姻添上重利色彩。此外政治地位和經濟利益緊密結合的嫁娶心態，在宋時上層社會集團中同樣風行，屢有富者娶宗女以求官的情形發生，如時人朱彧所言：「近世宗女既多，宗正立官媒數十人，掌議婚，初不限閥閱。富家多賂宗室求婚，苟求一官，以庇門戶，後相引爲親。京師富人，如大桶張家，至有三十餘縣主。」〔註77〕可見政治與利益的結合，仍是宋人關切的焦點，因而《全宋詞》中出現無名氏〈清平樂・賀人娶宗女〉一詞對此事作出反映，自然也不令人感到意外：

> 繁絃急管。喜色門闌滿。應是雀屏曾中選。新近東牀禁臠。　　功名有分非難。休因女婿求官。幸與嫦娥爲伴，直須仙桂新攀。（《全宋詞》頁4775）

詞中不見常人對婚嫁寄予的深切祝福，反倒多有對此類以裙帶關係夤緣求貴的詰難。男女婚嫁喪失其兩情相悅的愛情本質，或許正與城市商業發達，人們追名逐利的心態有關，正是商業之風大盛所造成的一類負面影響。

〔註75〕〔宋〕蔡襄：〈福州五戒文〉，見〔宋〕蔡襄撰；陳慶元、歐明俊、陳貽庭校注：《蔡襄全集》（福州：福建人民出版社，1999年7月），卷29，頁655。

〔註76〕〔宋〕袁采撰：《袁氏世範》（台北：台灣商務印書館，1975年《四庫全書珍本別輯》本），第405冊，卷上，頁24。

〔註77〕語出〔宋〕朱彧：《萍洲可談》。見《筆記小說大觀（19）》（台北：新興書局，1977年8月），第3冊，卷1，頁1613。

二、生 子

中國傳統思想「不孝有三，無後爲大」的觀念由古至今，早已深植人心，降至宋代，「生兒育女」同樣是新婚夫婦至關重大的事情，因此在賀人新婚慶詞尾端，屢見文人對新婚夫婦「管取早葉、熊羆吉夢」、「歸來便帶宜男草」等早日添丁的祝願。〔註78〕因爲對於所有家庭而言，生育不僅僅是人口的再生產，同時也是家族勢力擴張的重要手段。於是在宋代文人詞中，出現大量賀人生子得女的作品：

> 一春底事多佳氣，非霧非雲。郁郁氤氳。端爲君家誕阿興。
>
> 　慶源袞袞由高密，福有多根。百子千孫。此是元侯嫡耳孫。（廖行之〈醜奴兒・慶鄧彥鱗生子〉，《全宋詞》頁 2378）
>
> 東風吹物，漸入韶華媚。和氣散千門，更靈鵲、前村報喜。月宮仙子，昨夜下瑤臺，人傳道，誕蘭房，喜把金盆洗。　　中郎傳業，此事今如意。遙想畫堂中，有蔥蔥、雲煙滃瑞。休言前日，玉燕不來投，看釋氏，到明年，又送麒麟至。（王大烈〈驀山溪・壽生女〉，《全宋詞》頁 3215）

皆可見弄璋弄瓦，爲其家族帶來的喜悅歡樂之情。然而由王氏〈驀山溪〉詞末所言：「到明年，又送麒麟至。」大抵可窺見普遍存在於古代生育習俗中「重男輕女」的觀念在宋代仍根深蒂固，這或許也正是賀子詞數量遠多於生女者的原因。至於時人所言：「京都中下之戶不重生男，每生女則愛護如捧璧擎珠。甫長成，則隨其資質教以藝業，用備士大夫採拾娛侍，名目不一，有謂身邊人、本事人、供過人、針線人、堂前人、劇雜人、折洗人、琴童、棋童、廚子，等級截乎不紊，就中廚娘最爲下色，然非極富貴家不可用。」〔註79〕讓人驚見在商業大興的宋代社會，女子竟刻意被生養爲可供販售以求取利益的商品，

〔註78〕前者見無名氏〈杏花天・賀人三兄弟皆娶趙氏〉；後者見無名氏〈踏莎行・賀友人娶寵〉，收錄於《全宋詞》，頁 4775、4780。

〔註79〕錄自〔宋〕洪冀撰：《暘谷謾錄》，收錄於〔明〕陶宗儀等編：《說郛三種》（上海：上海古籍出版社，1988 年 10 月），第 4 冊，卷 29，頁 1362。

同樣代表著某類城市社會生活實情。體察其情，追本溯源，則可知中國舊屬農業社會，全然仰仗男子傳宗接代並投入勞動活動，以謀求家族生生不息之發展。但降至商業之風大盛的宋代社會後，若女子擁有極佳姿色或技藝，同樣可以改變家庭境況，甚至較男丁有過之而不及。二者觀念於宋代社會中並行不悖，只是具有高下等級的批判色彩。前者觀念普及於一般社會大眾，代表普世的價值觀點；後者懷有強烈功利色彩，則廣泛存在於生活貧困、物資短缺的中下層市民之間，遂「不重生男」，而企求以女為貴。觀念稍有偏差，大抵也是城市發展過程中過分向利益傾斜而帶來的負面影響。

在宋代大量賀人生子的作品中，亦可見較特殊的祝賀題材，如賀人生雙子、第二子、第三子，題材多元，幾近無所不包、無事不歡：

> 天上雙星歡迤邐。報道一門雙喜。果慶雙弧矢，雙桂連芳，雙璧光華起。　　看取他時雙綵戲。雙墮號、機雲才子。更帶橫雙玉，魚佩雙金，作個無雙字。（無名氏〈玉樓春〉《全宋詞》頁4783）

> 積玉堆金閒事，驚天動地虛名。算來二足是人生，有子方為吉慶。　　莫道一夔足矣，也須學著徐卿。我翁休笑又添丁。這個孩兒好命。（無名氏〈西江月・賀生第二子〉，《全宋詞》頁4783）

> 古今三絕。惟鄭國三良，漢家三傑。三俊才名，三儒文學，更有三君清節。爭似一門三秀，三子三孫奇特。人總道，賽蜀郡三蘇，河東三薛。　　慶愜。況正是，三月風光，杯好傾三百。子並三賢，孫齊三少，俱篤三餘事業。文既三冬足用，名即三元高揭。親俱慶，看寵加三命，禮膺三接。（無名氏〈喜遷鶯・賀生第三子〉，《全宋詞》頁4784）

以上三詞皆對他人具體吉慶喜事，提出忠實的描述，並真心地給予祝福。足見其時民風之淳厚，文人互動情形之良好。作為受贈賀詞的一方，同樣亦不忘以詞回贈以答謝其厚意，如無名氏〈酹江月・謝人賀生子〉一詞：

天高氣爽，正金風玉露，安排秋節。株守蓬窗無寸效，自
愧才非人傑。那更家貧，又添丁累，料想無奇骨。新章褒
美，天然好語還發。　　堪羨力薄無儲，賓庖蕭索，乏禮
延佳客。多謝諸公來寵貺，雖有一甌春雪。玉果未圓，犀
錢須辨，早早爲君說。恐辜珠玉，小詞聊且權折。（《全宋詞》
頁4785）

然而，由文中所傳遞出來的詞情，顯然受贈慶詞者對「喜獲麟兒」的
喜悅不若賀詞所言般美好。面對「株守蓬窗無寸效」的生活困境，「自
愧才非人傑」的現實困窘，都爲「那更家貧，又添丁累」的實情作了
巧妙鋪陳。面對贈詞者的深厚情意，詞人再三表達無以爲報之愁情。
既未能以美詞回贈，亦不得美食佳餚款待禮遇，實是一樣慶詞兩樣情。
由此亦可見贈者與受贈者之間存在的認知差異，大抵對講究奢華排場
的宋代市民而言，極力讚頌稱揚的溢美之詞縱使與現實存在著差距，
仍只是無傷大雅的情意表達，足以確切地突顯文士之間的高誼和情采。

三、其　他

對「禮多人不怪」的宋代文人而言，寫作賀詞向他人表達誠心祝
福之意，亦不失爲文人集團之間良好互動的表徵。於是除「新婚」、「生
子」此二大類慶賀詞大量見載於文人詞作中，其餘恭祝歡慶之詞，亦
緣事而發，直叩吉慶所具有的本質內涵。如文人恭祝友人新居落成之
詞，見東岡〈百字令·戴平軒新居，子姪新婚〉：

排雲拓月，向天上移下，神仙華屋。畫棟飛簷千萬落，黼黼
城南喬木。出谷鶯遷，趨庭燕爾，袍縟登科綠。嫦娥分付，
廣寒今夜花燭。　　遙想高越于門，爛盈百輛，夾道爭車轂。
春滿剡溪溪上路，一任瑤華飛六。輿奉潘慈，樓高華萼，坐
享齊眉福。庭槐列戟，公侯袞袞相屬。（《全宋詞》，頁4269）

詞文上闋所使用的文字語言，無一不對新居的豪華偉觀作出誇張驚奇
的描述，直指其爲「畫棟飛簷千萬落」的神仙華屋，可與天上廣寒宮
闕比美。若以讀者客觀的角度，對此詞進行分析解構，在未得親眼看

見戴平軒新居的情況下，大抵會得出此詞多為溢美之詞的結論。然而，考量這類慶詞所欲交付的對象，則再多的誇大溢美言論，對新居落成者而言，都不僅僅是錦上添花，還有文人投射的同歡共樂之感，以彰顯二者交誼的深厚、友情的可貴，這才是各類慶詞獨具的內涵。

　　另外，在商業之風興盛的杭州城市裡，商業活動前仆後繼，熱鬧非凡，因此見到無名氏〈滿江紅·賀人開酒店藥鋪〉之詞，或許也不令人感到意外：

> 舊日皆春，氣象、又重妝束。做得新豐酒肆，濟康堂局。老杜誤傳人醞釀，許公手種時科目。自兩公、一去已經年，君今續。　　商家醴，須君麴。懷英籠，須君蓄。且饒人大賣，呼么喝六。佶倬家人三兩輩，藥王菩薩丹青軸。更於中、添得個當罏，十分足。（《全宋詞》頁 4839）

名商士庶之間，藉由慶賀之情的禮尚往來，更添忙碌城市中既樸實又淳厚的人情味。對酒店藥鋪「大賣」的祝福，得其所宜。由此也可看出過去文人絕口不提的金錢、利益，竟在杭州商業之風大興的貿易土壤上，成為人們祝賀的詞令，同時說明了宋代商賈地位的提高，幾可與士人階層較勁對抗。

　　更為特別的是，在提倡守節的宋代社會中，竟然亦出現了無名氏〈漢宮春·慶寡婦　二月十九〉此類標舉節婦守寡懿行之詞：

> 四舞階蓂，花朝節後，二月陽春。觀音降誕，當年對此良宸。誰知好日，固多同、重現前身。已壯門楣全四德，富將偕老卿卿。　　天意不如人願，堅柏舟節義，安富尊榮。徐君兩雛，戲絲歌舞萊庭。勤教子、不厭三遷，何異軻親。福壽麻姑伴侶，長笑傲武陵春。（《全宋詞》頁 4799）

詞人對寡婦喪夫「天意不如人願」的悲慘遭遇，並未寄予同情。反倒是在「慶寡婦」題材之下，盛讚節婦堅守節義、厚養公婆、勤於教子的懿德淑行。反映了宋時婦女以「貞潔」自詡的觀念，源自於男性普遍存在的高道德標準與期許。婦女唯有將自己禁錮在禮制教條之中，才可能得到男性文人的稱許，和「福壽麻姑伴侶，長笑傲武陵春。」

這類長命百歲的祝福。雖然現實、殘酷,但婦女在理學思想的薰習下,竟也甘之如飴,導致其風吹至文人詞作領域,遂有此類作品。思想立場雖較爲偏頗,卻也不失爲時代的眞實反映。

總括而言,縱使這類喜慶詞作多數作爲文人應邀酬贈之作,大抵缺乏詞人眞情實感的反映,僅見大量吉祥富貴的字句川行於文句中,以便取得畫龍點睛之效,順道祝賀對方喜事臨門、好事成雙,近似於壽詞般一逕地歌功頌德、大肆張揚,多少弱化其文學價值與情意內涵。但這類爲數甚多的喜慶作品,對個人吉慶事項作出眞心誠意的祝福與反映,仍是存在於宋代城市中,值得關切的庶民風情。

透過以上四節對宋人生活四大要項的討論,可知「食衣住行育樂」作爲庶民生活的根本,看似最爲瑣碎卻又至關重大。因爲銘刻於歷史上驚天動地的巨大變革,無一不是建築在日常生活的積累上,才得以迸發其生命力和震撼力。因此,對於杭州城市市民生活,我們應該有以下認知:扣除南北融合的美食佳餚,其酒樓茶肆不會吸引爲數眾多的文人名士齊聚一堂;抽離城市衣飾流行的風尙,此城市無法因其特殊的城市背景,展現出庶民對「美」的欣羨追慕之情與仿效能力;不論杭州城市房舍的分布情形,同樣無法突出杭州城市地狹人稠的困境與杭州文士的儒雅風流;枉顧城市交通的建置,同樣無以展現杭州城市位居通衢要道的核心;忽略杭州城市四時賞心樂事,及城市提供市民縱放嬉遊的場所,同樣無法展現享樂之風吹遍大地的城市風情。期盼透過本章對宋代文人詞與杭州庶民於食衣住行育樂等日常生活所進行的歸納,能夠透過文字勾畫,對昔日繁華富庶的杭州城市生活重新定義與評價。縱使杭州並無北宋汴京具有〈清明上河圖〉般鮮明如繪,歷歷在目的生活情景描繪,但透過鉅細靡遺、去蕪存菁的詞人文字,同樣可以進行有效的舊日生活重構,饜足每一位杭州城市文化愛好者的心。

第六章　宋詞中的杭州書寫特色及意義

　　宋詞中大量涉及杭州城市的書寫，在宋代文學的發展史上，別具地域文化與文學創作緊密結合的象徵意義。觀察承載娛樂、抒情、社交等實用功能於一身的宋詞如何以自身特點出發，對杭州這個風景絕美、內涵豐富的首善之都寫下紀錄，以突顯文人心境與文學載體之間的差異，可能導致各類別有用心、各有偏重的宋時風貌，是本章論述所欲達成的目標。

　　歷時三百年餘年的宋氏政權，在天下合久必分，分久必合的歷史發展常態之下，終究由盛世高歌走向末代悲歌，所謂「文變染乎世情、興廢繫乎時序」，〔註1〕不能自外於時代大氛圍之下的詞人詞體創作，風格自然也會由駿發踔厲走向耽溺自憐。詞體因詞人受環境觸動，而自發性地由豪放雄肆走向雅化唯美，是宋代杭州詞中第一個顯著的書寫特色。由北宋仕宦文人蘇軾降及南渡詞人辛棄疾，再至南宋遺民詞人張炎，即可看出杭州城市在詞人有意識的象徵比附下，各自突出了專屬於那個時代的杭州特色，姑且將之稱爲「杭州情結」。〔註2〕

〔註1〕　語出〔南朝〕劉勰：《文心雕龍・時序篇》，見黃霖：《文心雕龍彙評》，頁148。
〔註2〕　此處所謂「情結」二字，源於奧地利心理學家佛洛伊德（（Freud Sigmund，1856～1939））所創造的心理學名詞，爲英語「complex」的意譯，指個人慾望因受社會道德標準、風俗習慣的約束，而不能

　　至於不同的文學載體所承載不同的抒情、敘事比重，在宋詞領域中也以其獨特的書寫形式、內涵成分，〔註3〕取得了與宋詩、話本、筆記等不同文學形式，在闡述城市生活風貌上的本質與視域之不同。詞體這種文學形式對地域文化的回應與揭露，或許不比含蓄內斂、蘊藉尤深的宋詩，亦不若坦白直露的宋代話本般大張旗鼓，更不比宋人筆記的無所不包、無奇不有。但是詞之爲體，終究還是宋時文化風尚下的一種產物。透過有意識地對宋詞中的杭州書寫進行鉤深闡幽，復與其他文體並參，還是能取得可觀並可供研究者詳略互參的研究成果。

　　誠然，宋詞中的杭州書寫並不盡然是全面的、完美的，正如任何文學形式及其作品皆有著洞見與不見，故本文期望透過本章，進一步對宋詞中的杭州書寫特色及意義深掘，讓宋代詞人及其詞作，回到幅員廣大的文化視域下，還原宋詞在杭州書寫上所促成的貢獻與力有未逮的侷限。以下遂分宋代文人的杭州情結、宋詞對杭州的洞見與不見二點分論宋詞中杭州書寫的特色與代表意義。盼以更爲客觀的研究論點出發，得到更爲接近宋代杭州城市風貌的研究成果。

第一節　宋代文人的杭州情結

　　宋代士人在主觀偏好或別無選擇的情況之下，在兩宋三百年間，先後進入了杭州，前者如張先、蘇軾，後者如南渡詞人朱敦儒、張元幹等人，在特殊的時空環境感召之下，皆各自發展了一種極爲個人私密，又幾乎可作爲全時代代表的「杭州情結」。一如「屈平所以能洞監

　　　表現於外，遂成一種不在意識層浮現的潛意識。
〔註3〕　詞學論者俞平伯先生稱：「詞雖出於北里，早入文人之手（唐五代），
　　　其貌猶襲倡風，其衷已離詩心，多表現作者之懷感，故氣體尚簡要。」
　　　由風格方面點出詞體創作中大量涵蓋的抒情寫志成份，對於欲探究
　　　藉此探究社會風尚的研究者而言，或許是一種先天不良的文學創作
　　　形式。引文見俞平伯：《論詩詞曲雜著》（台北：長安出版社，1988
　　　年11月），〈詞曲同異淺說〉，頁697。

風騷之情者，抑亦江山之助乎？」〔註4〕宋詞能在南宋發展達至高峰，自然與杭州特有的地理環境、社會背景、文壇風氣、政治因素有關。

　　錢塘海潮、西湖風光，加上令人微醺的南國風情，對文士而言不啻爲「江山之助」的最佳代表。「其民老死不識兵革，四時嬉遊，歌鼓之聲相聞。」〔註5〕縱放逸樂的的社會背景，也爲詞人找到拋卻個人悲憤、家國興亡的理由，取得自適的快意。在「南風之薰兮，可以解吾民之慍兮」〔註6〕的吹拂之下，背負不同時代使命以及政治理想的宋代詞人，遂在杭州這片樂土發展屬於自己的「杭州情結」，巧心收納自身或澎湃激昂，或悲哀孤寂的感情。以下擇取蘇軾、辛棄疾、張炎三者分論宋時三種截然不同的創作心態，盼回歸詞人自身，回應時代風氣，由風土文化的視域重新看待宋詞與杭州的關係。

一、自放山水，遠離風暴的快意──以北宋文人蘇軾爲例

（一）蘇軾其人

　　北宋各體兼善的大文豪蘇軾（西元 1037～1011 年），字子瞻，一字和仲，號東坡居士，眉州眉山（今四川眉山）人，爲北宋詩、詞、文、賦兼善的大文豪，亦工書法與繪畫，堪稱中國文學史上罕見之通才。〔註7〕在其屢升屢沉的仕宦生涯中曾二度仕杭，並在此地留下詞作八十餘首，盡道杭州勝景之美。〔註8〕具體呈現了士人在杭如何受

〔註4〕 語出〔南朝〕劉勰：《文心雕龍・時序篇》，見黃霖：《文心雕龍彙評》，頁 148。

〔註5〕 〔宋〕蘇軾：〈表忠觀碑〉，見〔宋〕蘇軾撰；孔凡禮點校：《蘇軾文集》，第 2 冊，頁 499。

〔註6〕 詩出〔魏〕王肅注：劉樂賢編著：《孔子家語》，卷 35〈辨樂解〉，頁 211。

〔註7〕 宋人蘇軾於散文創作方面，與歐陽修（西元 1007～1072 年）並稱「歐蘇」、詩則與黃庭堅（西元 1045～1105 年）並稱「蘇黃」、詞與辛棄疾（西元 1140～1207 年）合稱「蘇辛」，開北宋豪放一派詞風。書法與黃庭堅、米芾（1051～1107）、蔡襄（西元 1012～1067 年）並列北宋四大書法家，具體顯示蘇軾在各領域都享有的極高讚譽，稱之爲各體兼善的大家實不爲過。

〔註8〕 關於蘇軾在杭州時創作的詞作，據〔宋〕蘇軾撰；薛瑞生箋證：《東

山光水色之感召，得以暫時忘卻仕途之困蹇。

關於蘇軾首次仕杭的時間爲宋神宗熙寧四年（西元 1071 年）十一月至熙寧七年（西元 1074 年）九月，因上書神宗，論朝政得失，忤當時丞相王安石，遂出任杭州通判。二次仕杭的時間背景則爲宋哲宗元祐四年（西元 1089 年）七月到元祐六年（西元 1091 年）三月，蘇軾因有感於朝中新舊黨人傾軋嚴重，遂上〈乞郡箚子〉，自言「若不早去，必致傾危。」〔註9〕終以龍圖閣學士任杭州知州。顯見過去任官杭州的經驗，在蘇軾心目中留下極好的印象。於是景致絕美的杭州勝地，遂成詞人自放山水，遠離朝廷風暴的快意之所。

不同於其他詞人如潘閬、張先等人不受仕宦身分羈絆，得以盡情自放山水之間遊觀賞玩。蘇軾在杭州是別有地方父母官的任務在身的，於是蘇氏的二次仕杭，前後雖相隔十五年，卻皆別有政聲。在首次杭州通判任上，蘇軾監試鄉舉、相度堤案工程、開運鹽河、雨中督役、賑濟災民、捕除蝗災、疏濬錢塘六井；其後任杭州通判時，亦有革除百姓繳納劣絹之弊，請求緩交部分本路上供米、以度牒錢買米賑濟災民、設立病坊，活人無數、興修水利等功績。〔註10〕其勤政愛民之具體形象，足證其胞弟蘇轍所言：「公二十年間再蒞此州，有德於其人，家有畫像，飲食必祝，又作生祠以報。」〔註11〕之不誣。宋人蘇軾之於杭州，猶如唐人白居易之於杭州，皆以其任官的身分，對杭

坡詞編年箋證》（西安：三秦出版社，1998 年 9 月）之編年，蘇軾首次仕杭，約有 43 首，見頁 36～108。二次仕杭，則有詞作 17 首，見頁 511～549，共計 60 首，爲具體可徵蘇軾作於杭州之詞作。

〔註9〕〔宋〕蘇軾：〈乞郡箚子〉：「臣二年之中，四遭口語，發策草麻，皆謂之誹謗。……臣與此兩人（王覿、孫覺）有何干涉，而於意外巧構曲成，以積臣罪。欲使臣橈椎於十夫之手，而使陛下投杼於三至之言。中外之人，具曉此意，謂臣若不早去，必致傾危。」見孔凡禮點校：《蘇軾文集》，頁 828。

〔註10〕關於蘇軾二次仕杭之具體事績，可見林慧雅：〈東坡杭州詞研究〉，頁 21～25 及頁 30～33。

〔註11〕〔宋〕蘇轍：〈東坡先生墓誌銘〉，見《蘇軾全集》，頁 35。

州庶民生活品質的提升，做出極大的貢獻，遂與隱居孤山的高士林逋並列爲杭州「三賢」，透過祠廟的建立，突出其特殊之地位。〔註12〕

（二）蘇軾的杭州情結

蘇軾在杭雖親力親爲地做了許多便民、利民之事，但杭州作爲他自請外放、遠離政治是非之地，又爲昔時繁華之三吳都會，自然吸引詞人在案牘勞形之餘，留心遊賞。既知「山林皋壤，實文思之奧府」，〔註13〕故蘇軾下筆爲文，遂得杭州山水之景躍然紙上，具體落實了「陽春召我以煙景，大塊假我以文章」的召喚。加上詞人與杭州文學遊賞集團之間密切的的唱和往來，蘇軾於杭州此地的詞文創作遂大幅增加：

> 神宗熙寧四年（西元 1071 年），三十歲的東坡赴杭州任通判，他的開始填詞，好像是從此以後的事。……張先晚年往來於鄉里的湖州，即離此不遠的杭州之間，以風雅名士爲當地人所敬重。我們見其詞集，與許多官員文人有詞贈答，除東坡，還包括當時這兩州的知事可知。而其中含有雙方留下的作品，能確定和韻應酬的，也相當多，因此可以推測當時這個地方，是以張子野爲中心，由愛好詞的文人所形成的社交圈。所以我們猜想，東坡之所以成爲詞人，是從加入其中之後才開始的。〔註14〕

歷來研究者往往將蘇軾作於熙寧五年（西元 1072 元）杭州通判任上的〈浪淘沙〉一詞視爲東坡首闋樂府之作，因而將蘇軾仕杭時期視爲蘇詞之發軔期。〔註15〕縱然此說隨著材料漸出、考核漸詳而漸被

〔註12〕據〔南宋〕周淙：《乾道臨安志等五種》卷 2，頁 52，〈三賢堂〉條載：「在孤山竹閣有白樂天、林君復、蘇子瞻三賢像，後廢不存。乾道五年，郡守周淙重建於水仙王廟之東廡。」

〔註13〕黃霖：《文心雕龍彙評》，頁 151。

〔註14〕〔日〕村上哲見：《宋詞研究——唐五代北宋篇》，譯文引自黃文吉：《黃文吉詞學論集》（台北：學生書局，2003 年 11 月），〈從詞的實用功能看宋代文人的生活〉一文，頁 30～31。

〔註15〕朱祖謀《東坡樂府》、龍沐勛《東坡樂府箋》、曹樹銘《蘇東坡詞》

推翻，〔註16〕但杭州確實是蘇軾大量作詞之地，其地位不容輕忽。
推測其主要原因，不外乎源於詞人自請外放、身處江湖之遠的適性
快意，加上受當時由張先、楊繪、陳襄等西湖詞人集團所形成的「唱
和」之風推波助瀾，身處「境勝」、「客秀」、「妓妙」〔註17〕的杭州
天堂，本為蘇軾「不為也，而非不能也」〔註18〕的詞體創作自然出
現大幅的增長。

　　蘇軾筆下的杭州書寫，無論於仕杭前期或後期，皆有對自然山川
勝景的詠歎，亦有與友相伴，登樓遊賞，於名樓古蹟上之唱和交誼之
作；更有對杭州四時節序之敘述，反應「四時驚心」、「佳節寄情」之
情感，全然不見政治困頓對其心靈所造成的負面影響。然而，或許正
是因為蘇軾在杭所作之詞多為應制酬唱之作，遂予人「興濃而境欠渾，
自發但不自覺」〔註19〕之感。但其杭州書寫的題材豐富、敘述精詳，

　　　編年詞皆從神宗熙寧五年（西元 1072 年），蘇軾在杭所作的〈浪淘
　　　沙〉一詞開始。
〔註16〕石聲淮、唐玲玲《東坡樂府編年箋注》認為東坡可編年詞始於英宗
　　　治平元年（西元 1065 年）的〈華清引〉，鄒同慶、王宗堂《蘇軾詞
　　　編年校注》從之；而薛瑞生《東坡編年箋證》則認為東坡可編年詞
　　　始於仁宗嘉祐五年（西元 1060 年）的〈浣溪沙〉；而劉煥陽先生更
　　　考證出嘉祐元年（西元 1056 年）蘇軾已有詞作。時間不停上推，幾
　　　乎要駁倒舊日習說。
〔註17〕宋刊《王狀元集百家注分類東坡先生詩》，卷12，《潤州甘露寺彈箏》
　　　堯卿注引楊繪《本事曲集》：「潤州甘露寺多景樓，天下之殊景。甲
　　　寅仲冬，蘇子瞻軾、孫源洙、王正仲存同遊多景樓，京師官妓皆在，
　　　而胡琴者，姿色尤妙。三公皆一時，境之勝、客之秀、妓之妙，真
　　　為希遇。酒闌，臣源請於子瞻曰：『殘霞晚照，非其詞不盡。』子瞻
　　　遂作〈採桑子〉。」
〔註18〕據梅大聖、尹吉風〈東坡通判杭州期間詞作散論〉（黃州：黃岡師專
　　　學報，1998 年 8 月）一文勾勒蘇軾通判杭州期間的詞作情形，認為
　　　蘇軾早歲初試詞筆時就已擺脫了「詞為艷科」的羈絆，其後在朝為
　　　官輟筆，是「不為」而非「不能」；通判杭州後，其政治角色發生轉
　　　換，詞作漸多，而格調高雅，感情深沉，以此作為探尋生路的一種
　　　精神方式，此說對蘇軾對創作詞體的實際情形頗有啟發。
〔註19〕沈松勤：《唐宋詞社會文化學研究》（杭州：浙江大學出版社，2005
　　　年 1 月），頁 183。

皆在在顯示其仕杭生活之豐富多采，及其杭州情結的極致發揮。是以
「我本無家更安往？故鄉無此好湖山。」〔註20〕可作為蘇軾對杭州湖
山勝景格外傾心之代表。「莫怪歸心訴，西湖自有蛾眉。若見故人須細
說，白髮倍當時。　　小鄭非常強記，二南依舊能詩。更有鱸魚堪切
膾，兒童莫教知。」〔註21〕更可見蘇軾對杭州的勝景、百姓、飲食等
方面，無一不懷著無限之想望。一如〈杭州謝上表〉所言：「江山故國，
所至如歸；父老遺民，與臣相問。」〔註22〕足見蘇軾雖闊別此地十五
年，杭州仍是縈繞在心的一處勝地，這或許也是蘇軾每遭政治挫折，
總以杭州為外放任官之地的原因。對同樣於北宋宦海之間浮沉的文士
而言，得以沉浸在杭州西湖山水，與友同樂、與民同歡的蘇氏顯然是
幸運的。而杭州也因得「少時奮厲有當世志」〔註23〕的杭州官員蘇軾
治理，才得以讓「東南形勝、三吳都會，錢塘自古繁華」〔註24〕的杭
州勝景，透過北宋士人的觀點重新活躍於吾人眼前。至於蘇軾杭州詞
的整體評價，則大致如薛瑞生所言：

> 通判杭州，政治上已失意卻未受打擊，仕宦生涯又使其酒
> 朋詩友大增，江山之奇麗與心境之相對平靜，又成為東坡
> 倚聲填詞之最佳環境。然生活範圍又為之限制，故其內容
> 多為送別贈答，大體尚未脫宋人贈妓侑酒往來應酬之狹小
> 天地，詞風亦未完全越出以婉約為宗之傳統藩籬。儘管已
> 初露鋒芒與心聲性情，以詩為詞之痕跡與清新峭拔之氣亦
> 初見端倪，究未形成足以被後人稱之為蘇體之獨異風貌。

〔註20〕蘇軾詩：〈六月二十七望湖樓醉書〉，見〔清〕王文誥輯註、孔凡禮
　　　　點校：《蘇軾詩集》，頁341。

〔註21〕蘇軾詞：〈烏夜啼・寄遠〉，收錄於唐圭璋編纂：王仲聞參訂；孔凡
　　　　禮補輯：《全宋詞》（北京：中華書局，2005年1月），頁394。

〔註22〕〔宋〕蘇軾：〈杭州謝上表〉二首之二，見〔宋〕蘇軾撰；孔凡禮點
　　　　校：《蘇軾文集》，頁675。

〔註23〕此語見於蘇軾胞弟蘇轍所撰〈東坡先生墓誌銘〉，見〔宋〕蘇軾：《蘇
　　　　軾全集》（北京：中國書店，1996年3月）書前附錄，頁31。

〔註24〕語見〔北宋〕柳永：〈望海潮〉一詞，見唐圭璋總纂、王仲聞參訂、
　　　　孔凡禮補輯：《全宋詞》（北京：中華書局，2005年1月），頁50。

〔註25〕

身處杭州天堂，遠離政治風暴，結交詩朋酒友，鎮日自放於杭州名山勝景，在多舛困頓的仕宦生涯中，為自己營造絕佳的心境感受，此類對於生活美學的追求，在杭州山水的催化之下，蘇軾遂成箇中能手。

二、故都悠遠，事不可為的閒愁──以南渡詞人辛棄疾為例

（一）辛棄疾其人

生於南宋高宗紹興十年（西元 1140 年）的辛棄疾，原字坦夫，改字幼安，別號稼軒居士，歷城（今山東濟南人）。其出生之時已是宋室遭逢靖康劇變，南渡臨安的第十三年，辛氏祖父辛贊因未及脫身南下，遂出仕於金，任亳州譙縣縣令。在父親辛文郁早亡的情況之下，辛棄疾自幼即隨祖父在譙縣任所讀書。特別的是，其祖父辛贊雖未及南渡，不得不留金任官，但在金地仍不忘故園舊國。每得閒暇，即帶辛棄疾「登高望遠，指畫山河」，辛贊並曾兩度示意辛棄疾「隨計吏抵燕山，諦觀形勢」，希望爭取機會「投釁而起，以紓君父所不共戴天之憤。」〔註26〕顯見由祖父所灌輸的抗金復國之心緒，自小就在辛棄疾的腦海中發端。

紹興三十一年（西元 1161 年）夏秋間，金主完顏亮大舉入侵，北方各族人民抗金武裝行動蜂起。時年二十二歲的辛棄疾也加入了濟南耿京抗金的行列，隔年奉表歸宋。其後又因領五十騎襲五萬眾，將耿京部眾中的叛徒張安國押解至建康斬首，一時聲名大噪，令南宋最高統治者大為驚異，差其為江陰簽判。此後，辛棄疾便留在南宋，娶邢台范邦彥之女為妻，開始其恢復中原的理想。

〔註25〕薛瑞生：〈論東坡詞及其詞〉，見薛瑞生箋證：《東坡詞編年箋證》（西安：三秦出版社，1998 年 9 月），頁 37～38。

〔註26〕以上文句引自〔宋〕辛棄疾：〈美芹十論〉，見徐漢明編：《稼軒集》（台北：文津出版社，1991 年 6 月），頁 297。

可惜，南宋偏安苟且的統治階層並非辛氏託付雄心壯志的理想對象，辛氏南歸後生活的四十餘年間，或投閒置散，或陸沉下僚，皆不得盡展其才。是以「當弱宋末造，負管（仲）、樂（毅）之才，不能盡展其用，一腔忠憤，無處發洩」的辛棄疾，遂將「其悲歌慷慨抑鬱無聊之氣，一寄之於詞。」〔註27〕

淳熙八年（西元1181年），長期不得任用又被迫退隱的辛棄疾，自此閑居江西上饒城外的帶湖和鉛山東北與上饒接鄰的瓢泉二地，偶爾前往都城臨安。直至宋寧宗嘉泰三年（西元1203年），時年六十四歲，已在信州隱居二十年的辛棄疾，忽得起廢進用的機會，先是起知紹興府兼浙東安撫使，隔年又蒙寧宗召見，與之言鹽法，並言「敵國必亂必亡，願為應變之計」。〔註28〕可惜當時只想僥倖偷安的宰相韓侂冑把持朝政，徒欲借重辛棄疾的聲望以振奮民心，卻全無重用辛氏以復國之心，使得辛棄疾的復國大計終究淪為不切實際的空想。開禧三年（西元1207年）九月十日，這位忠誠的愛國之士，於是賫志以歿，含恨而終。

（二）辛棄疾的杭州情結

對於不受重用，滿腹牢騷無處發洩的南宋歸正人辛棄疾而言，都城所在的地方，正是他日思夜想，盼望有朝一日能夠大展鴻圖的地方。對辛氏而言，「臨安」，這個南宋暫時安置的地方，終究會如其名地被恢復中原後的舊京取代。遺憾的是，辛氏「袖裡珍奇光五色，他年要補天西北」〔註29〕的願望在不思進取、苟且偷安的南宋朝廷終究只是空想。

〔註27〕以上引文，出自清人黃梨莊之語，引自〔清〕徐釚編著；王百里校箋：《詞苑叢談校箋》（北京：人民文學出版社，1998年2月），卷4，頁250。

〔註28〕事見《宋史·韓侂冑傳》〔元〕脫脫等著：《宋史》，（台北：藝文印書館，1973《二十五史》本），第36冊，頁5691。

〔註29〕〔宋〕辛棄疾：〈滿江紅·建康史致道留守席上賦〉，收於《全宋詞》，頁2415。

　　南宋首都——臨安，對於青年歸正宋朝，壯年隱居帶湖，晚年獲得進用的辛棄疾而言，是個早年授勳歸正、晚年臨危受命等人生大事發生的所在。辛詞中亦有不少語涉杭州的書寫，如〈好事近・西湖〉、〈小重山・與客遊西湖〉：

> 日日過西湖，冷浸一天寒玉。山色雖言如畫，想畫時難邈。
> 　前絃後管夾歌鐘，繚斷又重續。相次藕花開也，幾蘭
> 舟飛逐。(〈好事近・西湖〉，《全宋詞》頁 2550)

> 綠漲連雲翠拂空。十分風月處，著衰翁。垂楊影斷岸西東。
> 君恩重，教且種芙蓉。　　十里水晶宮，有時騎馬去，笑
> 兒童。殷勤卻謝打頭風。船兒住，且醉浪花中。(〈小重山・
> 與客遊西湖〉，《全宋詞》頁 2474)

細觀其詞文內涵，幾乎不見愛國詞人辛氏詞中屢見的慷慨激昂，如「要挽銀河仙浪，西北洗胡沙」(〈水調歌頭〉，《全宋詞》頁 2516)、「憑誰問，廉頗老矣，尚能飯否」(〈永遇樂・京口北固亭懷古〉，《全宋詞》頁 2520)僅見詞人縱放山水，樂享勝景的快意。如畫之湖景、不絕於耳的管樂絲竹及鐘聲、湖上藕花競放、蘭舟相逐、垂柳依依，「綠漲連雲翠拂空」自是「十分風月處」，全然是美不勝收的南國勝景。〈六州歌頭〉中的西湖麗景，更是給人「暖風薰得遊人醉，直把杭州作汴州」的無限遐想：

> 西湖萬頃，樓觀矗千門。春風路，紅堆錦，翠連雲。俯層
> 軒。風月都無際，蕩空蔼，開絕境，雲夢澤，饒八九，不
> 須吞。翡翠明璫，爭上金堤去，勃窣媻姍。看賢王高會，
> 飛蓋入雲煙。白鷺振振，鼓咽咽。　　記風流遠，更休作，
> 嬉遊地，等閒看。君不見，韓獻子，晉將軍，趙孤存。千
> 載傳忠獻，兩定策，紀元勳。孫又子，方談笑，整乾坤。
> 直使長江如帶，依前是、□趙須韓。伴皇家快樂，長在玉
> 津邊。只在南園。(〈六州歌頭〉，《全宋詞》頁 2463)

上片極言西湖舉目可即、俯拾皆是的美景，縱使下片作出了「記風流遠，更休作，嬉遊地，等閒看。」的提醒，但杭州江水仍是「伴皇家

快樂」不可或缺的美景。此情此景，全不見詞人對家國懷抱的憂憤激情，這與愛國詞人辛棄疾詞作中慷慨激昂的豪情壯志頗不相類，關於這點差異，或許正如論者施議對所言：

> 在此特定環境，辛氏所謂恢復大計，亦即變成爲安樂大計。仕宦二十年，由小官吏而方面大員。入登九卿、出節使、率幕府，舉足輕重。但其文才武略，卻只能於營造安樂窩時派上用場。哪裡需要哪裡去。無論爲公或者爲私，亦無論爲功名或者爲富貴，作爲一名愚忠之臣都是盡心盡力。……而爲私方面，營造小安樂窩，一樣非常用盡心機。例如帶湖居第，從選址、繪圖、動土、興造、上梁、落成，一直到請人撰文爲記，整個過程都曾精心策劃。〔註30〕

施氏所謂「國家大安樂窩」、「個人小安樂窩」的安樂大計一說頗有見地。置於「長息於東南，而君父之大讎一切不復關念」、「忍恥事讎，飾太平於一隅以爲欺」〔註31〕的南宋朝廷實爲確論。再多的激昂壯志，終究被統治政權磨成抑鬱無聊；再多的慷慨陳詞，也終究被視爲朝廷安撫民心的權謀。既然故都悠遠，國事又日益不可爲，詞人只好繼續寄託滿腔閒愁於西湖山水之中，加上：

> 南渡作爲一場民族災難，對詞壇創作來說卻未必都是負面因素。天時和地利都出現了突變機遇和發展優勢：首先，北宋滅亡，強行結束了大晟詞人群的時代，爲南渡詞人群的自由發揮提供了充分的想像空間。權威不再、秩序不再、約束不再，民間草野詞人、士大夫詞人可以擺脫音律束縛，重新站在平等的起跑線上公平競爭。誰的聲音最眞摯、最響亮、最沉痛、最能感染讀者，誰就能得到時代和後人的青睞。〔註32〕

〔註30〕鄧喬彬等主編：《詞學》（上海：華東師範大學出版社，2003 年 7 月），第十四輯，頁 143～144，所收錄施議對：〈辛棄疾其人其詞的評價〉。

〔註31〕語出宋人陳亮：〈上孝宗皇帝第一書〉，見〔宋〕陳亮：《龍川集》（台北：台灣商務印書館，1986 年 3 月《景印文淵閣四庫全書》本），冊 1171，卷 1，頁 499、503。

〔註32〕蕭鵬：《群體的選擇──南宋人詞選與詞人通論》（南京：鳳凰出版社，2009 年 4 月），頁 245。

在這樣的時代風氣催發之下，誰不為自己求取苦悶生活中的快意，誰不為唱響自己的歌曲努力？詞人縱使聲淚俱下的對前朝汴梁做出追憶，仍改變不了南宋偏安江南的現實處境。那就與民同歡、與君同樂吧！讓頑固偏執的家國之心得到釋放，將心中的慷慨激昂埋葬！在南渡政權粉飾太平之風的吹拂之下，南渡詞人終究為自己在政治相對的劣勢中開出燦美的文學花朵，哪怕故都已在天之涯。

三、國破家亡，逝者已矣的悲哀——以南宋遺民張炎為例

（一）張炎其人

生於宋理宗淳祐八年（西元 1248 年），卒於元代延祐、至治年間（約西元 1320 年年後）的張炎，字叔夏，號玉田，又號樂笑翁，先世鳳翔（今陝西縣名）人，寓居臨安（今浙江杭州市），出身豪門世家，於南宋開朝之際，護駕有功的南渡功臣張俊為其六世祖，〔註33〕高宗待之甚為優厚，曾特意「駕幸」其居地，〔註34〕並封其弟子共達十三人。張炎曾祖張鎡繼承祖先積聚之萬貫家財，生活更是豪侈奢靡，宋人周密《武林舊事》卷十所載〈張約齋賞心樂事〉正是張氏家族豪侈成風的實錄，〔註35〕實為「臨安風尚，四時奢侈，賞玩殆無虛日」〔註36〕的最佳

〔註33〕南渡功臣張俊生子厚，子厚生宗元，宗元生子鎡，張鎡生子張濡，張濡生子張樞，張樞即為張炎之父，六代皆備享榮寵，生活優渥。

〔註34〕南宋高宗趙構駕幸張府一事可見〔宋〕周密：《武林舊事》，卷9，〈高宗幸張府節次略〉條。見《東京夢華錄外四種》，頁491～507。

〔註35〕出處同上，見《武林舊事》，卷10，〈張約齋賞心樂事並序〉，載張鎡四時行樂之事，亦極豪奢侈靡。《東京夢華錄外四種》，頁512～516。關於張鎡窮極奢靡的享樂生活在周密《齊東野語》一書中亦可見，見卷20〈張功甫豪侈〉條，載「其園池、聲妓服玩之麗甲天下」的張氏某次宴會「酒竟，歌者、樂者，無慮數百十人，列行送客。燭光香霧，歌吹雜作，客皆恍然如仙遊也。」可見其生活的華麗鋪張。見〔宋〕周密：《齊東野語》（北京：中華書局，1983年11月出版《唐宋史料筆記叢刊》本），頁374。

〔註36〕〔宋〕吳自牧：《夢粱錄》，卷4，〈觀潮〉條，見《東京夢華錄外四種》，頁162。

代表。張氏一脈家傳的豪奢之風，降至張炎之父張樞時仍未改。使得自小即生活於富貴之家的張炎「翩翩然飄阿錫之衣，乘纖離之馬，於是風神散朗，自以爲承平故家貴游少年不翅也。」〔註37〕

　　然而，好景不長，這種鐘鳴鼎食的富貴生活，在張炎二十九歲那年一去不返。西元 1276 年，元軍攻破臨安，張炎祖父張濡被元軍殺害，其父張樞亦同時伏誅，張氏家產全數被沒收，獨張炎僥倖得以脫身避害。風度翩翩的承平貴公子一夕間淪爲亡國破家之人，從此浪遊四方近四十年之久，面對風雲變色的無情易代，家道中落的困窘，其心境之悲涼自是不難想像。

　　本處之所以不憚其煩地對張氏先祖詳加追溯，目的不惟突出張氏家族在南宋都城臨安的龐大勢力以對照南宋亡國後，落難貴公子張炎的心境轉折。在文學發展上，張氏先祖張鎡、張樞等人亦是西湖文壇結社唱和的領袖人物。前者張鎡與中興詩人楊萬里、尤袤、范成大、陸游等人多有所往來，其個人的創作地位亦爲時人所肯定；後者張樞所發起的西湖吟社，更是西湖詞壇創作的中心，張炎曾自言：「昔在先人侍側，聞楊守齋（纘）、毛敏仲、徐南溪（理）諸公商榷音律，嘗知餘緒，故生平好爲詞章」〔註38〕可見張氏於審音度律及雅詞風格的追求，源於父執輩之濡染之深，具體反映於其詞學論著《詞源》當中，由此推知，南宋遺民張炎及其懷抱的「杭州情結」很大程度上正是來自於家學的薰習與濡染。

（二）張炎的杭州情結

　　南宋滅亡之後，承受黍離之悲，飽經滄桑，並逐漸步入人生暮年的張炎，落葉歸根回到杭州，經歷了人事的劇烈變換，縱使漫步風景絕美的杭州西湖，詞人張炎所見亦無非殘荷衰柳。一時亡國之恨、無

〔註37〕語出元人戴表元〈送張叔夏西遊序〉一文，見〔元〕戴表元：《剡源集》（北京：中華書局 1985 年《叢書集成初編》本），第 2056 冊，頁 201。
〔註38〕語出宋人張炎《詞源·序》，見於〔宋〕張炎著；夏承燾校注：《詞源注》（台北：木鐸出版社，1987 年 7 月），頁 9。

家之痛，皆具體表露於其詞作〈臺城路·歸杭〉之中：

> 當年不信江湖老，如今歲華驚晚。路改家迷，花空蔭落，
> 誰識重來劉阮。殊鄉頓遠。甚猶帶羈懷，雁淒蛩怨。夢裡
> 忘歸，亂浦煙浪片帆轉。　　閉門休歎故苑。杖藜游冶處，
> 蕭艾都遍。雨色雲西，晴光水北，一洗悠然心眼。行行漸
> 懶。快料理幽尋，酒瓢詩卷。賴有湖邊，舊時鷗數點。（《全
> 宋詞》頁 4454）

「當年不信江湖老」此語一出，詩人國仇家恨溢於言表，全詞充滿悲
傷哀淒之情，詞人舉目所見無非淒雁、怨蛩、故苑，怎耐昔日之芳草
盡成今日蕭艾，縱使湖邊仍有舊時鷗鳥數點，卻難以撫慰流離失所多
年的詞人之心。較之開朝的南渡詞人群，或許正如論者蕭鵬所歸結：

> 南渡詞人群失去了家鄉，並沒有失去祖國，跨的是同朝不是
> 異朝，心態是不斷被撫平和得到安慰的；臨安詞人則遭遇亡
> 國，成了社會邊緣的前朝遺民，心態處於一蹶不振。〔註39〕

南渡詞人其心境一如辛棄疾於上節中所表現出來的通達釋然，可以在
杭州山水的薰染之下，不斷得到撫平與安慰。面對宋元易代的遺民詞
人卻得不到在上位者極力粉飾太平的理由，所謂的國破家亡已成定
數，滿眼所見無非胡服元兵、滿耳所聽盡爲胡笳夷笛。怎不使詞人爲
自己的顛沛流離、爲國家的變故傾覆、爲自身詞學理想的終結掬把傷
感之淚。誠然逝者已矣，來者亦不可追，對遺民詞人而言，一蹶不振
或許是最好的開脫方法。眼前的杭州城市美則美矣，卻早已不是詞人
心中熟悉的樂園。一如〈高陽臺·西湖春感〉所言：

> 接葉巢鶯，平波卷絮，斷橋斜日歸船。能幾番游，看花又
> 是明年。東風且伴薔薇住，到薔薇、春已堪憐。更淒然。
> 萬綠西泠，一抹荒煙。　　當年燕子知何處，但苔深韋曲，
> 草暗斜川。見說新愁，如今也到鷗邊。無心再續笙歌夢，
> 掩重門、淺醉閒眠。莫開簾。怕見飛花，怕聽啼鵑。（《全宋
> 詞》頁 4381）

〔註39〕蕭鵬：《群體的選擇——南宋人詞選與詞人通論》，頁 391。

本可繼承家業家學，繼續引領杭州詞壇風騷數百年的領銜人物——張炎，卻因面對改朝換代此等天崩地裂的變故，只得「無心再續笙歌夢」，躲進西湖一角去「掩重門，淺醉閒眠。」詞人就怕見春去花飛，怕聽鵑啼淒切，勾起詞人無計回春，無力回天的悲切。所謂的「臨安」，終究沒爲南宋遺民帶來丁點安慰。較之南渡詞人，南宋遺民之悲憤心境直是每況愈下：

> 南渡詞人只是一代人，呈現爲過渡性的鬆散大群體，不久被強勢的中興詩人群取代。臨安詞人群分爲兩代人，前一代以楊纘爲領袖，以西湖吟社爲凝聚點，以商榷音律爲日常生活重心，時代上集中在理宗朝後期和度宗朝。後一代則以周密爲核心，以《樂府補題》詠物聚會爲凝聚點。以隱匿湖山咀嚼亡國痛楚爲日常生活重心。時代上集中在宋亡以後的二十餘年間。沒有時間可以等待，也沒有更強勢的詞人群來承接他們的薪火，他們無處過渡，成了整個兩宋詞壇上最後壓陣的殿軍。〔註40〕

縱使得到「國家不幸詩家幸，賦到滄桑句便工」〔註41〕的報償，但對南宋杭州望族子弟張炎而言，這或許是人生中最不可承受之重。

　　綜上所述，宋代詞人對於杭州城市產生的「杭州情結」，多半得自於南宋都城特殊的地理環境與偏安的政治情勢。由各朝詞人心緒的微妙轉變，也可得到「唐宋詞史的演進，從某種程度上來講或者從一個側面來看，是詞的娛樂性不斷弱化與淡化，而抒情性不斷強化與深化的歷程」〔註42〕之結論。當詞人一方面得利於江山之助，一方面又

〔註40〕蕭鵬：《群體的選擇——南宋人詞選與詞人通論》，頁391。
〔註41〕語出清人趙翼詩：〈題元遺山集〉，全詩爲「身閱興亡浩劫空，兩朝文獻一衰翁。無官未害餐周粟，有史深愁失楚弓。行殿幽蘭悲夜火，故都喬木泣秋風。國家不幸詩家幸，賦到滄桑句便工。」本爲詩人趙翼欲用以表達對由金入元的遺民詩人元好問之深切同情。但置於整個宋末元初的社會背景下，也可成爲全宋遺民詞人的代表。見〔清〕趙翼著；李學穎、曹光甫校點：《甌北集》（上海：上海古籍出版社，1997年4月），卷33，頁772。
〔註42〕劉尊明：《唐宋詞與唐宋文化》，頁340。

必須發揮知識份子的社會功能,存在於詞作中,「遣興」與「娛樂」二者的比重遂逐漸失衡,﹝註43﹞由專主娛樂的北宋詞人蘇軾,降至多抒心曲的南宋遺民張炎,二百年間的詞壇變動也可爲政治情勢的轉變寫下註解。無不證明透過地理環境、社會風氣、政治背景等文化層面對文學創作進行考察研究此一路徑的可行性與重要性。

此外,二宋詞文不斷地向雅化、詩化、文人化方向發展,一如唐詩不斷向浪漫、唯美處深掘,同樣走向對「惟歌生民病」﹝註44﹞的現實主義傳統之背離,與其說是詞人置身在文學象牙塔裡,對國家興亡、民族命運皆不屑一顧,倒不如說是文人偏執的創作情結作祟。至於亡國後的淚水,就留待遺民詩人去流淌、去揮灑吧!

第二節　宋詞對杭州的洞見與不見

本文所欲突出者爲宋代詞人以其詞作對杭州城市生活做出眞實的反映。只是,當現代城市與古典文學相遇,創新與守舊之間勢必出現矛盾與錯位;當庶民崛起,並以其經濟實力打擊社會菁英,士人、皇家等階層在過去享有的等級優越以及既得利益,也會在社會的快速變動中逐漸削減,一如論者王曉驪所言:

> 唐人極力渲染的商人與農民的苦樂之別,到了宋人的手中已換成了商人與儒生的苦樂之別,文人作爲社會菁英的優越感至此蕩然無存,商人可以漠視公卿貴族所掌握的權

﹝註43﹞關於詞體「娛樂遣興」的藝術功能,歷來論者多引馮延巳外孫,北宋陳世修於馮氏詞集序言中所說:「公以金陵盛時,内外無事,朋僚親舊,或當燕集,多運藻思,爲樂府新詞,俾歌者倚絲竹而歌之,所以娛賓遣興也。」所謂「娛賓」,強調的正是詞的娛樂功能,而「遣興」則代表詞的抒情功能。語出《陽春集序》,引自金啓華、張惠民等編:《唐宋詞集序跋匯編》,(台北:台灣商務印書館,1993年2月),頁8。

﹝註44﹞語出中唐詩人白居易〈寄唐生〉詩,所謂「惟歌生民病,願得天子知」旨在突顯其重視社會現實「文章合爲時而著,歌詩合爲事而作」的文學主張,說明詩歌與現實的關係及其社會作用,突出地規定了詩歌的具體内容,要求詩歌更好地發揮針砭時弊的作用。

　　　　利、所代表的尊隆。儒生卻不得不仰人鼻息，只求一飽，
　　　　財富第一次地顯示出他的力量——個體價值的實現、人生
　　　　的享受必須仰仗財富的支持。〔註45〕

若將研究視角轉由城市貿易之風興盛的商業文化角度出發，或許城市
文人的生活實況正如論者所言，所謂在城市之風吹拂之下，享有絕對
創作自由的文人，也不過是仰人鼻息，只求一飽的清貧儒生。然而，
這當中弔詭的是，居大不易的城市既然會造成文人生活上的窘迫，但
所謂對私人財富的追求、對生活現狀的不滿，即便在一生懷才不遇，
只得漂泊江湖，以布衣遊於公卿之間的江湖詞人群之創作間皆少見。
〔註46〕反而是大量彰顯城市之風，有關醇酒美人、節慶時序、愛國隱
逸、詠物審美、祝壽諧謔等脫離現實的題材大量出現。〔註47〕這一點，
暗示了以宋詞觀察整個宋代城市社會，就真實城市現況而言，是有所
不足的。

　　　宋詞固然一如本文所言，有對時序節慶、名山勝水、城市風物的
揭露，然而詞人過於纖細溫柔之筆觸，在婉約典雅的典範追求影響之
下，終究是主觀抒情太甚，理性書寫不足的。即使本文旨在闡揚宋詞中

〔註45〕王曉驪：《唐宋詞與商業文化關係研究》（北京：中國社會科學出
　　　　版社，2004 年 8 月），頁 107。王氏於其書中亦言：「由於商業活
　　　　動已經成為支撐城市生活的經濟命脈，商人已有相當的自信以自
　　　　立，有時甚至無須仰仗文人階層的提攜，商人地位有了顯著的提
　　　　高。」頁 106。
〔註46〕所謂的「江湖詞人群」之稱來自「江湖詩人」。南宋中後期以後，
　　　　詩壇上形成了一個被稱爲「江湖派」的詩人群體，其得名緣起於
　　　　書商陳起所彙刻的《江湖集》。這一詩派的作者，除少數曾經作官
　　　　之外，大部分都是「人在江湖」的布衣寒士。因爲沒有入仕爲官，
　　　　所以他們缺乏固定的經濟收入，只能依靠教書授徒、鬻文賣字或
　　　　向權貴「干謁」以獲取周濟來渡生。若欲進一步討論，可參考楊
　　　　海明：《唐宋詞與人生》上編〈姜夔的飄零之感和戀家之情〉，頁
　　　　153～164。
〔註47〕此處對宋詞題材的分析，可參王水照主編：《宋代文學通論》（開封：
　　　　河南大學出版社，2005 年 4 月），第二章〈詞的題材演進軌跡與宋詞
　　　　題材的構成〉。

的杭州地域書寫，但對文人題材取捨有所偏重的情形，終究是不能置若罔聞的。故以下論述擬由宋代其他文學體裁，如話本、筆記、詩作出發，進一步探討宋代文人表現於詞中的洞見與不見，以期還原透過宋人詞體所建構出來的杭州地域想像，與真正的宋時杭州之間存在的差距。

一、宋詞與宋詩：前者情感含蓄內斂，後者心緒外放張揚

宋詞與宋詩，就傳達作者個人感情、抒發眼前所見之景之兩大主題而言，基本上是別無二致的。一如蘇軾詞中出現大量杭州西湖之作，用以賦別、寫景、寄情，〔註48〕同樣地在其詩體創作中，亦可見寫景、抒情之作，如〈西湖夜泛五絕〉，〔註49〕顯見抒情、敘事二者同為古典詩詞創作題材之大宗。因為，對宋代文人而言，擇取詩、詞二者用以表達內心幽微之情，基本上是異曲而同工、殊途而同歸的。然而，詩、詞二者縱使在宋代皆獲得高度的發展，吸引更多文士投入創作，但存在於二者之間，畢竟有發展上的先後、各自典範追求的不同，復以詞體承載的細部情感論之，更有其微妙的差異，一如黃文吉所言：

> 在宋代，詩與詞兩種文體實有互補作用，宋代的詩人都盡
> 量將自己的感情抑住，不表現在詩中，顯出無限的平靜。
> 如果要看他們豐富感情的奔放傾洩，則非讀他們的詞不

〔註48〕 所謂的賦別主題，可見蘇軾〈南鄉子·送述古〉詞：「回首亂山橫。不見居人只見城。誰似臨平山上塔，亭亭。迎客西來送客行。歸路晚風清。一枕初寒夢不成。今夜殘燈斜照處，熒熒。秋雨晴時淚不晴。」寫景則可見〈浪淘沙〉：「昨日出東城。試探春情。牆頭紅杏暗如傾。檻內群芳芽未吐，早已回春。綺陌斂香塵。雪霽前村。東君用意不辭辛。料想春光先到處，吹綻梅英。」一詞。寄情主題者，則如〈卜算子·自京口還錢塘道中寄述古太守〉：「蜀客到江南，長憶吳山好。吳蜀風流自古同，歸去應須早。還與去年人，共藉西湖草。莫惜尊前仔細看，應是容顏老。」皆為宋詞書寫主題中之大宗。

〔註49〕 此五絕可參《蘇軾詩集》，卷7，本處引其一：「新月生魄迹未安，纔破五六漸盤桓。今夜吐豔如半璧，遊人得向三更看。」以示其詩用以寫景。引其五「湖光非鬼亦非仙，風恬浪靜光滿川。須臾兩兩入寺去，就視不見空茫然。」以示其抒情之意。

可。〔註50〕

　　有鑑於欲論宋人豐富情感之情，非讀宋人之詞一事，以下遂分社會責任、日常生活、愛戀情事三者探討詩、詞書寫之間的情感蘊藉差異。

（一）社會責任

　　宋代社會生活繫於飽經離亂，命運多舛的趙氏政權手中，「先天下之憂而憂，後天下之樂而樂」〔註51〕的文人志士，莫不將自己的滿腹情衷、政治理想集中反映在個人的政治言論與詩文作品之中。於是各類言詞懇切，激昂慷慨的言論於宋室大臣奏議上書中屢見不鮮，對國家危墜的政治情勢，亦大量感慨遙深地寄託於文士的詩文創作之中。惟獨「詞體因其素來貼近於生活和疏遠於政治的文體特色，相對而言其表現的社會責任感會較淡薄。」〔註52〕於是在歐陽脩的詞作中，讀者不見類似於〈有美堂記〉中對杭州地理特點、趙宋政治局勢的討論，僅見「淚眼問花花不語，亂紅飛過秋千去。」〔註53〕此種代女子立言的婉約之作；在愛國詩人陸游的詞中，亦不見〈示兒〉詩中：「死去元知萬事空，但悲不見九州同。王師北定中原日，家祭無忘告乃翁。」〔註54〕的愛國情衷，只見「東風惡，歡情薄，一懷愁緒，幾年離索。錯錯錯！」的深切悲痛。〔註55〕可見宋代知識分子面對自身

〔註50〕黃文吉：《宋南渡詞人》（台北：學生書局，1985年5月），頁38。

〔註51〕語出宋人范仲淹〈岳陽樓記〉，同篇亦有「居廟堂之高，則憂其民；處江湖之遠，則憂其君。」之句。見〔宋〕范仲淹撰；〔清〕范能濬編集；薛正興校點：《范仲淹全集》（南京：鳳凰出版社，2004年11月），頁169。

〔註52〕楊海明：《唐宋詞與人生》，頁441。

〔註53〕〔宋〕歐陽修：〈蝶戀花〉詞：「庭院深深深幾許。楊柳堆煙，簾幕無重數。玉勒雕鞍遊冶處。樓高不見章臺路。雨橫風狂三月暮。門掩黃昏，無計留春住。淚眼問花花不語。亂紅飛過鞦韆去。」見《全宋詞》，頁208

〔註54〕〔宋〕陸游〈示兒〉詩，見陸堅主編：《陸游詩詞賞析集》（成都：巴蜀書社，1990年6月），頁292。

〔註55〕〔宋〕陸游：〈釵頭鳳〉詞：「紅酥手。黃滕酒。滿城春色宮牆柳。東風惡。歡情薄。一懷愁緒，幾年離索。錯錯錯。春如舊。人空瘦。

所應肩負的社會責任，都異常謹慎地置於政論詩文之中。至於詞體這種「小道」，用來席上戲作、唱和酬贈、代歌妓立說則較為適當。

（二）日常生活

宋詩對日常生活的描寫，舉凡家常瑣事、美食佳餚、微恙病痛無一不入詩中，一如學者王兆鵬所言：

> 宋代詩人喜歡將日常生活、身邊瑣事作為詩的題材。他們常把詩當作「日記」來寫，梅堯臣是連上廁所見糞蛆，喝了茶胃裡打咕嚕都寫進詩中，而蘇軾也把吃魚燒肉炸油條當做詩料。〔註56〕

顯見對「無事不可入詩」的標榜，宋人詩作顯得有些走火入魔，表現在其對瑣碎、醜惡不大入詩的事物描寫上，標舉了宋詩有別於前人的獨特作風。然而，對追求婉約典雅的詞作來說，這類過分的諧謔戲作直是對詞體典範的悖離，對通俗文學的靠攏，此事非同小可。於是翩翩然有其襟度的詞作，罕言日常生活中的枝微末節，即便有所涉獵，亦適可而止。其含蓄內斂的性格展現在宋代的杭州詞作中，可以詞人少言城市生活的奢華內容作為論證依據。於是張燈結綵、金吾不禁的元宵佳節，罕見詞人與市民一同徹夜狂歡、恣意縱遊的放浪形骸；驚濤拍岸，搏命演出的吳兒弄潮，亦只得詞人「只可遠觀，不可褻玩焉」的靜態欣賞。顯見宋代文人的詞體之作脫離現實生活的「不食人間煙火」。如此一來，江湖詩人不對自身經濟窘迫的困境發出沉痛的吶喊，自然也不難理解。宋代詞人終究害怕甫一言俗，便墮入城市風塵之

淚痕紅浥鮫綃透。桃花落。閒池閣。山盟雖在，錦書難託。莫莫莫。」見《全宋詞》，頁 2052。

〔註56〕王兆鵬：《宋南渡詞人群體研究》（台北：文津出版社，1992 年 3月），頁 303～304。引錢鍾書於《宋詩選注》一書中所指北宋文人梅堯臣（西元 1002～1060 年）「每每一本正經的用些笨重乾燥不很像詩的詞句來寫瑣碎醜惡不大入詩的事物，例如聚餐後害霍亂、上茅房看見糞蛆、喝了茶肚子裡打咕嚕之類。」其詳細詩例讀者可逕參錢鍾書：《宋詩選注》（台北：木鐸出版社，1980 年 6月），頁 17。

中，而失卻了文人儒生所欲挺立的節操風骨。

（三）愛戀情事

誠如上述，宋代詞人儘管不於詞中反映開門七件事——柴米油鹽醬醋茶的日常煩瑣。但對於書寫「人生自是有情痴」的風花雪月卻異常熱衷，一如錢鍾書所言：

> 宋代人在戀愛生活裡的悲歡離合不反映在他們的詩裡，而常常出現在他們的詞裡。如范仲淹的詩裡一字不見涉及兒女私情，而他的〈御街行〉詞就有「殘燈明滅枕頭敧，諳盡孤眠滋味；都來此事，眉間心上，無計相迴避」這樣悱惻纏綿的情調，措詞婉約，勝過李清照〈一剪梅〉詞「此情」無計可消除，才下眉頭，又上心頭」。據唐宋兩代的詩詞看來，也許可以說，愛情，尤其是在古代禮教眼開眼閉的監視之下那種公然走私的愛情，從古體詩裡差不多全部撤退到近體詩裡，又從近體詩大部分遷移到詞裡。〔註57〕

愛情題材全面進駐於詞體創作之中一事，或許與城市生活中的歌妓雲集有關。非借歌妓之口不傳的宋詞，二者有著「魚幫水，水幫魚」的良好互動關係，因為在文士仰賴歌妓傳唱其創作的同時，歌妓亦盼望借文士之作而聲名益彰。於是「愛情」，這個悲歡離合、聚散無常的母題便在詞人代歌妓立說的創作初衷下，〔註58〕漸漸滲透至其後大量的詞體創作中，幾成創作常態。不管詞人是工於摹繪，不將自我的戀情摻入代美人立言的情詞之中，或是在詞中對男女之情直言不諱，又或者是借男女戀情託喻自身情感，那些令人目眩心折的愛情，都在詞人筆下反覆申說。至於熱烈澎湃的政治激情、慷慨激昂的社會責任，就交給詩、留待文吧！

〔註57〕錢鍾書：《宋詩選註》，序，頁10。
〔註58〕詞之起初，本是「綺筵公子，繡幌佳人，遞葉葉之花牋，文抽麗錦；舉纖纖之玉指，拍按香檀，不無清絕之詞，用助嬌嬈之態。」語出〔後蜀〕歐陽炯：〈花間集序〉，見蕭繼宗：《評點校注花間集》（台北：學生書局，1996年8月），頁1。

二、宋詞與宋代話本：前者抒情寫志，後者敘事鋪張

宋詞與宋代話本兩類創作動機、寫作功能截然不同的文類，前者以抒情見長，後者以敘事為先，看似衝突矛盾的二者，在民康物阜的宋代城市之中同樣得到高度的發展，〔註59〕為我們映證了以下此說：

> 兩宋社會結構開始調整重組，出現了各階層之間經濟地位升降更替、社會等及界限鬆動的現象，各階層的價值取向趨近，促進社會各階層的融合，平民化、世俗化、人文化趨勢明顯。〔註60〕

因而，文人杭州詞作中大量出現了對西湖山水、錢塘海潮的書寫，此類城市生活娛樂題材，置於宋代話本小說之中，同樣不讓宋人雅詞專美於前，而有彼此逞能競技的意味。如話本〈西山一窟鬼〉對西湖蘇堤春遊麗景的書寫：

> 兩個出那酒店，取路來蘇公堤上，看那遊春的人真個是：「人煙輻輳，車馬駢闐。只見和風扇景，麗日增明。流鶯囀綠柳陰中，粉蝶戲奇花枝上。管弦動處，是誰家舞榭歌臺？語笑喧時，斜側傍春樓夏閣。香車競逐，玉勒爭馳，白面郎敲金鐙響，紅妝人揭繡簾看。」〔註61〕

較之張矩、陳允平、周密等人的對蘇堤春曉的題詠，顯然在西湖十景之一的蘇堤之上，加入了更為活潑鮮明的庶民風情，於是粉蝶紛飛、管弦舞動、車馬駢闐、麗日和風，城市中有著大量的香車寶馬競逐、

〔註59〕據魯迅於《中國小說史略》一書中所言：「宋都汴，民物康阜，遊樂之事甚多，市井間有雜記藝，其中有『說話』，執此業者曰『說話人』……南度以後，此風未改。」，語出魯迅：《中國小說史略》（上海：上海古籍出版社，2006 年 4 月），頁 67。加上天都外臣在《水滸傳敘》中說：「小說之興，始於宋仁宗，於時天下小康；蓋雖不經，亦太平樂事，含哺擊壤之遺也。」郎瑛在《七修類稿》中亦說道：「小說起仁宗時，蓋時太平盛久，國家閒暇，日欲進一奇怪事以娛之。」皆可證明宋人話本小說在城市生活中快速興起的情形。

〔註60〕徐吉軍：《南宋都城臨安》（杭州：杭州出版社，2008 年 8 月），頁 20。

〔註61〕見《京本通俗小說》，收錄於《古本小說集成》（上海：上海古籍出版社，1994 年 11 月），第 365 冊，頁 75。

亦有紅妝人賣弄豔情、白面郎尋歡作樂的歡娛場面，儼然一派濃厚富麗的城市生活佳景。

至於錢塘觀潮一事，於話本小說中，亦同樣涉入了大量的世俗野趣，如〈樂小舍棄生覓偶〉所言：

> 杭州錢塘江潮，原來非同小可。刻時定信，並無差錯。自古至今，莫能考其出沒之由。……至大宋高宗南渡，建都錢塘，改名臨安府，稱爲行在。方始人煙輳集，風俗淳美。似此每週年年八月十八，乃潮生日，傾城士庶，皆往江塘之上玩潮快樂。亦有本土善識水性之人，手執十幅旗幡，出沒水中，謂之弄潮，果是好看。至有不識水性深淺者，學弄潮，多有被溺了去，壞了性命。臨安府尹得知，累次出榜禁諭，不能革其風俗。〔註62〕

在城市歡愉之風的吹拂之下，類似杭州官員蔡襄對弄潮兒生命安危的憂慮色彩淡化許多，也少詞人縱橫文學想像的「鯨噴雪浪」之壯景。所謂的錢塘江潮，只是海潮歡慶生日，給予傾城士庶「玩潮快樂」的城市享樂、「果是好看」的視聽感受罷了。至於定信不差的潮信，則是確保城市娛樂得以進行的附加利益，不見商人思婦的愁苦寄託。以西湖賞春、錢塘觀潮二者觀之，已可確信宋代詞中的杭州書寫，與宋代話本中所欲揭露的杭州城市生活有著天壤之別。是以本節在城市生活的內蘊方面，對宋代文人詞作與市井話本作出分判是別具意義的一件事。以下遂以娛樂目的、審美追求、語言風格三者分別立說。

（一）娛樂目的

宋代文人詞作與市井話本小說二者，同樣孕育於富饒的杭州城市之中，同樣有著自身對城市「娛樂」的追求。不過前者以「娛賓遣興」的文人雅趣出發，使得詞這種產生於盛宴佳會之上即席戲作，得以更

〔註62〕一名〈喜樂和順記〉，全文見〔明〕馮夢龍編著：《警世通言》（台北：台灣古籍出版社，2003年1月），第23卷，頁420～423。

爲全面與及時地傳遞文士或歌妓之情。透過文士或文學集團之間的分享與競作，詞體創作不免使士人產生一種必須堅守知識分子崗位，以求他者讚賞或敬重的追求，遂力求其「雅」。至於面對廣大城市市民，而純以商業利益作爲考量的宋人話本，創作宗旨則在追求最大的商業獲利，爲了迎合市場俗趣的追求，個人襟抱情懷可以消弭於無形，足見其對「俗」的趨同。

因此，詞與話本二者雖然同樣對城市娛樂的追求有著欣羨之情，但是存在於二者之間的娛樂追求不同，竟使得二者在創作上產生巨大的差異。如果說：「創作通俗小說並非是爲了自娛，而是娛人。因此，（話本）作者向社會提供娛樂就不是一項義務一種交換」〔註63〕那麼，通俗話本不過是用以「娛人」，並從中取得商業利益的求財工具，與文學意涵無涉，自然影響其創作的動機與成果。

至於用於席上酬贈的文人雅詞則極大程度在於文人「自娛」，用以表達個人情意。若文人詞作中有「娛人」目的，其範圍亦僅限於極爲小眾，大抵不出詞人及其所屬詞人群體之間的酬贈、唱和、娛樂。詞人無意以詞斂財牟利，故宋人詞作有其內斂幽微，不欲張揚的成分，這就與宋代話本有著本質上的不同。由這類接受娛樂的主體之不同，所產生文人、市民之間不同的娛樂追求，其實也可看出城市兼容並蓄，廣納百家，以成其大之功。

（二）審美追求

詞文創作旨在自抒己情，縱使沒有聽眾，也代表詞人力圖爲當時心情作出完整的紀錄，因此其審美追求在於抒情性的淋漓盡致，以致於有不斷向「雅」處深掘的斧鑿痕跡。至於話本創作則憂懼於失去聽眾，對大量浪跡於城市之中的話本作家來說，如果缺乏閱聽者的支持，自然也就失去了在城市之中賴以維生的資本。因此，話

〔註63〕周啓志、羊列容、謝昕著：《中國通俗小說理論綱要》（台北：文津出版社，1992年3月），頁76。

本作家爲了投其所好，迎合社會大眾，又憂懼於陽春白雪，無人共賞，遂極盡所能的往「俗」趣走去，形成存在於宋代城市中雅俗的衝突。

　　「雅」、「俗」之辨，在社會文化、文學創作之中，歷來存在著雅高於俗的定見。然而過分地對審美內涵一意孤行地追求，恐怕也會產生過猶不及的缺陷。一如南宋文人周密、張炎等人致力於對詞體創作音諧律美、句斟字酌的要求，全然不顧國之將亡的社會現實，這類置若罔聞的無視態度歷來多受譏評，這恐怕是過度的雅化與社會產生隔閡的眞實案例，說明過份的「雅興」追求無益於國家社稷。

　　但是文學創作若一如話本過度渴望反映社會現實以便取得自身利益，遂極盡所能地危言聳聽、矯揉造作，則又失之過俗，形成一種對城市大眾而言百害無益的惡俗。如話本〈宋四公大鬧禁魂張〉載：「我爺爺與我說：『莫去汴河岸上買饅頭吃，那裡都是人肉的。』嫂嫂，你看這一塊有指甲，便是人的指頭；這一塊皮上有許多短毛兒，須是人的不便處。」〔註64〕此類話語雖是小說家者言，卻未免流於血肉淋淋之惡俗劣趣。在大範圍的審美追求驅使之下，創作者於創作實踐之時還是應當保有安全合宜的分際。對審美追求的過猶不及皆可能造成無益民生、失之過俗的後果。

（三）語言風格

　　由於雅俗趣味的審美追求不同，存在於宋詞與宋人話本之間的語言文字風格亦隨之而變，呈現截然不同的風貌。如上文所引話本中「果是好看」、「玩潮快樂」之類的俗語，顯然不會出現在宋代以雅爲首要

〔註64〕語出〔明〕馮夢龍編著：《喻世明言》（台北：台灣古籍出版社，2003年 1 月），卷 36〈宋四公大鬧禁魂張〉，頁 682。其餘低俗劣趣之語亦見於頁 680，載「宋四公把那婦女抱一抱，撮一撮，拍拍惜惜，把手去摸那胸前道：『小娘子，沒有奶兒。』又去摸他陰門，只見纍纍垂垂一條價。」其用語之粗俗鄙陋，可見一斑。

追求的詞體創作之中。但是宋詞中大量存在那種凜然不可侵犯的高雅意趣，亦得不到雅俗共享的效果，自然也不會出現於宋代話本之中，一如論者所言：

> 通俗小說創作採用俗語，並不是藝術上的需求，而完全取決於它的讀者群。因此，語言通俗化只爲了一個「通」字，在作品與讀者之間消除語言的障礙。要做到這一點，只要採用與日常語言基本相合的白話通俗與進行創作就可以了，語言的藝術性還沒得古代通俗小說理論家的重視。〔註65〕

通俗話本創作家對於語言文字上「通」的追求，動機來自於作品背後可能得到更大的市場利益驅動，因此日常語言大量地進入話本創作之中，以求城市與庶民之間俗趣的溝通。至於那些文人詞作者，大多屬於社會的菁英份子，享有經濟或權力上的優越之感，自然不屑於去搭造雅俗之間溝通的橋樑，於是出現彷彿隱匿於象牙塔之中「抒情有餘，現實不足」的詞文創作。一者俚俗，貼近城市社會大眾；一者典雅，突顯士庶之間存在的巨大鴻溝。

三、宋詞與宋人筆記：前者輕描淡寫，後者鉅細靡遺

本研究論述大量採用的宋人筆記，如周密《武林舊事》、吳自牧《夢梁錄》作爲宋代時空背景的鋪陳，文化風俗的敘述皆別具建構地理環境、社會現況的卓越價值，然而較之大量關涉宋詞書寫的研究，宋人筆記卻是乏人問津的研究課題。這或許牽涉到宋人筆記自身書寫方面的侷限，以至於其文學價值遠較宋詞卑弱。以下試引美國研究者奚如谷之說，對宋人筆記大致包含的內容與寫作動機作出說明：

> 以宏觀描寫爲始，以消費生活中的瑣屑爲終。每一次，描寫都開始於城市整體陳列所呈現出的線形的、幾何的整飭性，而終結於不規則性，於封閉的某個角落或系統。蕪雜的語言和記憶代替了簡單的地形描述。《夢華錄》拒絕一致性和同化性（entropy），拒絕正史和地理著作中具有標誌性

〔註65〕周啟志、羊列容、謝昕著：《中國通俗小說理論綱要》，頁163。

的整合性。換言之，《夢華錄》放棄了史觀的禮儀性和官面文章，而代之以記憶中的個人特色。〔註66〕

本段引文意旨雖在突顯宋人孟元老《東京夢華錄》的書寫特徵，但對於其後周密《武林舊事》、吳自牧《夢粱錄》而言，又何嘗不是以「蕪雜的語言和記憶代替了簡單的地形描述」，鉅細靡遺地去記錄他們曾經擁有過的城市生活？即便對城市生活中大大小小細節作出回憶會顯得枯燥生硬又乏善可陳，誠如明人胡應麟之歸納：「宋人以後，論次多實，而彩艷殊乏……宋以後率俚儒野老之談故也。」〔註67〕但對宋人筆記而言，此際得以脫離歷史書寫的官僚系統、正史紀錄的格律束縛，開始自由地擇取書寫題材，反而愈發顯示出宋人筆記存在的文體特質與特殊意義。

因此，《武林舊事》作者周密之所以樂此不疲地對高宗駕幸循王張俊府邸詳加闡述、對張鎡四時賞心樂事詳加記述，難道不可歸因於其與張府人士，如張樞、張炎等人歷來交好的私人理由，才得以做出詳實的紀錄？《夢粱錄》作者吳自牧之所以不憚其煩地記載文武百官入內上壽所應遵循的朝儀、〔註68〕臨安城市數百家商舖店號的名目，〔註69〕亦可視爲一介「時異事殊，城池苑囿之富、風俗人物之盛，焉保其常如疇昔哉！緬懷舊事，殆猶夢也。」〔註70〕由宋入元遺民所應產生的故都之感。

事實上，本處無意將宋人記言記事之筆記與文學創作等量齊觀，

〔註66〕〔美〕奚如谷：〈皇后、葬禮、油餅和豬──《東京夢華錄》和都市文學的興起〉，《文學、文化與世變》（臺北：中央研究院中國文哲研究所，2002 年 12 月），頁 209。

〔註67〕〔明〕胡應麟撰：《少室山房筆叢正集》（北京：商務印書館，2006年出版《文津閣四庫全書》），第 887，卷 13，〈九流餘緒下〉，頁 585。

〔註68〕見〔宋〕吳自牧：《夢粱錄》，卷 3，〈宰執親王南班百官入內上壽賜宴〉條，見《東京夢華錄外四種》，頁 152～155。

〔註69〕見〔宋〕吳自牧：《夢粱錄》，卷 13，〈鋪席〉記有三百餘家店鋪商號，見《東京夢華錄外四種》，頁 239～241。

〔註70〕見〔宋〕吳自牧：《夢粱錄》書前〈序〉。《東京夢華錄外四種》，頁129。

二者的差距並非透過有意識的抬舉就能輕易的抹去。只是產生於宋代的文人詞作畢竟有其必須補白的地方，必須仰仗大量的時人文獻記載才得以廓清還原。二者互為表裡，一如錢鍾書所言：

> 我們可以參考許多歷史資料來證明這一類詩歌的真實性，不過那些記載儘管跟這種詩歌在內容上相符，到底只是文件，不是文學，只是詩歌的局部說明，不能作為詩歌的唯一衡量。也許史料裡把一件事情敘述得比較詳細，但是詩歌裡經過一番提鍊和剪裁，就把它表現得更集中、更具體、更鮮明，產生了又強烈又深永的效果。〔註71〕

因此，本文對宋人筆記大量的引用，無非只是將之視為「史料」、「文件」，目的在突出宋代士人置身於鋪張奢華的城市之下，對於自身處境的困窘，如何以另外一種用以「補正史之無，裨掌故之闕」的筆記小說體來抒發表達，然後取消一直以來歷史地理著作所應承受的一套官僚系統之禮儀準則。開始以在地生活文士的身分，對地方風俗，諸如節慶、食衣住行、賞心樂事作出記述，以補足大量文學論述之不足，這才是我們必須由宋人筆記中取徑的角度。事實上，對於宋詞與宋人筆記二者，實在毋須強分優劣，對治文學者而言，詞文創作也許是研究者格外關切的重點；但對於治宋代史者而言，又難免會對《夢粱錄》這類宋人筆記產生見獵心喜的感覺。總而言之，宋代杭州城市生活，這個文人與庶民，甚至統治政權因空間、時間的融通匯集而產生的燦爛火花，有待研究者由更多不同的面向去進行揭秘與探索，這才是本章節論述所欲產生的觸發。

於是，由不同文學創作出發，針對宋詞中的杭州書寫分析其別有見地之創獲或受限於自身詞體而無法展現的城市特質，對於我們重構宋時城市生活其實是方法上的一種突破。隨著跨學科、跨領域的研究逐步得到文人的青睞，並大量地使用於研究成果之中，筆者認為，就算是從最難見到社會風俗反映的詞體創作著手，或多或少都會有新的

〔註71〕錢鍾書：《宋詩選注》，書前〈序〉，頁3～4。

啓發。所謂的研究切入點、研究方法，並非是永遠凝滯不動的。對於方興未艾的地域文化研究，若研究者不能找到新的領域以另闢蹊徑，總可以由新方法的突破著手。多虧杭州城市的史地文獻與文學創作甚多。研究者對宋代城市生活的表現終於可以在前人積累的堅實基礎之上，取得緩步前進的研究成果。

第七章　結　論

　　隨著宋時坊牆制度的廢除，現代城市的興起，社會階層在城市之間的流動愈來愈快速。其中，城市市民做為一個獨立的群體，在宋代城市大量興起的時刻，亦乘勢而上，正式登上了歷史舞台，成為不可忽視的一股社會力量。又挾其經濟實力，取得與文人官吏分庭抗禮的機會。較之美國芝加哥社會學派學者帕克所言：

> 現代人與他的原始祖先相比是一種更具有推理能力的動物，其原因或許是因為他生活於城市之中。在這裡，大多數生存的利益和價值都經過了合理化的改革，化成可以度量的各種單位，甚至化為可供交換或出售的物體。在城市中，尤其在大城市，生存的外界條件如此明顯地設法來滿足人們清楚認識到的各種需要，以及處於智力底層的人們必然會被導向按照宿命論和機械論的方式來進行思維。〔註1〕

　　宋代城市與西方近現代城市發展，同樣是走向極端量化、商業化的物質社會；同樣存在著智力底層的人們受社會菁英操控，勞力者役於勞心者之情形。不同的是，隨著個人享樂需求的擴大、個人財富追求的渴望，原本存在於政治菁英、統治正統、市民大眾三者之間涇渭分明的等級界線，開始出現了流動的機會。以致於由廣大市民組織而

〔註1〕　〔美〕Robert E. Park 原著；孫大川審譯：《城市社會學》（台北：結構群，1989 年 9 月），第 7 章〈魔力、心理與城市生活〉，頁 161。

成的城市生活，竟也有了左右朝廷政治、干預文學創作的影響力。以
此文化學的角度出發考察宋時文人於宋代城市杭州中如何應對這劇
烈的世局變動，正是本文《宋詞中的杭州書寫》所欲彰顯的城市文人、
商賈士庶之間存在的雅俗互動與差異，亦可視爲是一種文學「小傳
統」，對抗政治社會「大傳統」的具體表現。

　　爲了具體呈現宋詞中的「杭州」城市樣貌，本文概分七節，前言、
結尾不論，中間五節各自有其鋪陳論述的重點，今於結論次將其依序
做個總結。

　　第二章〈宋詞與杭州〉，由地域出發，詳細介紹杭州地理的歷史
沿革，文人的詩作表現，作爲其後各項立論的基礎，自有其不可或缺
的意義。亦映證了文學是在變動不居的發展道路上逐步向前的。

　　本文第三章的論述則集中於杭州天生地設的自然風景上，突出說
明在整個杭州城市歡愉之風的感染之下，縱使投身名山勝景中，但表
現於其書寫內容之上，卻有有著超出庶民市俗野趣的追求，像是保留
最後一點堅持般地有著縱橫跌宕之姿，矜持婉約之態，令後世讀者倘
徉其中，不禁心生嚮往，不管是西湖江水、錢塘海潮、亦或是散見於
名山勝景間的樓閣亭台、自然山水，在文人筆下，都被賦予了新質與
新貌。不過卻也是因爲這樣的昂然不群，容易造成後世讀者產生俗與
雅的誤解和對立，以爲宋時文人和庶人，同樣享有此等優雅閒適的興
會淋漓。事實上，通過宋詞的書寫，關於雅俗，我們還是能夠從中得
見存在於士庶審美情趣的差異與趣味。

　　至於第四章討論宋詞對城市佳節的書寫，則呈現文人無可避免地
趨向城中四時樂事與歲時節慶之遊賞，並表達與君同樂亦與民同歡的
文人情感。從中亦可窺見作爲知識份子、社會菁英的宋時文人，在具
有現代意義的杭州城市中與廣大市民形成若即若離的關係。面對節
慶，文人有意識地拋下仕宦沉重的負擔，轉而向城市文化靠攏，這正
是城市生活難以名狀的魔力以及無從抵擋的吸引力。

　　第五章，涉及文人與市民情趣的討論，由市民的「食、衣、佳、

行、育、樂」各層面進行多方觀照，討論文人或涉及城市民俗事項的討論，或絕然超離、置身事外，或置身其間，進行紀錄，士庶互映，雅俗互取，在在顯示士人與城市生活的斷裂或參與。在各章節的討論中，以其全面性地涉入杭州城書寫，而成爲本文最爲貼近城市生活與城市市民的章節。

第六章總結前面幾章的論述，提出「宋詞中的杭州城書寫特色及意義」此一論題，以爲本文求全求備。先是由寫作宋詞的宋代文人心理出發，概要勾勒詞人身處杭州城市可能產生的心理、詞風變化，提出「杭州情結」一詞作爲代表。繼而將之與宋代盛行的詩作、筆記小說、話本做出簡單扼要的比較，以忠實呈現藉由宋詞書寫杭州可能具備的貢獻與侷限，其比較是初步簡要的，大抵只是某些特點的提點，提供研究者其餘可供取徑的論點。

總而言之，透過宋代文學代表——「詞」，去鉤深闡幽，並將整個宋代文學活動置於廣闊的城市空間中，發掘與觀照蘊涵其中的社會文化之信息與內容，是本文致力的目標。由地域角度出發，亦有如論者所言：

> 地域文化與文學之間有著多方面的聯繫，從作家創作上看，任何一個作家，其生活的積累、創作的過程，都離不開一定的地域文化土壤。無論是其出生、生長的環境，還是其參與社會活動的環境，實際上都是在特定的地域接受和完成的，也因此，他們的作品中必然帶有地域文化的因素。從接受影響看，文學家和他們的作品，往往對一定地域的文化建構起著重要的作用，乃至於成爲某一地域的文化象徵。〔註2〕

故本文著重以歷史發展爲經，城市地域文化爲緯，加入涉足其間的文人詞作，期望得到宋代城市詞文書寫有別於他者，如話本、筆記小說的特出之處。並由「社會文化學」的視角出發，進一步對宋詞與城市

〔註2〕朱萬曙、徐道彬編：《明代文學與地域文化研究》（合肥：黃山書社，2005年6月），頁1〈前言〉。

的發展進行闡述，透過對城市詞體創作文本別有用心的擇取，以彰顯宋時城市的共相，亦突出時代共相下的詞人異相，讓文學回歸生活，生活成爲宋代文人筆下的實錄，取消長期以來存在於文學論述中的雅俗之辨、文人、市井之間的偏頗分野。也讓宋詞在杭州這個河納百川的城市社會背景下，取得以史說詞，以詞證史，二者相互補充說明的立體成果，是本文所欲達成的目標。

因此，對於民間文化所具有的「原始性」、「基礎性」、「創造性」；城市文化所具有的「綜合性」、「世俗性」、「流行性」，透過詞體創作，同樣可略見端倪。杭州城市，作爲宋時一個特殊地域，不僅讓宋代詞人有了依託寄情的文化空間，同樣讓四時節慶、皇室政權、市民生活等各種文化因素得到匯聚與融合，正是本文所欲突出的文化場域影響文風的研究成果。故而縱然宋人雅詞較之宋詩、話本、筆記較少求眞紀實之作。多數詞人的杭州城市書寫，關切的亦多爲個人幽微心緒之闡發。但是，這正是城市生活的奧義，讓每個人都自由地置身其中發展個人精神、情感生活，爲城市點綴繽紛的色彩，如此一來，大量繫之於人爲活動，以彰顯其內在蘊涵的城市生活才有其生命力與深意。

在這樣的認知之下，也許也可以得到「宋代的杭州城市其實與現今的商業都市其實別無二致」的結論。所謂的城市風采，終究是由市民外鑠得來。只是，杭州與他者格外不同的是，杭州城何其有幸，湧入了大量英雄豪傑、時代菁英，各個皆爲一時之選，以其詞作回報杭州的款款深情。《宋詞中的杭州書寫》因而有了人文風尙、地理環境、社會文化、歷史發展的多重意義，也爲本文做出了很好的總結。

重要參考書目

壹、史　部

1. 〔漢〕司馬遷：《史記》，台北：藝文印書館，1973 年出版《二十五史》本。

2. 〔南朝梁〕宗懍：《荊楚歲時記及其他七種》，北京：中華書局，1991 年《叢書集成初編》本。

3. 〔唐〕房玄齡等著：《晉書》，台北：藝文印書館，1973 年出版《二十五史》本。

4. 〔唐〕魏徵等著：《隋書》，台北：藝文印書館，1973 年出版《二十五史》本。

5. 〔宋〕司馬光撰；〔元〕胡三省音註：《資治通鑑》，上海：上海古籍出版社，1991 年 3 月

6. 〔宋〕歐陽修：《新唐書》，台北：藝文印書館，1973 年出版《二十五史》本。

7. 〔宋〕李心傳：《建炎以來繫年要錄》，陳建華、曹淳亮主編：《廣州大典》本第一輯《廣雅叢書》，廣州：廣州出版社，2008 年 9 月。

8. 〔宋〕徐夢莘撰：《三朝北盟會編》，上海：上海古籍出版社，2008 年 6 月。

9. 〔宋〕夏少曾撰：《朝野僉言》，鄭州：大象出版社，2008 年 1 月，朱易安、傅璇琮等主編：《全宋筆記》本。

10. 〔宋〕祝穆撰；祝洙注；施和金點校：《方輿勝覽》，北京：中華書局，2003 年 6 月。

11. 〔宋〕周淙:《乾道臨安志等五種》,台北:世界書局,1953 年 5 月。

12. 〔宋〕潛說友撰:《咸淳臨安志》,台北:台灣商務印書館,1986 年 3 月《景印文淵閣四庫全書》本。

13. 〔宋〕陳元靚:《歲時廣記》(台北:台灣商務印書館,1986 年 3 月《景印文淵閣四庫全書》本。

14. 〔宋〕范炯:《吳越備史》,王雲五主編:《四部叢刊續編》本,台北:台灣商務印書館,1966 年 10 月。

15. 〔宋〕孟元老:《東京夢華錄》,《東京夢華錄外四種》本,上海:上海古典文學出版社,1956 年 11 月。

16. 〔宋〕吳自牧:《夢粱錄》,《東京夢華錄外四種》本,上海:上海古典文學出版社,1956 年 11 月。

17. 〔宋〕周密:《武林舊事》,《東京夢華錄外四種》本,上海:上海古典文學出版社,1956 年 11 月。

18. 〔宋〕西湖老人:《西湖老人繁勝錄》,《東京夢華錄外四種》本,上海:上海古典文學出版社,1956 年 11 月。

19. 〔宋〕灌圃耐得翁:《都城紀勝》,《東京夢華錄外四種》本,上海:上海古典文學出版社,1956 年 11 月。

20. 〔宋〕周淙:《乾道臨安志》,臺北:臺灣商務印書館,1986 年《景印文淵閣四庫全書》本

21. 〔宋〕不著撰人:《建炎維揚遺錄》,成都:巴蜀書社,1993 年 11 月,四川大學圖書館編:《中國野史集成》本

22. 〔元〕脫脫等著:《宋史》,台北:藝文印書館,1973 年出版《二十五史》本。

23. 〔元〕劉一清撰:《錢塘遺事》,上海:上海古籍出版社,1985 年 10 月。

24. 〔元〕辛文房撰;傅璇琮主編:《唐才子傳校箋》,北京:中華書局,2002 年 8 月。

25. 〔明〕錢士升撰:《南宋書》,北京圖書館出版社影印室輯:《宋代傳記資料叢刊》本,北京:北京圖書館,2006 年 10 月。

26. 〔明〕田汝成撰:《西湖遊覽志》,台北:世界書局,1963 年 5 月。

27. 〔明〕田汝成輯撰:《西湖遊覽志餘》,台北:木鐸出版社,1982 年 6 月。

28. 〔清〕陸心源撰:《宋史翼》,北京圖書館出版社影印室輯:《宋代傳記資料叢刊》本,北京:北京圖書館,2006 年 10 月。

29. 〔清〕丁丙、丁申輯：《武林掌故叢編》，揚州：廣陵書社，2008 年 4 月。

30. 〔法〕謝和耐（Jacques Gernet）原著；馬德程譯：《南宋社會生活史》，台北：中國文化大學出版社，1987 年。

31. 〔法〕謝和耐（ Jacques Gernet）著；劉東譯：《蒙元入侵前夜的中國日常生活》，北京：北京大學出版社，2008 年 12 月。

32. 周峰主編：《杭州歷史叢編》之二《隋唐名郡杭州》，杭州：浙江人民出版社，1990 年 2 月。

33. 朱瑞熙等著：《宋遼西夏金社會生活史》北京：中國社會科學出版社，2005 年 8 月。

34. 鍾敬文主編；游彪等著：《中國民俗史——宋遼金元卷》，北京：人民出版社，2008 年 3 月。

35. 李志慧：《中國社會生活叢書——飲食篇——終歲醇釀味不移》，西安：三秦出版社，1999 年 2 月。

36. 楊倩描：《南宋宗教史》，北京：人民出版社，2008 年 11 月。

37. 徐志平：《浙江古代詩歌史》，杭州：杭州出版社，2008 年 12 月。

貳、子 部

1. 〔宋〕陳達叟：《本心齋蔬食譜》，台北：藝文印書館，1967 年出版《原刻景印百部叢書集成》本。

2. 〔宋〕戴埴：《鼠璞》，台北：藝文印書館，1967 年出版《原刻景印百部叢書集成》本。

3. 〔宋〕吳曾：《能改齋漫錄》，台北：廣文書局，1970 年 12 月。

4. 〔宋〕袁采：《袁氏世範》，台北：商務印書館，1975 年出版《四庫全書珍本別輯》本。

5. 〔宋〕朱彧：《萍洲可談》，台北：新興書局，1977 年 8 月，《筆記小說大觀》本。

6. 〔宋〕施德操撰：《北窗炙輠錄》，臺北：臺灣商務印書館，1986 年《景印文淵閣四庫全書》本。

7. 〔宋〕洪 撰：《暘谷謾錄》，上海：上海古籍出版社，1988 年 10 月出版〔明〕陶宗儀等編：《說郛三種》本。

8. 〔宋〕王應麟輯：《玉海》，南京：江蘇古籍出版社，1990 年 3 月。

9. 〔宋〕袁褧：《楓窗小牘》，成都：巴蜀書社，1993 年 11 月，《中國野史集成》本。

10. 〔宋〕王明清：《玉照新志》，四川大學圖書館編：《中國野史集成》本，成都：巴蜀書社，1993 年 11 月。

11. 〔宋〕周煇撰；劉永翔校注：《清波雜志校注》，北京：中華書局，1997 年 12 月《唐宋史料筆記叢刊》本。

12. 〔宋〕周密：《癸辛雜識》，北京：中華書局，1997 年 12 月《唐宋史料筆記叢刊》本。

13. 〔宋〕周密：《齊東野語》，北京：中華書局，1997 年 12 月《唐宋史料筆記叢刊》本。

14. 〔宋〕莊綽：《雞肋編》，北京：中華書局，1997 年 12 月《唐宋史料筆記叢刊》本。

15. 〔宋〕金盈之撰；周曉薇校點：《新編醉翁談錄》，瀋陽：遼寧教育出版社，1998 年 12 月。

16. 〔宋〕不著撰人：《南窗記談》，北京：中華書局，1999 年 6 月出版，〔清〕鮑廷博輯：《知不足齋叢書》本。

17. 〔宋〕陸游撰；楊立英校注：《老學庵筆記》，西安：三秦出版社，2004 年 5 月。

18. 〔宋〕葉紹翁撰；符軍注：《四朝聞見錄》，西安：三秦出版社，2004 年 5 月。

19. 〔宋〕黎靖德輯：《朱子語類》，北京：商務印書館，2006 年《文津閣四庫全書》本。

20. 〔金〕劉祁撰；崔文印點校：《歸潛志》，北京：中華書局，1997 年 12 月出版《元明史料筆記叢刊》本。

21. 〔清〕紀昀總纂：《四庫全書總目提要》，保定：河北人民出版社，2003 年 3 月。

22. 胡樸安：《中華全國風俗志》，台北：文海出版社，1985 年。

參、集　部

一、詞　集

1. 〔宋〕張炎著；夏承燾校注：《詞源注》，台北：木鐸出版社，1987 年 7 月。

2. 〔清〕況周頤：《蕙風詞話》，《詞話叢編》本，北京：中華書局，2005 年 10 月。

3. 〔清〕譚獻：《復堂詞話》，《詞話叢編》本，台北：廣文書局，1970 年 1 月。

4. 〔清〕陳廷焯:《白雨齋詞話》,《詞話叢編》本,台北:廣文書局,1970 年 1 月。

5. 〔清〕王國維著;徐調孚校注:《人間詞話》,北京:中華書局,2009 年 5 月。

6. 唐圭璋編纂;王仲聞參訂;孔凡禮補輯:《全宋詞》,北京:中華書局,2005 年 1 月。

7. 張宗橚輯:《詞林紀事》,台北:鼎文書局,1971 年 3 月。

8. 唐圭璋編著:《宋詞紀事》,北京:中華書局,2008 年 5 月。

9. 金啓華、張惠民等編:《唐宋詞集序跋匯編》,台北:台灣商務印書館,1993 年 2 月。

10. 薛瑞生箋證:《東坡詞編年箋證》,西安:三秦出版社,1998 年 9 月。

11. 黃文吉:《宋南渡詞人》,台北:學生書局,1985 年 5 月。

12. 王偉勇:《南宋詞研究》,台北:文史哲出版社,1987 年 9 月。

13. 王兆鵬:《宋南渡詞人群體研究》,台北:文津出版社,1992 年 3 月。

14. 楊海明:《唐宋詞主題探索》,高雄:麗文文化事業公司,1995 年 10 月。

15. 吳熊和:《唐宋詞通論》,杭州:浙江古籍出版社,1998 年 8 月。

16. 王隆升:《宋詞的登望意識與境界》,台北:文津出版社,1998 年 9 月。

17. 楊海明:《唐宋詞與人生》,石家莊:河北人民出版社,2002 年 5 月。

18. 孫維城:《宋韻——宋詞人文精神與審美形態探論》,合肥:安徽大學出版社,2002 年 5 月。

19. 黃文吉:《黃文吉詞學論集》,台北:學生書局,2003 年 11 月。

20. 王曉驪:《唐宋詞與商業文化關係研究》,北京:中國社會科學出版社,2004 年 8 月。

21. 沈松勤:《唐宋詞社會文化學研究》,杭州:浙江大學出版社,2005 年 1 月。

22. 楊萬里:《宋詞與宋代的城市生活》,上海:華東師範大學出版社,2005 年 6 月。

23. 黃杰:《宋詞與民俗》,北京:商務印書館,2005 年 12 月。

24. 李劍亮:《唐宋詞與唐宋歌妓制度》杭州:浙江大學出版社,2006 年 10 月。

25. 諸葛憶兵:《宋詞說宋史》,北京:中華書局,2008 年 12 月。

26. 蕭鵬：《群體的選擇——南宋人詞選與詞人通論》，南京：鳳凰出版社，2009 年 4 月。

27. 劉尊明、甘松：《唐宋詞與唐宋文化》，南京：鳳凰出版社，2009 年 4 月。

二、詩文集

1. 〔唐〕李白著；〔清〕王琦：《李太白全集》，北京：中華書局，1990 年 7 月。

2. 〔唐〕白居易著；朱金城箋校：《白居易集箋校》，上海：上海古籍出版社，1988 年 12 月。

3. 〔唐〕孟棨；王公偉點校：《本事詩》，北京：北京出版社，2000 年 3 月，《中國文言小說百部經典》本。

4. 〔宋〕歐陽修：《歐陽修全集》，台北：世界書局，1963 年 4 月。

5. 〔宋〕王安石著；唐武標校：《王文公全集》，上海：上海人民出版社，1974 年 7 月。

6. 〔宋〕李昉等編：《文苑英華》，北京：中華書局，1995 年 2 月。

7. 〔宋〕蔡襄撰；陳慶元、歐明俊、陳貽庭校注：《蔡襄全集》，福州：福建人民出版社，1999 年 7 月。

8. 〔宋〕蘇軾撰；〔明〕茅維編；孔凡禮點校：《蘇軾文集》，北京：中華書局，1999 年 7 月。

9. 〔宋〕蘇軾撰；〔清〕王文誥輯註、孔凡禮點校：《蘇軾詩集》，北京：中華書局，2007 年 4 月重印。

10. 〔宋〕蘇軾：《蘇軾全集》，北京：中國書店，1996 年 3 月。

11. 〔宋〕葉夢得：《石林詩話》，北京：中華書局，1991 年版《叢書集成初編》版。

12. 〔清〕清聖祖御製：《全唐詩》，台北：明倫出版社，1971 年 5 月。

13. 〔清〕蘅塘退士手編；鴛湖散人撰輯：《唐詩三百首集釋》，台北：藝文印書館，1991 年 1 月。

14. 龐德新：《從話本與擬話本所見之宋代兩京市民生活》香港：龍門書局，1974 年 9 月。

15. 錢鍾書：《宋詩選註》，台北：木鐸出版社，1980 年 6 月。

16. 林文月：《山水與古典》，台北：純文學出版社，1984 年 5 月。

17. 伊永文：《行走在宋代的城市》，北京：中華書局，2005 年 3 月。

18. 王水照主編：《宋代文學通論》，開封：河南大學出版社，2005 年 4

月。

19. 朱萬曙、徐道彬編：《明代文學與地域文化研究》，合肥：黃山書社，2005 年 6 月。

20. 戴偉華：《地域文化與唐代詩歌》，北京：中華書局，2006 年 2 月。

21. 李春棠：《坊牆倒塌以後——宋代城市生活長卷》，長沙：湖南人民出版社，2006 年 5 月。

肆、論　文

1. 張薰：《宋代西湖詞壇研究》，台北：國立台灣大學中國文學研究所碩士論文，1987 年 6 月。

2. 楊珮琪：《蘇軾杭州詩研究》，台北：國立台灣師範大學國文研究所碩士論文，1998 年 6 月。

3. 林慧雅：《東坡杭州詞研究》，台北：國立台灣師範大學國文研究所教學碩士班碩士論文，2002 年 6 月。

4. 宋仁正：《宋代的西湖與杭州》，台北：國立政治大學歷史學系碩士論文，2004 年 3 月。

5. 夏承燾：〈宋詞與西湖〉，《杭州大學學報》，1959 年第 3 期。

6. 〔美〕奚如谷：〈皇后、葬禮、油餅和豬——《東京夢華錄》和都市文學的興起〉，《文學、文化與世變》，臺北：中央研究院中國文哲研究所，2002 年 12 月。

7. 鍾振振：〈讀宋元易代之際詞〉，《文學、文化與世變》，臺北：中央研究院中國文哲研究所，2002 年 12 月。

8. 施議對：〈辛棄疾其人其詞的評價〉，《詞學》第 14 集，上海：華東師範大學出版社，2003 年 7 月。

9. 林佳蓉：〈張鎡杭州詞探微〉，《城市文化與人文視野》，香港：香港中文大學香港亞太研究所，2009 年 11 月。

10. 林佳蓉：〈閒卻半湖春色——論《草窗詞》中的杭州書寫〉，《中國學術年刊》，第 32 期春季號，台北：國立台灣師範大學國文學系，2010 年 3 月。

11. 譚新紅：〈宋詞的題壁傳播〉，《浙江大學學報——人文社會科學版》，第 40 卷第 3 期，杭州：浙江大學出版社，2010 年 5 月。